U0550440

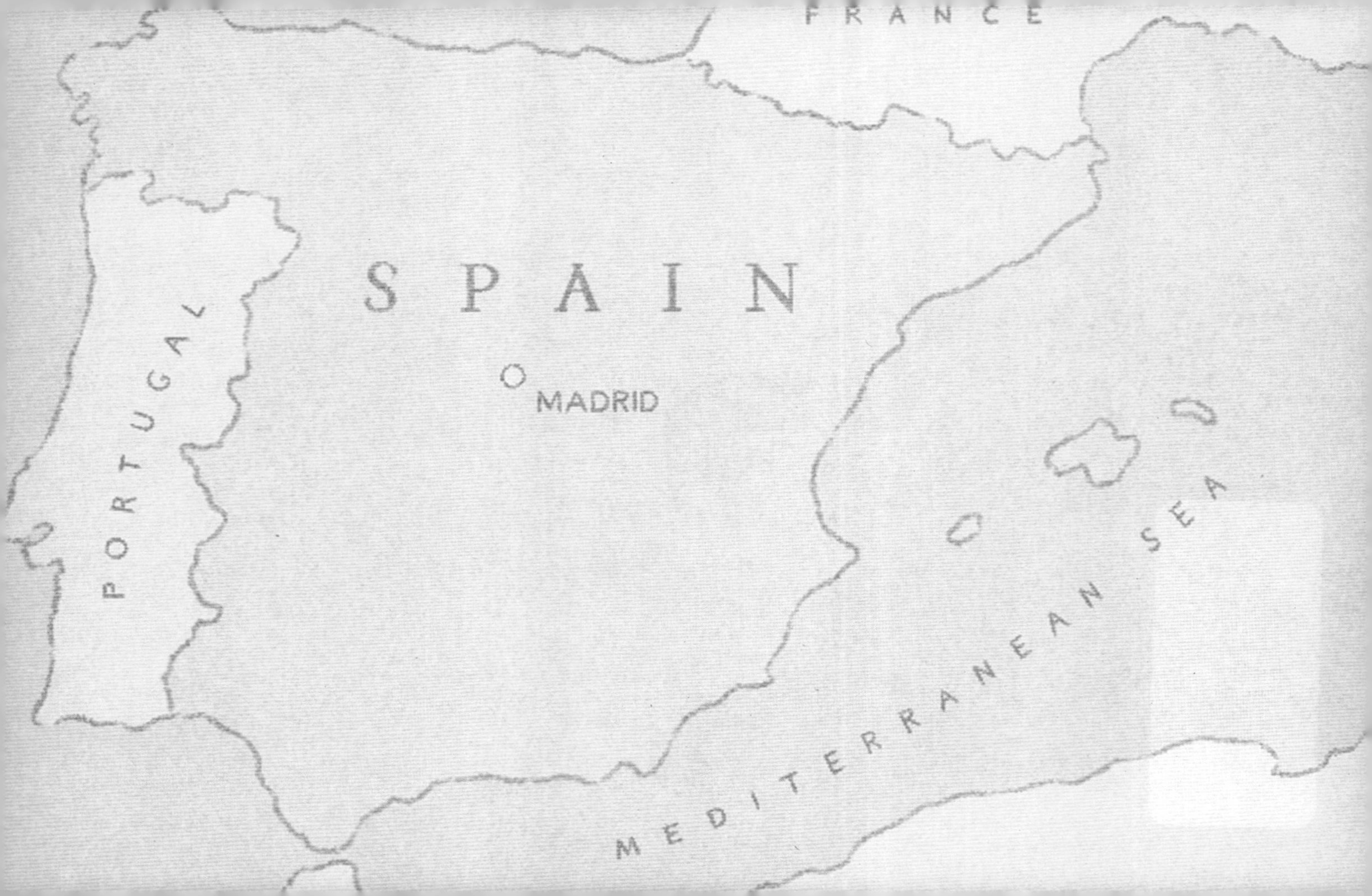
FRANCE
SPAIN
MADRID
PORTUGAL
MEDITERRANEAN SEA

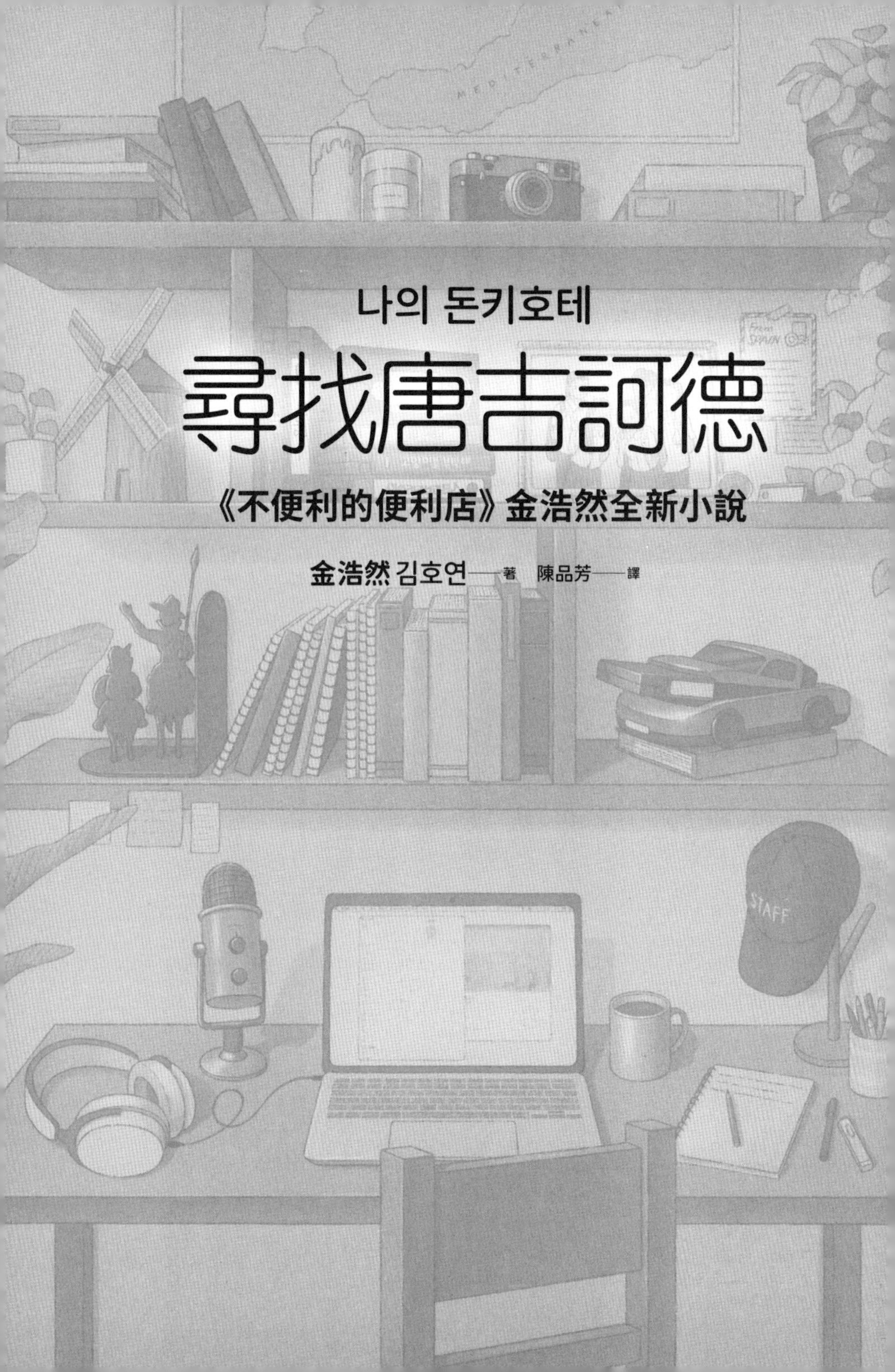

나의 돈키호테

尋找唐吉訶德

《不便利的便利店》金浩然全新小說

金浩然 김호연——著　陳品芳——譯

台灣版自序

人生冒險旅程中的可靠夥伴

「向你介紹我的朋友，唐吉訶德。」

某天，小說家金浩然突然想寫跟唐吉訶德有關的作品，於是出發前往西班牙。他住在馬德里一間飯店式公寓，深入研究唐吉訶德、桑丘、羅西南多與杜爾西內亞。他前往《唐吉訶德》作者塞萬提斯的故鄉，親身參與紀念塞萬提斯生日的慶典祭、探訪他寫作的塞維亞監獄，然後自己也創作、出版了與唐吉訶德有關的小說——《尋找唐吉訶德》。很簡單吧？

現在來了解眞相吧。所有的眞相都需要細節。

二〇一九年，渴望以唐吉訶德爲主題來創作的我，申請入住西班牙馬德里一間飯店式公寓，並幸運獲選爲駐點作家。二〇一九年九月至十一月的三個月期間，我住在西班牙，努力想寫出「韓國版唐吉訶德」，卻一行字都寫不出來，只帶著調查好的資料和構想回到韓國。回國之後，我再度試著提筆寫這本小說，卻遭遇新冠疫情，生計受到影響。於是我延後了唐吉訶德的小說計畫，先完成一本能夠快速完成（之前已經寫了一點）的作品。這部作品於二〇二一年春天出版，故事以某間生意不好的便利商店爲主軸，不僅在韓國受到歡迎，也受到台灣、亞洲，甚至是全世界讀者的熱愛。在讀者的熱情支持之下，我必須爲這本書寫續集，導致唐吉訶德的小說再度被推遲。

完成所有《不便利的便利店》第一、二集的出版與宣傳活動之後，直到二〇二三年一月，我才能再度動筆寫這本與唐吉訶德有關的小說。許久未見的唐吉訶德與他的朋友紛紛抱怨，問我怎麼這麼晚來，並陪伴我走進這個故事。花了五年構思這個漫長又充滿插曲的故事，直到二〇二四年春天，書終於在韓國出版。就像《唐吉訶德》的冒險一樣，創作這本小說的過程，對我來說也是一場冒險，是一段長長的旅程。這部作品陪我走過那段時間，每一個部分都是我的愛。

我想，每個人都會有愛不釋手的東西。對我來說，那就是唐吉訶德。或許他就是夢想的象徵也說不定。這五年來，或者說從更久遠之前的某天開始，我就一直認爲唐吉訶德是我的朋友，並渴望成爲他旅途上的同伴。書出版之後，經常能看到讀者評論說「金作家眞的好像唐吉訶德」，這是我的榮幸。追隨自己的夢想，會逐漸跟夢想越來越像。這或許是理所當然的事，但眞的能夠實現，我仍感到非常開心。

現在台灣讀者也將要見到《尋找唐吉訶德》了。向各位介紹我的朋友，唐吉訶德。正如同他陪伴我一樣，也希望他能在人生這段冒險旅程裡，成爲你最可靠的夥伴。

¡Vamos!（我們走吧!!）

二〇二五年　夏

金浩然於首爾筆

寫在前面

1. 小說內的事件與人物純屬虛構，與實際人物及事件無任何關聯，特此聲明。
2. 書中除標記原書註外，皆為譯註。

序曲

「唐吉叔，爲什麼首爾是塞維亞啊？」

叔叔在玻璃桌墊底下墊了一張韓國地圖，我看著他寫在上面的字問道。

「因爲是首爾，所以就是塞維亞啊，都是『S』開頭嘛。而且在唐吉訶德那個年代，塞維亞就跟首爾一樣，是座非常繁華的城市。」

「那釜山爲什麼是巴塞隆納？」

「因爲是釜山，所以就是巴塞隆納啊，都是『B』開頭嘛。而且這兩座城市都是那個國家最具代表性的港口城市。」

「那這個木浦跟馬拉加也是類似的意思嗎？」

「沒錯。而且木浦跟馬拉加一樣，都出了很多優秀的藝術家。妳知道畢卡索吧？畢卡索就是在馬拉加出生的。」

「好，我知道了。」

我也不是百分之百理解唐吉叔的理論，但再問下去好像會讓他有點尷尬，我決定放棄。但大田呢？大田旁邊爲什麼是寫「拉曼查」？不負「好奇寶寶」外號之名，我實在忍不住開口問了。

「叔叔，那大田爲什麼是拉曼查？大田是『D』開頭，應該找一個同樣是『D』開頭的西班牙城市才對吧？」

「啊，大田在韓文裡面是『田』的意思啊，是『一大片田野』。拉曼查也是以平原著稱，甚至是幾乎看不到山的那種平坦原野，那也算是『大田』，對吧？所以大田才會是拉曼查。」

「欸，叔叔，這樣不對吧？應該要是同樣的字母開頭……」

「也對啦，好，那我們這樣改妳覺得怎麼樣？」

唐吉叔把玻璃桌墊推開，然後打開下面的抽屜拿出原子筆，接著在寫在大田旁邊的拉曼查上畫了一個等號，並在等號的另一邊寫下「唐吉訶德」。我還是不太懂。

「來，妳看喔，小率。說到『拉曼查』會想到誰？唐吉訶德，對吧？唐吉訶德的故鄉就是拉曼查。那妳看喔，大田是什麼？可以透過拉曼查跟唐吉訶德連結在一起。所以大田就是唐吉訶德，拼音同樣都是『D』開頭，怎麼樣？」

「呼，我知道了。」

「然後講到大田的知名景點就是這裡，唐吉訶德錄影帶店，對吧？哈哈。」

「……那知名麵包店，聖心堂算什麼？」

「這個嘛，嗯，可以算是不同類型的名勝？」

「類型是什麼？」

「小率妳喜歡溫馨的電影嘛，叔叔我喜歡驚險刺激的電影，這個種類不一樣，就叫做

『類型』。也就是說呢，妳喜歡人文類的電影，叔叔喜歡驚悚類的電影。」
「你不是喜歡唐吉訶德嗎？」
「喜歡啊。」
「那唐吉訶德是什麼類型？」
「唐吉訶德是所有類型喔，是把這世界上的一切都納入其中，讓所有類型在熔爐裡交會的故事。」
「聽不太懂耶，我可以繼續問問題嗎？」
「哎呀，聽不懂一定是因為妳餓了。我們要不要先把店關起來，去聖心堂吃個紅豆冰？聖心堂不是只有麵包好吃喔，紅豆冰也好吃。」
「好啊。」
那天，我雖然沒能搞懂唐吉叔把韓國跟西班牙城市連結起來的理論，但我很明確知道，聖心堂的紅豆冰是眞的很好吃。
直到很久以後，我才多少能理解叔叔的類比法。而這一切要能說得通，得要先相信大田有唐吉訶德才能成立。如今的我相信他的說法。
因為他就是我的唐吉訶德。
說不定這故事是關於相信世上有唐吉訶德的人，又或者是關於要成為唐吉訶德的人。
總之，現在要開始冒險了！

第一部

老社區的錄影帶店

1.

Big Field

二〇一八年

辭掉工作住回老媽家已經一個禮拜了。回來後我一直在耍廢，不知有多久沒這樣整天什麼都不做。回顧過去三十年的人生，可沒有容我這樣短暫休息的時間。畢竟如果不盡自己最大的努力，就無法活下去。但即使盡自己最大的努力嘗試活下去，我的人生仍在不知不覺中崩潰，壞到我無法再繼續努力。我試著讓自己暫停一個星期，才發現這個小停頓不是逗號，而應該是個句號。因爲即使沒有我，世界依然忙碌地運轉，我感覺自己像是路邊沒用的小石子。試著向老媽傾吐這樣的心情，她秒回答：

「那妳這顆石頭吃的還眞多！」

老實說，這一週我的確吃很多。老媽煮的每一餐我都吃兩碗飯，還吃遍了街上的刀削麵店：辣味刀削麵、蛤蜊刀削麵、牛奶貝刀削麵全都一網打盡，也吃了一堆豆腐、辣炒豬肉跟魷魚拌辣醬。最不容錯過的，也是最能代表這座城市的麵包店，我特地跑去掃了一堆炸菠蘿麵包跟韭菜麵包回來囤著慢慢吃。對我來說，回老家這件事，就像是在確認吃東西的口味有沒有變。

不過仔細想想，這裡眞的算是我的老家嗎？小學五年級時我們搬過來，在這邊住到國三，頂多只住了五年，這樣就可以說這裡是老家嗎？面對這個問題，老媽答得也很爽快。

「媽媽住的地方就是故鄉。」

大田，一片田，很大的田，BIG FIELD，是世博會與夢精靈[1]的城市；是KAIST[2]與科學園區的城市；是中央政府辦公大樓[3]所在的行政城市；是京釜線與湖南線[4]交會的交通要衝城市。還有，是以麵包店爲著名觀光景點的無聊城市。

時隔多年重回老家，發現這裡依然無聊。我在家附近晃了好幾天，感受一下回憶中的美味，然後就沒別的事好做了。我不像青少年會去科學館或綜合遊樂場O World，也不像已經有點年紀的六、七年級生會跑去寶文山或長泰山散步。而大田地區的運動代表隊成績又相當低迷，想去現場替他們加油也有些困難。

昨天我努力振作了起來，想說離開家附近往大田西邊去看看。於是我去屯山看電影，然後到儒城泡溫泉。就這樣，結束了。老媽挖苦說，都特地跑去了，爲何不乾脆去甲川邊散個步減減肥？我把這話當成是房東看我寄人籬下不敢回嘴在仗勢欺人，並暗自決定以後

---

1 大田於一九九三年舉辦世界博覽會，夢精靈為當時的吉祥物。
2 韓國科學技術院的簡稱，是位於大田的研究型綜合大學，於韓國排名前五。
3 由於首爾等首都圈人口太過擁擠，為平衡國土發展，韓國便將不需要與國會互動的部分中央政府部門遷移至大田。
4 為韓國的鐵道路線，京釜線為首爾至釜山，湖南線則是大田至木浦。

絕對不會出現在甲川附近。

我果然不該回來。雖然大田的老媽家就是我的老家，也有我小時候的回憶，但對一個三十歲的失業仔來說，這裡找不到什麼高薪工作，更沒有什麼新穎娛樂。

只是我也沒別的地方能去了。

記得《城市探險隊》這檔節目剛推出時，我覺得自己好像沒有去不了的地方。我成了節目的先遣部隊，總是先一步出發到拍攝地。探險隊在我所開發的城市隱藏景點裡奔走，拍出迷人的畫面、吸引觀眾的目光。我是領先者，帶領著這個節目，而節目的收視率也站上同時段的領先地位。

以前公司老闆常問我：陳製作，妳不是大田人嗎？要不要去大田探險看看？我的回答始終如一：大可不必，那裡超無聊。仔細想想，說不定就是因為當時的那句話，我現在才會被這座城市的精靈叫回來，狠狠教訓一頓。

事情怎麼會變成這樣？是因爲兩年前上天堂的老爸？是因爲一年前劈腿落跑的前男友？還是因爲半年前頂撞了愛倚老賣老的老闆？或者是因爲一個月前沒聽大製作人的話，堅持照自己意思去剪接節目導致？又或者是半個月前因呼吸困難昏倒，醒來後覺得身體完全無法恢復，而意識到自己過勞了，才迫使我決定離職，並演變成今天的結果？

我想起很久以前，是在姊姊去美國之後，我終於能一個人獨占房間的那天。記得當時我開心地在房間裡又跑又跳，現在卻覺得這房間看起來眞是小得可憐。我窩在這小小的空間裡左思右想，最後得出了一個結論：許多一時大意所招致的霉運疊加起來，最終累積成了巨大的不幸。直到馬不停蹄一刻都沒停歇的人生一口氣崩潰之後，我才終於明白自己一直在爲不屬於自己的東西拚命。我企畫的節目不屬於我、創造的成果也不屬於我。我像匹賽馬一樣只顧著向前衝，卻忘了在過程中替自己爭取點好處。我應該更狡猾，即使有時做得惡劣一點，也要替自己爭取些什麼才對。

我回到家，躺在小時候住的房間，把剩下的菠蘿麵包屑屑倒進嘴裡，開始回顧充滿後悔的人生，等著老媽喊我吃飯。我想起國中時期，即使老媽不在，我也能像個成熟大人那樣自己準備三餐，做完該做的準備就出門上學。

是啊，我也曾有過那樣的時光。我告訴自己，不能就這樣放棄人生。想到這裡，我猛然坐起來，開始哼歌。

與其當個句點，不如當個逗點。[5]

5 原書註："I'd rather be a comma than a full stop", Coldplay,〈Every Teardrop Is A Waterfall〉（《Mylo Xyloto》，2011）的歌詞。

2.
該做什麼好？

我離開家，走往陽地公園。不知是不是因爲晚秋天氣變得冷颼颼，我到公園之後，竟沒看到任何帶狗出來散步的人。我來到涼亭的位置，眺望整個舊市區。離涼亭較近的這區，可以看到我住的華廈，往下則是商業區和大田川。從陽地公園到大田川屬於宣化洞範圍，也是滿載我兒時回憶的地方。

坐在涼亭裡吹著冷風，我開始梳理自己的想法。

接下來的人生，該做什麼才好？

我今年三十歲，現在就像是個剛走下舞台的演員，人生這場戲的第一幕已經泡湯。接下來的第二幕，我該以怎樣的角色登台？該怎麼做才能帶來讓大家願意付錢的表演？該怎麼樣才能維持生計，還讓自己存上一點錢？無論是觀眾還是雇主，我得讓別人願意花錢在我身上。

我能跟那些青澀的社會新鮮人競爭，進到一間像樣的公司嗎？不行。還是拿著之前在電視台當製作人的經歷，去獨立製作公司應徵？不。到獨立製作公司，肯定會被要求做許多超出個人業務範圍的事，但是付出這麼多努力，心血最後卻會被搶走，這種工作還是先不要。難道創業才是唯一解？雖然只要努力就能想出個創業的名目，但有可能弄到資本、找到人投資嗎？想來想去，最終還是沒個頭緒。

老媽要我去準備九級公務員考試，再不然就是找個人嫁了當家庭主婦。九級公務員有那麼好考喔？還有，居然叫我去當家庭主婦？就先不說這發言有多迂腐了，那樣的人生可是目前的我最難達成的幻想耶。

難道最後還是只能去賣炸雞嗎？雖然現在還沒什麼壓力，但整天廢在家，老媽遲早也會有意見。我想，她肯定會先把店裡的工讀生解雇，然後叫我當工讀生，再趁機要我接手這間店。她開的是現在全韓國已經找不到幾家分店，幾乎瀕臨絕種的連鎖炸雞店。如果眞如我所想，我很快就會成爲炸雞店打工仔兼老闆的女兒，並進一步繼承家業。雖然昨天我也吃了老媽從店裡帶回來的炸雞跟啤酒，所以眞是不該說這種話，但比起雞肉，我還是比較喜歡吃牛肉。賺了錢之後，我想要吃遍牛的各個部位：橫膈膜、板腱肉、牛肩肉、里脊肉、牛胸肉、牛肋排、生牛肉，還有那些從來沒吃過的部位……

幻想了一陣夢幻牛肉之後，我突然想起老爸的人生第二幕。他原本在銀行任職，捧的是鐵飯碗。沒想到一九九八年金融危機，國際貨幣基金介入，銀行一夕之間倒閉。本以爲要當一輩子銀行員的老爸，竟在中年之際被迫轉行。原本還想說，若要求穩定，最好就是選加盟連鎖店，於是便以榮譽退休的退休金當資本，加盟一間牛肋排連鎖餐廳。

但當時整個國家都快要完蛋了，誰還有閒情逸致去吃牛肉？老爸那安逸的，簡單來說是「未經過規畫的」自營業挑戰，只花一年的時間就徹底完蛋。

但老爸沒有就此放棄，接下來他選擇加盟烤豬肉連鎖店，並記取先前的失敗教訓，先做了市場調查之後，才加盟連鎖五花肉餐廳「夢豬」。因爲全韓國的人都是吃五花肉配燒酒來爲自己打氣，再努力去拚經濟，所以越是艱困的時期，這種店就越能賺錢。老爸這次的「縝密規畫」算是成功了。店裡的生意非常好，爸媽雖然總是工作到深夜，並且總是滿臉笑容地回家，好像他們眞的夢到豬[1]一樣。

但是到了二〇〇〇年口蹄疫爆發，豬農和五花肉相關產業遭遇嚴重打擊，老爸也沒能跨過這個難關，最後不得不把店收起來。

我們一家人也就是在這一年離開了首爾，來到大田定居，落腳宣化洞。這次的打擊讓老爸憂鬱了好久，消沉到連老媽都看不下去，乾脆要他去工地做粗工，老爸聽了一氣之下離家出走。消失幾個禮拜之後，他不知去哪弄來一筆錢，宣布說他要再開店，也就是老媽一直經營至今的無名連鎖炸雞店。我記得姊姊當時還抱怨，說牛跟豬都挑戰過了，要是連雞肉也失敗，不知道老爸接下來會選擇經營哪一種肉。

幸好，我們不需要再找下一種肉了，因爲炸雞店順利解決我們一家五口的生計。果然，一九五七年出生，屬雞的老爸，就是註定該開炸雞店才對。只是可憐了我，打從高中開始，我每一次寒暑假回大田，就得到炸雞店裡幫忙裝醃蘿蔔配菜，還要幫忙倒生啤酒。家族企業就是這麼回事吧，家裡每個人都得發揮最大功用。

我看我還是別去想炸雞店，也別去想那些嘴上說重視歸屬感，實際上只能求個人溫飽的公司企業了。這把年紀，要去申請什麼學校讀書也是有些困難。想靠男人養這種念頭，也是絕對大忌。

剔除這些選項，我剩下的籌碼，就只有電視節目製作的資歷。我想起有人說過，要做自己喜歡的事才能做得長久，而且做得長久才有辦法熟能生巧。我也想起自己跑遍遙遠離島、參加各種吵雜慶典，即使吃足苦頭，也依然沒對這份工作失去熱情、依然能企畫出優秀節目，讓自己在綜藝史上留名的那份悸動。所以說，我終究得回去做節目。只是我該怎麼做？

我想，我只能一個人做。

其實最近窩在房間裡的時候，我都泡在 YouTube 上。看著那些令人眼花撩亂的影片一個個冒出來，我才終於明白，原來能讓我播映自製節目的平台就在這裡。

在製作公司上班時，我總對 YouTube 有戒心。無線電視台在流行「我的小電視」[2]時，其他電視人都覺得那根本是借用 YouTube 的影片形式，對此不屑一顧。而去年開始流行專拍吃東西的吃播影片後，捧出了不少吃播網紅，我也對他們嗤之以鼻。可是好好看過 YouTube 的內容後，我才發現很少有其他類型的影片能比吃播更有趣，而且吃播網紅也不是誰都能當。有人說過：「YouTube 是這世界上最大的換錢所。」無論一個人擁有什麼，只要拍成影片放上平台，並讓自己的價值得到認證，就能夠換取金錢。

好，我決定人生的第二幕就從 YouTube 開始。

雖然做了決定，但一點進度也沒有。畢竟只靠我一個人，實在很難做出保證有趣的內

---

1 韓國人認為夢到豬就會帶來好運，或會有好事發生。

2 韓國 MBC 電視台有一檔節目，是從明星和社會各階層專家中選出五人對決，看誰的現場直播收看數較高。

容。我要麼就是試著成爲搞笑藝人或歌手，當一個靠表演吸引觀眾的人，再不然就是選擇吃播或旅遊這類題材。

我檢視了一下自己。一百七十二公分、手腳細長、肚子凸出，看起來就像蜘蛛，實在不算什麼好身材。外表又極平凡，沒有能吸引大眾目光的特點。唱歌跳舞不用說，凡是用到身體的表演，我很有自信能讓大家看笑話，但人們不太可能因此訂閱。我也認清了吃播不是誰都能做，旅行也需要具備挑戰精神跟親和力，像我這種只因爲出差才出國的人，實在不太可能一口氣就跳進這池子裡。

我難道得先複習人生第一幕的經歷，才能開啓人生第二幕？回到大田之後，我刻意少去宣化洞，就是害怕小時候的回憶會像電影裡的殭屍一樣緊追我不放。但現在，我決定鼓起勇氣去一探究竟。

3.
十五年前

大學時期，在打工與課業之間掙扎的我，好不容易才撐到大學畢業。我讀的是企管系，但是越學越覺得自己這輩子實在不可能去管理什麼東西。當時我猶豫著畢業後該做什麼，最後想到了旅行社。當時大家都愛背包旅行、打工度假，我一個也沒試過，所以才覺得能邊工作邊旅行似乎是個不錯的選擇，於是我找到了一間叫做「遊牧娛樂」的公司。

遊牧娛樂是間製作旅行影像內容的公司。現在想想，我之所以會找到那間公司，是因爲他們在求職網站上誤加了旅行社這項分類，而我也沒想太多就投遞了履歷。「我們正在尋找喜愛頻繁出差與旅遊、想成爲遊牧民族一份子的你」這句文案深深打動了我。我天眞地想，無論是旅行、出差，還是吃苦，肯定都能爲我貧瘠蒼白的青春灌入一縷微風。

才剛進公司，我便實現了「邊工作邊旅行」的目標，開始全國跑透透。我參與的第一個節目是《好想去那些島》，整整一年我在西海、南海、東海與濟州島四處跑。雖然吃了不少苦頭，卻也因此能走遍三面環海的韓國大大小小的美麗島嶼，沉浸在島嶼的姿態與迷人的水產資源中……才怪。其實我每一次搭船都會吐；在島上遇到颱風時，也總是嚇得魂飛魄散，腦袋不停想著，我可能今日就要命喪大海了。

接下來的專案是讓演歌歌手造訪各地區慶典。這當然比四處跳島要輕鬆一些，但還是很累。而且我非常好奇，爲何每個地區的特產節慶這麼多，怎麼好像永遠參加不完？前一個節目讓我被大自然荼毒，而這一個節目則讓我被人類荼毒。搞消失的主持人、恣意妄爲的嘉賓、一天到晚說話不算話的慶典工作人員等等，全都令人髮指。

讓我能撐過這一切的是薪水，是爲了交房租、交水電瓦斯業費、還學貸，讓我撐了下去。現在回想起來，那等同於是用我年輕的體力與熱情去換錢。

幸好我也不只是賺到錢，還累積了不少經驗，隨後從製作部組員晉升爲製作人，薪水也跟著跳了一級。升上製作人之後，老闆就告訴我，我現在不該繼續靠體力，而是該善用腦袋，並以此爲藉口要求我提出一些新的企畫。老實說，我本來只是抱著交作業的心態姑且一試，沒想到我的企畫竟一次就通過。

那個企畫叫做「城市探險隊」。

現在回想起來，我也很訝異自己怎麼會想出這種企畫。難道是因爲之前不是出海就是下鄉，讓我開始懷念起城市？

這個企畫的重點是這樣的：邀請渴望舞台、極有表演慾望的B咖藝人來（一方面也是因爲公司無力邀到A咖藝人啦），每週去探訪一座新的城市，透過藏在隱密空間裡的線索，找出那座城市的魅力。

我眞的沒想到這個企畫竟然會成功，也沒想到最後能邀到頂級明星朱慧成與他的團隊，最後一集甚至還得到特別許可，可以不受節目播出時長限制，後製愛剪多長就剪多長。做夢也沒想到的是，這檔節目結束後，有整整五年的時間一直是該電視台最經典的綜藝節目。

《城市探險隊》成了遊牧娛樂的招牌節目，也養大了公司。在節目裡被設定成跟朱慧成是死對頭，經常出現在螢光幕前的總製作人，甚至還因而有了一群支持者，公司老闆則成了要見上一面都很困難的大人物。

在那五年的時間裡，我能靠著這檔節目在電視圈混口飯吃，但最多也就只有這樣了。雖然大家都知道我是《城市探險隊》的企畫，鎂光燈卻都聚焦在總製作人身上，實際利益則由老闆全拿。我這麼大的功勞，卻只能確保自己免於被踢出這個節目，而且到最後還是被踢走。

想到這裡，我不禁萬念俱灰。走著走著，才發現自己來到了以前讀的宣化小學。沿著圍牆繞母校一圈，回想起剛來大田時的事。大田不是一個很排外的城市，不會因為我是首爾來的就覺得稀罕或是要欺負我。但我記得，當時的確有個男生特別愛惹我。那時我一直忍耐，忍到最後終於受不了，便隨手抓了一個鉛筆盒朝他扔去，沒想到竟打中他的鼻子。看他哭得像是要原地升天的模樣，我並不覺得痛快，反而感到害怕。

我丟出的鉛筆盒最後到底跑哪去了呢？能夠扔中某人的鼻子，讓那傢伙再也不敢來惹我，這固然是很好的結果，但代價總是殘酷。我衝動行事，卻沒有完善的自救方法，更沒有事先想好怎麼脫身。我這天生衝動的個性可能是受老爸影響，但就當時那個年紀來說，比起責怪天生的個性或環境影響，大家傾向是我需要為自己的脾氣負起責任。

曾有人說：「人的個性到死都不會改，但品行可以改，妳只要好好控制自己的脾氣，培養出好品行。像叔叔的個性也是很火爆，但現在待人不是很溫和嗎？」

跟我說這句話的人，就是唐吉叔。

「你才沒有咧……你上次不是還跟警察吵架嗎？」

被我的大實話賞了一記重拳，唐吉叔趕緊乾咳了幾聲把話題帶開。

我不知不覺間加快步伐，走過宣化洞十字路口，轉進回家的路。我來到以前唐吉叔每天會特地清掃的地方。為什麼我一直沒想到要來這裡？站在這裡，我內心是莫名彆扭。但眼前這棟三層樓褐色磚造建築物，看起來卻是格外寧靜。

一樓的錄影帶店已變成粉色系裝潢的咖啡廳。站在那裡，我總覺得唐吉叔很快就要背著裝滿錄影帶的背包從店裡走出來。真是的，唐吉叔這個人，真的是親切過了頭。即使錄影帶店沒有外送服務，他也總喜歡替租片的客人把錄影帶送上門。當時他只要騎著腳踏車去外送錄影帶，我就會幫忙看店，附近與我年紀相仿的孩子們會迫不及待跑來。我們每天都一起在錄影帶店裡，看喜歡的電影、漫畫、愛情小說。那些過往的時光，此刻隱約在我眼前浮現。

我走進已變成咖啡廳的一樓店面。

過去我在錄影帶店的固定座位，現在成了沖泡咖啡的空間。錄影帶陳列架改放了餐桌，以往鋪地毯的區域換成了木地板。感覺什麼都沒變，卻又好像煥然一新。

我拿著加了一份濃縮的美式咖啡坐到窗邊的高腳椅上。看著窗外，當年的回憶逐漸浮現。很快的，我腦中的黑盒子緩緩開啓。

「您好，這裡是唐吉訶德錄影帶店。您所借的錄影帶已經超過歸還期限了，請問您什麼時候能歸還呢？那是最新的作品，必須請您盡快歸還。我們可以外送錄影帶，但沒辦法到府收取。您問我是誰嗎？我是這間店的經理。您問我幾歲？我是國中生，怎麼了嗎？」

當時的我是個開朗的孩子，天不怕地不怕，也總覺得自己是全天下最優秀的人。北韓之所以沒有南下攻打我們，難道就是因爲這些一代傳一代的「中二病」帶原者嗎？不對，那個年代還沒有中二病這個詞。那難道是因爲唐吉叔相信我，把這間店交給我嗎？說不定眞是因爲這樣。錄影帶店是專屬於我的祕密基地，也是能讓我放鬆休息的地方。

只是誰能料想到多年之後，我竟然回到這裡喝咖啡看風景？安靜的星期日下午，唐吉叔喝三合一咖啡、我喝可可，兩人一起品評客人，這些好像才只是昨天的事。錄影帶店的客人有滯納金繳得比租金還多的懶散青年，也有堅持能夠當日租當日還，租金就必須打折的阿姨。有些家庭是不同的人接連來借同一支帶子，能由此推斷出這一家人關係並不和睦。至於大白天就來借一堆愛情小說的姊姊，我們都猜她的夢想可能是要當作家。

仔細想想，待在唐吉訶德錄影帶店的時間，可說是我在大田最愉快的時光。當時爸媽忙著經營炸雞店；讀大學的姊姊又休學跑去美國的阿姨家；哥哥是高三生，多半待在學校跟補習班，而我這個小鬼只能一個人在空蕩蕩的家裡煮泡麵吃。因此，只要有空，我就往錄影帶店跑。隨著待在店裡的時間一長，我感覺自己逐漸融入其中。一直是個獨行俠的我，終於在這裡找到了歸屬感。

想著想著我做出了決定，以後每天都要來這間咖啡廳上班。我要在曾有美好回憶的空間裡，試著編寫我人生劇本的第二幕。

4.
韓彬與地鐵

- **企劃一、挑戰聖心堂一日一麵包**：聖心堂是韓國營業額最高的麵包店，也是大田的象徵。我要吃遍他們家所有麵包。不必吃很多，但要吃得很仔細。
- **企劃二、走遍大田刀削麵美味店家**：麵粉之城大田的麵包很有名，刀削麵也是經典美食之一。牛奶貝刀削麵、蛤蜊刀削麵、辣拌刀削麵、辣醬刀削麵、紫蘇刀削麵等，乍看很類似，卻又有著天壤之別的刀削麵之旅。
- **企劃三、騎大休咻咻跑**：「大休（Tashu）」是大田的公共單車，大田沒有騎大休到不了的地方。我要騎著大休，每天尋找大田隱藏的景點。
- **企劃四、大田藍調——從大田開始的火車旅行**：在交通重鎮大田搭KTX！今天京釜線，明天湖南線，後天搭忠北線，只要一天就能前往全國各地。搭火車展開一日小旅行。

我花了一整天在咖啡廳裡寫企畫案。以即將見底的戶頭狀態來看，要離開大田拍片非常困難。所以我用當前的條件試想了一下，最後想出以上的內容。「知名溫泉探訪之旅」和「韓華鷹球隊加油大作戰」雙雙被淘汰。儒城雖然有很多溫泉，但應該拍不了多久就會缺素材。而要支持像大麻一樣讓人上癮的韓華鷹棒球隊[1]，也是一件很有壓力的事，於是決定放棄。

倘若以四天爲一個周期，交替體驗聖心堂、刀削麵、自行車和ＫＴＸ，應該就有足夠的素材。題材有了，問題在於趣味性。影片必須要有趣、要能引起人們的好奇，才能讓人按下「喜歡」跟「訂閱」。同時，頻道名稱也很重要。要取什麼名字？有趣城市大田？大田大行進？大田探險隊？

這些名字好像都不怎麼樣，感覺像在複製過去的自己。一想到這裡，瞬間覺得好煩膩，就連已經寫在筆記本上的企畫內容，我都忍不住全部劃掉。

其實說來說去，影片的重點還是人，是角色。《城市探險隊》是因爲有朱慧成才會好笑。YouTube節目的主角，其才華跟魅力都要不輸藝人才可能有出頭天。我這麼平凡，這個世界會對我感興趣嗎？我憑什麼去經營一個頻道，爲這個資訊爆炸的時代再多增添一些資訊？對自我的懷疑瞬間湧上心頭，瓦解了我僅剩的最後一點動力。

認爲自己能拍出點東西，是種對自己的信任，一旦意識到我並不相信自己有能力，我只能強忍即將奪眶而出的淚水闔上筆記本。

這時，兩個男人打開咖啡廳的門走了進來。他們找了張桌子坐下，不知在著急什麼，對話的速度像打桌球一樣快。其中一個莫名眼熟的男人轉過頭對櫃檯喊道：

「兩杯冰美。」

一聽到那個高亢又清澈的嗓音，我立刻愣了一下。

那是韓彬。

當年我轉學去首爾之後，之所以還能跟大田的朋友保持聯絡，都是多虧了有「cyworld」[2]。雖然如今cyworld已經是遙遠的回憶，但當時的我們都會在上頭搜尋朋友的名字、花時間到處瀏覽、跟偶然認識的人交流，逐漸變成熟悉的朋友。老實說，國中生哪有什麼大不了的事情好分享？就只是在上面寫寫日記、花錢買橡實換音樂、裝飾自己的頁面。偶爾用數位相機拍了些照片，就更新一下自己的大頭照。即便能做的事情也只有那些，卻還是會讓我們花上好幾個小時，坐在電腦前用心裝飾自己的主頁。

——桑丘姊姊過得好嗎？

記得以前，韓彬總會在我快遺忘他的時候自己冒出來，在我的日記底下留言。不過他究竟是真的來問我的近況，還是單純習慣性留個言，我只要動動手指去別人的頁面看一下，答案很快就會揭曉。

1　以大田為據點的韓華鷹球隊，自二〇一四年下半年開始，便把每場球賽辦得非常有趣，讓人像用毒品一樣看上了癮。後來民眾便結合大麻與韓華鷹，衍生出「麻華鷹」這個說法。

2　類似無名小站的部落格。其中一個主打的功能就是可以花錢買橡實，用以更換主頁的音樂跟裝飾。

——大俊哥過得好嗎？

——成敏哥過得好嗎？

——思綸過得好嗎？

果不其然，這傢伙只是定期逛一遍好友名單，把相同的留言複製貼上，再改個名字而已。

後來cyworld退流行，我也出了社會，爲了製作電視節目而忙得天昏地暗。記得某天我心血來潮登入荒廢已久的cyworld，意外發現那傢伙竟然還是會固定跑來留言。看到他每年都來問候「桑丘姊姊過得好嗎」，我的心情有些難以言喻。記得那天我回他「嗯。那你過得好嗎？」之後，他竟然立刻回覆，還留下電話號碼要我打給他。

我撥了電話過去，稍微聊了一下彼此的近況，並約好幾天之後，在IFC購物中心的咖啡廳碰面。韓彬跟小時候長得一模一樣，只有個子稍微抽高了一點，我一眼就認出他來。長大後的他看起來聰明伶俐又成熟，想必可以勾引到不少女生。

他對我這個接案子的外包製作人的身分非常感興趣，我問他在做什麼工作，他只是淡淡笑了笑，說看來是沒辦法賣車給我。

「笑死，你是爲了賣車才約我喔？」

「也是好奇妳的近況啦。」

「那去年來留言也是想賣車？」

「不是，那時候是保險。那時有個不錯的投資型保單。」

「眞是傻眼了，你是爲了業績才聯絡大家喔？」

「就順便啦。約人出來碰面哪裡會只有一個目的？話說，姊姊有男友了嗎？我認識一個不錯的哥哥喔。」

「你現在連人都賣喔？」

「他是我的前輩，是汽車大師喔。從起亞 Morning 到賓利，他什麼車都搞得定，在圈子裡是個傳奇人物。」

「不要再講什麼賓利倒車撞到手推車之類的鬼話了啦，眞的很愛吹牛耶你。」

「唉唷，眞是的，桑丘姊還是很喜歡講一些聽不懂的話，冷到不行耶。」

「這是一種比喻，好嗎？話說回來，叔叔過得還好嗎？」

「嗯？妳說誰？」

「唐吉叔啊，你爸。」

其實我之所以想跟他碰面，是因爲想知道唐吉叔的近況。沒錯，韓彬是唐吉叔的兒子。唐吉叔離婚之後就跟韓彬分開，他只有寒暑假時會到錄影帶店跟唐吉叔一起住。每一次他來，我們都會玩在一起。

被我這麼一問，韓彬臉色一沉，說他爸還是窩在大田那個地下室裡寫作。接著立刻話鋒一轉，繼續講賺錢的道理和要介紹男生給我認識的事。我覺得實在很掃興，後來就沒再跟他聯絡了。

我偷偷摸摸地縮著身子觀察他們。只見兩人拿出一堆文件，開始講起什麼鑑定評價怎樣、債務比例怎樣的事。這到底是在做什麼？我想仔細聽個清楚，卻一個沒坐穩失去重心，差點從椅子上摔下來。唉唷，我趕緊穩住重心，尷尬地假裝站起來往門口走去。

「桑丘姊！」

聽見韓彬這麼一喊，我竟不自覺地停下腳步。

「是妳……吧？」

雖然背對著他們，但我還是能感覺韓彬站起來往我走來，我趕緊調整了一下表情，轉頭過去迎接他。只見這傢伙帶著一臉傻氣的笑容站在那。

「哇，我們多久沒見了？妳好像比之前更高了耶。一七三？一七五了？」

「我才沒有那麼高！」

「姊，妳怎麼會在這？妳沒有繼續待在首爾嗎？」

「我才想問你怎麼會在大田咧？」

韓彬咧著嘴笑了一下，用手往地下指了指。

「地下室？那裡都跟以前一樣嗎？那……唐吉叔也還在嗎？」

「都一樣啊，除了我爸不在之外，其他都跟以前一樣。」

幾個念頭一下從我的腦海閃過。地下室是唐吉叔的生活空間，我們偶爾會下去，一邊吃他做的泡麵加辣炒年糕一邊看電視。如果地下室都沒變，那裡不就是封印著我的記憶嗎？

我問可不可以去看看，韓彬擺出窮酸的樣子，說他本來下午要回首爾，但如果我請他吃晚飯，他就留下來。我說作爲交換，由我決定吃什麼，意思是他沒有選擇權。

我們離開咖啡廳，走下地下室的樓梯。門口滿是濕漉漉的落葉，像腳踏墊一樣。即使在白天，那裡依然昏暗潮濕，一如十五年前。

韓彬掏出鑰匙插進鑰匙孔裡並用力轉動。

「別嚇到喔，桑丘姊。」

韓彬一把拉開門，比了個歡迎光臨的手勢示意我進去。

我吞了口口水，踏進了唐吉叔的住處。

5.
思緒的流浪者

屋裡跟以前一模一樣。繞過鞋櫃往裡頭走，就看到深褐色沙發、老舊餐桌，餐桌旁的流理臺、上頭的收納空間全都維持原樣。沙發對面是不知道還能不能開的映像管電視，大門旁邊則擺著當年頂級的留聲機、喇叭，以及裝滿一整個彩色收納箱的黑膠唱片。

我趕緊脫了鞋往客廳裡走，不知是不是地板紙的膠早已乾了，每踩一步都發出脆化的啪嚓聲。

但越是往內走，我才發現裡頭並不是跟以前完全一樣。雖然還能看見許多錄影帶店留下的痕跡，但當年空蕩蕩的書櫃，如今已放滿了從店裡搬下來的小說和漫畫，電視下方的陳列櫃也塞滿了錄影帶。

「姊，妳看這個。」

聽到韓彬得意的聲音，我轉頭看去，當場驚呼了一聲。剛才沒注意到的東西，就在牆邊對我招手。

白底紅字的錄影帶店招牌斜靠在牆角。我低聲唸出招牌上那七個字——

唐吉訶德錄影帶

以圓體字型書寫的七個大字邊緣堆積了許多灰塵，看起來像刻意做出來的陰影。最後一個「帶」字有一半脫落，露出裡頭的燈管。不知為何，我總覺得招牌很快就要點亮起來。

這塊寫著唐吉訶德錄影帶的招牌，用一個古老的聲音呼喚著我，像在問我怎麼現在才來？是不是忘記它在這裡了？也像是語帶責備，在質問我失去了桑丘的唐吉訶德還能做什麼？

我情不自禁走上前去，伸手摸了摸那塊招牌。掃下來的灰塵沾在我的手指上，彷彿它早在等待我的撫摸。

「怎麼樣？是不是都跟以前一樣啊？」

韓彬站在一旁，一臉洋洋得意。

「才不一樣。」

聽見我的答案，那傢伙歪了歪頭，似乎有些不能理解。

「唐吉叔不在啊，怎麼能說是一樣？他人到底在哪裡？」

我正眼看著韓彬。

「我本來就打算要為了這件事去聯絡妳。妳不是一直以桑丘自居嗎？既然是桑丘，就應該跟著唐吉訶德到處跑吧？我爸有跟妳聯絡嗎？」

「沒有。他人在哪裡，身為兒子的你應該更清楚才是呀？」

「我跟我爸的相處早就不像父子了啊。我想說他那麼愛當唐吉訶德，那應該跟桑丘有聯絡。他真的都沒跟妳聯絡嗎？」

「廢話少說，趕快把你知道的事情告訴我。唐吉叔到底怎麼了？為什麼丟下這裡，自己一個人消失了？」

「那妳會幫忙找我爸媽？會的話，我就把我這個充滿遺憾的曲折家族史告訴妳。妳這麼聰明，一定能夠找出我爸的行蹤。」

總覺得他好像在騙我，所以我沒有立刻回答。這時，韓彬的手機響起。他叫我等一等，便離開地下室去接電話。

地下室安靜了下來。被寧靜包圍的我，內心反倒激動了起來。

我往書架走去，看著唐吉叔留下的那些書。不知道有多少書被人租走沒還回來。書架上的系列愛情小說、武俠小說、科幻小說都少了幾本。暢銷排行榜的架上，擺的是《退魔錄》、《不插電男孩》、《達文西密碼》、《晨型人》、《多刺魚》與《那小子眞帥》等租借率很高的熱門書。因爲太常被翻看，裝訂幾乎都散了，只要一翻開來，書頁就會像羽毛一樣飄落到地上。

我彎下腰查看了陳列架上的錄影帶，發現了許多熟悉的電影。有我和叔叔一起看的電影、我跟拉曼查小隊一起看的電影、作爲顧店報酬免費借給我的電影，以及叔叔認爲是好作品，但當時我年紀太小，需要等到大學後再看的電影。

接著我往留聲機的方向走去。黑色的頂級留聲機組，是唐吉叔特別珍惜的東西。留聲機上正放著一張黑膠唱片，我低頭看了看專輯的名字，莫名鬆了口氣。幸好，當年愛聽的那首歌還在這裡。我打開電源，留聲機上頭的小燈開始閃爍。

我抬起唱針，小心翼翼放到第一首歌的唱軌上。滋滋滋，幾聲不會太刺耳的雜音傳來，接著悠悠的吉他演奏自喇叭流瀉而出，隨後是兩個男人的嗓音溫柔地跟我搭話。

這世上有令人喜悅的夢，垂下你充滿愛意的眼
如果我們的愛有主題曲，那肯定是尋找美麗生命的旋律

這世上有令人悲傷的夢，讓雨浸潤你孤單的心
如果我們的思念有翅膀，那必定是千頭萬緒中的流浪者

若我愛到天荒地老，便只剩下悲傷與離別
若我愛得似水柔情，便只會有眞實與信任

若我是無言的流浪者，我願成爲世上的一顆石頭
若爲找尋你而四處漂泊，我將不惜走到世界盡頭[1]

歌曲就像時光機，讓這裡變回當時的錄影帶店。我也好像回到那個時候，跟著哼唱這

1　原書註：金學來作詞、作曲，金學來、林哲佑演唱，〈我〉，收錄於《七〇年代大學歌謠祭總結算》（1980），B面第一首。

首唐吉叔愛聽的歌，不知不覺開始品味起歌詞。

當時我什麼都不懂，現在才明白這首歌的歌詞如此優美，值得再三回味。副歌輕快的旋律接續激昂的高潮，我的心也跟著熱烈跳動了起來。

會不會唐吉叔其實想要成爲流浪者？會不會他想像唐吉訶德一樣，成爲「思緒的流浪者」，放聲高唱這個世界的正義？而如今卻成爲「無言的流浪者」，從我們身邊消失，在世界的某個角落逐漸固化、定型？

歌曲結束了。我好想唐吉叔。

6.
漆黑的回憶領域

「我就跟妳說了，要等找到我爸，那個地下室才能以正常的價格賣出去！」

晚餐我們來到眞露家吃飯。餐點上桌後，韓彬嘴裡高喊著，手上還忙著把刀削麵的麵條倒進辣炒豆腐紅通通的醬汁裡，接著夾起沾滿醬汁的麵條，稀哩呼嚕吃了起來。

「啊，眞不知道爲什麼會這麼想吃這個耶。記得小時候我爸跟五金行的爺爺，都會跑來吃辣炒豆腐配馬格利酒，我就在旁邊拿辣炒豆腐剩的醬汁拌刀削麵來吃。」

「那是羅西南多爺爺，他開的不是五金行，是腳踏車行。」

「是喔？妳記性眞的很好耶。那現在要怎麼找我爸？妳有什麼想法嗎？」

韓彬一臉無奈，拿起燒酒來一口乾杯。我則喝了一口馬格利，開始回想剛才他告訴我的故事。

唐吉訶德錄影帶店在二〇一〇年左右結束營業後，店面就空了出來。當時錄影帶跟ＤＶＤ已經幾乎沒人要租，店面是靠一般圖書跟漫畫出租才好不容易撐下去，不過唐吉叔最後還是決定把店收起來。幸好房東奶奶讓唐吉叔保留地下室的住處，他才得以把店裡部分的東西搬到地下室。後來唐吉叔就一直住在地下室，一直到大約三年前才不見蹤跡。

今年夏天房東奶奶過世，繼承遺產的孫子成了屋主。因爲聯絡不上唐吉叔，所以他就把韓彬找去，並交給他地下室的鑰匙，要他把裡面的東西都搬走。但韓彬在整理行李時，發現抽屜裡有一張唐吉叔跟房東奶奶的合約。那是用手一個字一個字寫下，並用複寫紙轉印的合約。上頭寫著地下室空間免費且永久給唐吉叔使用，甚至還蓋了印章。

韓彬將合約拿給新房東看，說要離開地下室的話，那就得終止合約並退回押金。這對想把房子賣掉的房東來說，顯然是個意料之外的阻礙。所以房東現在正在拉攏韓彬，要他趕緊把地下室的私人物品處理掉，以便能盡快賣房子。白天跟韓彬約在咖啡廳的那個人是不動產估價師，韓彬請他來，是希望能了解這棟建築價值多少錢。估價師告訴他，如果想拿回當初的押金，就要當釘子戶跟房東協商，不要輕易妥協答應搬出去。但另一方面，估價師也說當雙方協商完畢，韓彬就必須把地下室清空。因此要他盡快找到爸爸，把重要的東西歸還給爸爸，這樣才能眞正清空地下室，取回押金，然後用那筆錢創業。

令人疑惑的是，房東奶奶爲何要跟唐吉叔簽這種永久免費租賃的合約？還有，成爲新房東的孫子既然不知道唐吉叔的聯絡方式，那又是怎麼跟韓彬聯絡上的？

「他說我是無賴。」

「成敏哥嗎？」

「對啊。那個飯桶現在都只透過房仲跟我聯絡耶。不是啊，如果他自己打電話來給我說要見個面，一起喝杯酒，以取得我的諒解。妳說這樣我會不會幫忙嘛？」

「應該不會吧。」

「當然不會啊，但至少不是現在這樣硬碰硬嘛。反正喔，他就是很不會做人啦。」

沒錯。房東奶奶的孫子就是成敏哥，也是我們「拉曼查小隊」的隊長。小時候我們經常一起在唐吉訶德錄影帶店看電影、幫忙顧店。

同時，他也是我該死的初戀。

拉曼查小隊是唐吉訶德錄影帶店的祕密組織，我們以「阿米哥[1]」稱呼彼此。當時成敏國三，所以擔任隊長，身爲主要成員的我跟大俊是國二，韓彬跟思綸才國一。除了我們之外，還有其他幾個成員。國中時的我們不僅要忙著上課讀書，也同時深受青春期的情緒所苦。幾個人臭味相投，很快就玩在一起。這個組織的核心是唐吉叔。是他替我們的組織取名爲「拉曼查小隊」，並要我們互相稱呼彼此爲「阿米哥」。

此刻，過去拉曼查小隊的阿米哥之一，就在我眼前靠著牆大聲打呼。他熟睡的模樣，隱約讓人聯想到唐吉叔。

唐吉叔老愛說自己是韓國的唐吉訶德，忙著做一些始終沒能實現的夢。他不會總待在錄影帶店足不出戶。事實上，在那個年代，他經常在宣化洞與大興洞一帶遊走，充當社區負責巡查的保安官，幫忙阻止社區裡的衝突。不過雖說是保安官，其實也沒什麼公權力，

---

1 原書註：amigo，西班牙語中的「朋友」。

更不是擅長打架的人，所以每一次只要捲入衝突，不是得上警察局，就是要去醫院報到。他就像小說裡的唐吉訶德，總是有勇無謀地朝風車衝刺。

我左手舉起手機，用手電筒照著鐵門，右手拿著一把沉重的鑰匙。插進鑰匙孔裡一轉，門卻沒有立刻打開，這鎖似乎已經不太靈光。我之所以會有地下室的鑰匙，都是拜韓彬之賜。吃完晚餐後，他便把這副鑰匙交給我，然後就放心地去大田站搭車回首爾了。臨走前還不忘交代我，要我再回去地下室看看，看能否找到一些跟他爸爸有關的線索。見鐵門毫無反應，我使勁轉了轉鑰匙，門鎖才在沉重的壓迫下有了些動靜。

現在早已是電子密碼鎖普及的年代，但這個地方連電子鎖都沒有，就更別想會裝什麼智慧感應燈。我站在大門口摸索，好不容易找到電燈的開關，才啪嚓一聲打開客廳的燈。燈一亮，我就看到天花板上老舊的日光燈，四支燈管裡頭只剩兩支還活著。在昏暗光線下，夜晚的寒氣盤踞室內，不禁讓人覺得有些陰森。

爲什麼我要這麼聽韓彬的話，拿著鑰匙就立刻跑來這裡？雖然有了鑰匙，也想再來看看是否能找到跟唐吉叔行蹤有關的線索，但怎麼樣也不該在大半夜跑來吧？我這麼急，到底是爲什麼？

我心裡明白，我其實是來進行場勘的。因爲這裡將會成爲屬於我的工作室，我決定要在這裡開始拍 YouTube 影片。至於頻道名稱，就叫……

我撿起招牌邊緣捲成一圈的電線，四處張望一下，馬上在冰箱旁找到延長線。我將插頭插到延長線上，招牌立刻就亮了。我關上客廳的燈，只見黑暗中，招牌上那七個字閃閃發亮：

唐吉訶德錄影帶

這就是我的頻道名稱。

我擔任製作人的時間雖然短暫，過程卻十分精采且紮實。從經驗判斷，所謂有趣的節目題材，其實就是找到特別的人，把這些人的生活和經歷拍出來給觀眾看，吸引人們開始討論。唐吉叔很特別，因此尋找他的過程本身就具備成爲出色題材的條件。此外，拍成影片還有宣傳作用，有助於找出唐吉叔。而找到他的下落，就是韓彬和成敏的當務之急。除此之外，還有一個原因讓我想以此爲題材。那就是我完全能夠想像，當唐吉叔得知YouTube這個平台上，有人以尋找他爲主題來拍影片，他會做出什麼反應。

「哇，這應該會很有趣喔！小率！」

7.
聘用自己

隔天，我一早就忙著準備出門。見我一反常態如此勤勞，老媽有些驚訝。她跟在我後面來到玄關，趁我坐著穿 Converse 帆布鞋時，她趕緊一把抓住我的手臂湊上前問：

「妳談戀愛囉？」

「媽，妳一大早在胡說八道什麼啊？」

「不是啊……因爲妳昨天喝到很晚才回來，今天又這樣精心打扮……」

「我從今天開始上班啦，會工作到很晚，晚餐妳就自己先吃喔。」

我才說完，老媽的問題就像機關槍子彈連發，啪啪啪打在我身上。

是兼職還是正職？月薪多少？如果是奇怪的公司，我一定會氣暈。妳最好現在老實說，那是幹麼的公司？該不會又是去做什麼鬼節目吧？

搞不清楚她到底是單純在問問題還是在偵訊，害我還沒回答就已經快被逼瘋。我趕緊舉起雙手，在胸前比了一個大大的「×」示意她停一停。媽媽沒再多說什麼，只一言不發地瞪著我。

「我雇用我自己，所以沒有薪水跟正職的問題，而且也不是什麼奇怪的工作。」

「哪裡不奇怪？自己雇用自己就已經很奇怪了！」

「也對啦，妳女兒的確是有點怪。但那個奇怪的雇主是我，我可以忍受我自己，所以沒關係。就算要擺資方嘴臉，那也是對我自己擺，就算拖欠薪水，也是拖到我的錢，這樣行了吧？」

連珠炮可不是只有老媽會。我不給她說話的機會，說完自己想說的，一腳踩進鞋子裡就奪門而出。

我決定從今天開始上班，去到離家五分鐘，專屬於我的工作空間上班。能在離家五分鐘的地方，擁有一個專屬自己的辦公空間，我眞的非常滿意。穿過社區的小巷子，我立刻就能看到不遠處那棟粉彩色的咖啡廳。昨天看到的那個短髮工讀生此刻正在整理戶外座位。我進到咖啡廳，點了一杯拿鐵。

稍後，我拿著外帶杯走出咖啡廳，從入口旁的樓梯下去。雖是廉價的拿鐵，我卻覺得自己像拿著星巴克咖啡，到位於清潭洞的工作室上班。昨晚有了一次經驗，這次我知道，我得使勁才能把門打開。

噢，我親愛的工作室。

坐在唐吉叔的書桌前，我突然很感慨。這張淺褐色木桌是他用來當錄影帶店櫃檯的桌子，他總會打開一本厚厚的書放在上面，每天都在抄抄寫寫。起初我以爲那是大字版聖經，後來才知道是西班牙小說《唐吉訶德》。本以爲唐吉訶德只是個瘋狂老騎士，實際讀了書卻嚇了一跳，發現根本不是我想的那樣。

「叔叔，你在做什麼啊？」

「這叫做手抄。」

「你爲什麼要手抄？」

「這個嘛，嗯……爲了學習唐吉訶德的精神啊。而且放眼全韓國，絕對不會有人去手抄《唐吉訶德》，所以這會是第一本韓文版的《唐吉訶德》手抄本。」

「但誰會知道這件事？就算西班牙人懂你爲什麼要手抄，但寫成韓文之後他們又看不懂，不是嗎？」

「人冒險的目的，其實並不是要讓人理解。我這只是在走自己的路，別人怎麼想一點都不重要。妳說對吧，小率？」

「我知道了。請你趕快完成手抄本吧，加油！」

「好，謝啦。不過《唐吉訶德》有兩卷，就算完成這一卷，我接下來還得繼續手抄第二卷。」

「哇，第二卷也這麼厚嗎？」

「這個嘛……比這本還厚呢，哈哈，哈哈哈。」

我坐到唐吉叔的書桌前打開筆記型電腦，開啓無線網路清單，幸好還能抓到樓上咖啡廳的訊號。輸入稍早在咖啡廳偷看到的無線網路密碼，很好，連線完成。我很幸運，用一杯拿鐵的錢就解決了網路問題。

我正式開始工作。首先，我打開網路購物商城，購買拍影片需要的設備。我把智慧型手機放在電腦旁邊，對著手機喊了一聲「攝影機」，智慧助理便把拍影片需要的迷你腳架、支架、LED燈和收音麥克風找出來並自動替我訂購。雲台或GoPro是戶外拍攝才需要的東西，我決定先跳過。最後本來打算購買我在公司用過的影像剪接軟體，但一查價格發現，實在貴到讓人心痛，所以我決定下載手機內建的免費影像剪接程式。做好這些準備，應該就能進行基礎的影片拍攝與剪接了。

接下來要開設頻道。我上YouTube找了「替YouTube頻道取名」的教學影片來看。開帳號的方法非常簡單，我先登入自己的Google帳號，進到使用者頁面後發現需要個人照，我就用手機拍了唐吉訶德錄影帶的招牌。這招牌適度沾染灰塵，末端有些破損，露出了內部燈管，看起來非常復古。帳號開了、個人照設定好了，接下來就是寫頻道介紹。

已經消失無蹤，卻存在於我們心中的錄影帶店，唐吉訶德錄影帶！
出租那些年，你愛的電影、漫畫與小說。

簡短寫好頻道介紹文，我又處理了一些其他的瑣事，然後就肚子餓了。重溫闊別已久的上班族生活後，最令我雀躍的是午餐時間的到來。要吃什麼好？當然還是刀削麵。

我到神道刀削麵吃了午餐，回程繞去NC百貨公司買掃除跟辦公用品。接著花一整個下午清掃工作室，把五十公升垃圾袋裝滿滿。冬天似乎就要來了，時間還不到六點，位在半地下的工作室已經變得非常昏暗。我脫下橡膠手套喘了口氣，打掃就花了這麼多時間，我什麼時候才能開始拍素材？

於是我指示自己加班。

打掃接近尾聲，我在角落的拉鍊式舊衣櫥裡找到一個登機箱。這是什麼？我有些好奇，又有些不敢面對裡頭的東西。我讓自己冷靜下來，便決定一鼓作氣把登機箱打開。一看到裡面的東西，我忍不住驚呼出聲。

裡頭放了數十本老舊的大學筆記本，我甚至不用翻開來看，就立刻知道那裡頭寫的是什麼。因爲那堆筆記本下面有兩本跟磚頭一樣厚的《唐吉訶德》第一、二卷。

雖然已經知道內容了，但眞的翻開筆記本，看到裡頭密密麻麻都是唐吉叔的字跡，我還是不自覺張大了嘴，心情十分激昂。內容是手抄韓文版的《唐吉訶德》，每一個字都微微向同一邊傾斜，像穿著鎧甲的騎士團一樣整齊列隊。騎士隊伍在筆記本裡前進，每一次翻頁我都忍不住驚呼。翻了幾頁之後，我立刻跳到最後一本筆記的最後一頁。

最後一本手抄筆記本的最後一頁，寫的是《唐吉訶德》的結局。記得以前唐吉叔曾經說過，他的夢想是帶著韓文版手抄本去西班牙，而那個夢想的一部分就在我眼前。這些手抄筆記有如他的分身，一頁頁看著他的字跡，讓我更想念他了。

把夢想的一部分留在這裡，唐吉叔究竟跑去哪裡了？我不能再拖下去了。我要把尋找唐吉叔的過程拍成影片，透過 YouTube 頻道「唐吉訶德錄影帶」公諸於世。

8.
沉桑丘

齁啦（Hola／大家好）！阿米哥（Amigos／朋友們）。歡迎來到「唐吉訶德錄影帶」頻道。在這個頻道裡，所有人都是朋友，都是阿米哥！至於我是誰呢？是唐吉訶德嗎？很遺憾，我不是唐吉訶德，我是輔佐他的桑丘。你們覺得我個子太高又是女生，根本不像桑丘嗎？請各位發揮一下想像力吧。我就是二十一世紀的韓國桑丘，全韓國只有我一個「沉桑丘」，絕無分號。我是唐吉訶德錄影帶這個頻道的經營者，沉桑丘。很高興認識大家，恩坎塔達（Encantada／很高興認識你）！

為什麼叫沉桑丘？因為體重沉甸甸嗎？絕對不是。因為我姓陳，再加上沉跟真發音很像，取這個名字也代表我是「真正的桑丘」。我想在這裡邀請大家，以後跟我沉桑丘一起前往「唐吉訶德」與唐吉訶德錄影帶的世界冒險。

來，首先，看看這個招牌，各位是否想起什麼？沒錯，這就是錄影帶店的招牌。錄影帶出租店，現在幾乎已經絕跡了。在以前，這樣的店不僅能租到精采的電影，更有浪漫言情小說、漫畫書跟武俠小說可以租，這東西就是那種店的招牌。我住在大田，在大田的宣化洞。這裡曾經有一間經營很久的錄影帶出租店，叫做唐吉訶德錄影帶，這也是我們頻道名稱的由來。

當然，隨著錄影帶的沒落，這間店也永久歇業了。在二〇〇三到二〇〇四年之間，唐吉訶德錄影帶店的業績達到顛峰，剛好正值我沉桑丘的國中時期。別人都說，遇上一個中二病青少年，比被老虎攻擊還可怕。當時的我正是中二病最嚴重的時期，整天泡在錄影帶店裡，接受大眾文化的薰陶。這間店裡有我成長的回憶。

哎呀，沒想到已經是這麼久以前的事了。當年還是國中生的我，如今的年紀已是當時的兩倍多。滿三十歲之後，回到故鄉的我意外發現唐吉訶德錄影帶店居然還在。只不過店的位置已經從同一棟建築的一樓搬到地下室，而且也已經沒有營業了。看到當初的招牌，我興起了一個念頭：我決定在這裡跟各位分享一些故事。

大家或許會好奇，唐吉訶德錄影帶店為何只有桑丘？唐吉訶德跑哪去了？當年經營這間錄影帶店的老闆就是唐吉訶德，包括我在內，所有住在宣化洞的孩子，都稱呼他為「唐吉叔」。身為老闆，他丟下店面跑哪去了？對於這點，我也很好奇。所以我，沉桑丘決定踏上尋找唐吉訶德的冒險，並把冒險過程拍成影片，當成獻給唐吉叔的禮物。

未來每個星期我會更新兩次。影片的前半段，我會分享當年跟唐吉叔一起看過的書或電影，後半段則會從與我們頻道同名的世界文學經典《唐吉訶德》當中，挑選出精采場面來朗讀。

我想讓大家看看這個。唐吉叔雖然離開了這裡，卻留下了行李箱。我在打掃的時候找到這個行李箱，打開之後嚇了一跳。大家知道這是什麼嗎？是唐吉叔親自抄寫、翻譯的《唐吉訶德》手抄本。

這些老舊的筆記本數量超過四十本。我一直相信文學經典會超越時代，將生命的智慧傳遞給我們。國中二年級時的我對這部文學經典毫無興趣，長大後也從沒想起過這本書。但現在為了做YouTube節目，我終於開始讀唐吉叔的手抄本了。

不讀還好，一讀簡直嚇到。我發現原來《唐吉訶德》的故事不只帶給我們許多教誨，劇情更是有趣得不得了。世上第一部現代小說、世界文學瑰寶的稱號真不是浪得虛名。大家知道嗎？二〇〇二年諾貝爾研究所曾經舉辦過一個投票，邀請全球一百位知名作家票選最佳文學著作，第一名就是《唐吉訶德》。參與投票的作家當中，超過一半都將《唐吉訶德》選為最佳文學著作。不光是這樣。這部作品問世至今賣出了五億本，是歷史上最暢銷的書之一，也是繼《聖經》之後被翻譯為最多版本的書。

《唐吉訶德》的故事從位於西班牙中南部的拉曼查開始。這裡有一位鄉下地主名叫阿隆索·吉哈諾。他很愛讀騎士小說，對騎士小說癡迷到甚至妄想自己是真正的騎士，必須挺身而出把這個腐敗的世界撥亂反正。他為自己創造了名叫「唐吉訶德」的身分，這個身分很快取代了真正的他。他認為一個真正的騎士，會需要能讓他獻上忠誠的公主，因此便設定了一個假公主「杜爾西內亞」，並雇用村子裡的居民「桑丘·潘薩」當自己的隨從。啊，不是法院那個法官喔，雖然潘薩的韓文發音聽起來跟法官很像，但那只是他的姓氏。桑丘雖然是一名農夫，但還是答應成為唐吉訶德的隨從，兩人一起踏上冒險旅途，對抗世界的邪惡。作者塞萬提斯在書中借鄰居理髮師的口如此介紹唐吉訶德：

「還會是誰？」理髮師回答。「就是那位擊退侮辱、糾正錯誤、保護女士們、令巨人驚愕，在戰鬥中大獲全勝的『拉曼查之唐吉訶德』大人啊。」[1]

唐吉訶德與桑丘就這樣踏上冒險，為漫長的故事揭開序幕。各位阿米哥，讀完《唐吉訶德》之後，我開始相信，人人心中都有一個唐吉訶德，每個人心中都有對冒險的渴望。我希望各位能加入我，跟我一起踏上冒險之旅，一起尋找唐吉叔。今天的影片內容就到此結束，我是沉桑丘。阿斯達魯耶哥（Hasta luego／再見）！

---

1 原書註：《唐吉訶德》第一卷，塞萬提斯著。

9.
新手 YouTuber 的期待與不安

一週更新兩次這件事意外費工。畢竟我得自己寫腳本，還得提前把朗讀《唐吉訶德》的內容拍好。除此之外，還要把被選爲「本日推薦」的電影或書的內容，寫成生動有趣的大綱。這些還只是前期的準備，實際拍攝更是個苦差事。我眞的沒什麼主持才能，坐在鏡頭前一個人主持節目，實在是尷尬到爆。剪接、上字幕等後製工作也很要命。我很努力想讓影片的節奏流暢、字幕機智幽默，但這會耗費很多時間跟心力。

下班回家，坐在餐桌邊，老媽問我什麼時候要去店裡幫忙。我試圖避談這個話題，老媽雖不知我葫蘆裡究竟在賣什麼藥，但憑我無法立刻領到薪水這點，她就有理由發表意見，畢竟她不可能一直讓我賴在家裡白吃白喝。見我一直轉移話題，她只說我們遲早得爲這件事好好談判，然後就回房去了。我無奈地放下手中的碗筷。

可惡。我實在很想跟她說，我也有自己的「店」要顧，但要是她眞的追問起來，我也無法老實跟她說我要當 YouTuber，因爲我擔心她可能會因此跑去找影片來看。

唐吉訶德錄影帶頻道開設至今已經一個星期，訂閱數只有三十一人。偶爾看到有人留言說「眞有趣」、「讓我想到以前」，我都會認眞回覆。至於那些「好老派喔」、「錄影帶店都幾百年前的事了」的留言，我則回應說會繼續努力。

在 YouTube 的世界裡，我這間小小的錄影帶店，距離創造收益還遠得很。要是再這樣下去，我恐怕就眞的要被監禁在老媽的炸雞店裡。

我心急如焚，抱著想找根救命浮木的心情打開通訊軟體，篩選出一些朋友。篩選的標準是就算知道我在拍影片，也不會多說什麼的人。我一一把頻道連結丟進每個人的視窗裡，附上留言說：「新手上路，請多指教。」當初想把頻道當成屬於自己的祕密，不主動跟朋友分享的心態，顯然太傲慢了。店都開了，還妄想不借助朋友的力量，全靠自己的努力就獲得成功？這有可能嗎？我果然還是很需要大家幫助。

訊息傳出去沒多久，大家很快便有了回應。「恭喜」、「好棒」、「我按讚訂閱囉」、「太神奇了吧」、「我留言了」等反應蜂擁而至，看得我好滿足。

當我因爲大家的反應而沉浸在喜悅之中，有一則訊息跳了出來。仔細一看，發現是韓彬。

——這是什麼？小率姊，妳這是在幹麼？

老天，我本來不打算讓韓彬知道的，沒想到通知朋友的時候，不小心把他也加進來了。我正想打字回覆，他就立刻打電話來了。

「妳是想住在那喔？」

「我只是在這裡開一間店而已，錄影帶店。」

「哇，是我太天眞了。因爲妳說會幫我找爸爸，我就把鑰匙交給妳，沒想到居然會被妳騙，我眞的是……」

「喂！我如果要騙你，還會把連結傳給你嗎？怎樣？這樣不是更有機會找到你爸？這方法還行吧？」

「妳怎麼可以自作主張在那邊拍影片啦？這要付使用費，不對，要付月租啦。開店就要付租金啊！妳拍影片眞的有辦法賺錢嗎？」

韓彬那句「能賺錢嗎」，頓時讓我火冒三丈。不賺錢難道就不能做嗎？那你是又能賺多少……一天到晚賣這個賣那個……啊！我突然知道該怎麼說服他了。

「能賺錢啊，只要你來幫忙。」

「我要怎麼幫忙？如果是要我入鏡，那我拒絕喔。我的肖像權很貴。」

「你就是做什麼都會成功的命啊，當然需要你來幫我。你人面那麼廣，手機裡的聯絡人肯定有上千個吧？把連結傳給他們啊，說是你認識的姊姊要當 YouTuber，請大家幫忙訂閱按讚，好嗎？」

「哈、哈哈、哈哈哈哈哈。」

似乎是氣到說不出話來，韓彬只是一直乾笑。

最後韓彬氣沖沖地說，他遲早要來大田跟我談判，然後就掛了電話。不管是老媽還是韓彬，大家都很愛談判呢。好啊，這反倒激起我的好勝心。我決定把他們的壓迫當成正向刺激，試著去找別的方法，讓自己能成爲獨當一面的 YouTuber。

10.
「不是你的錯」

來自麻省理工學院的藍伯教授，曾榮獲有數學界諾貝爾獎之稱的菲爾茲獎，他在研究所的走廊上公開了一道很難的數學問題，要大家都來試試身手。只可惜一直沒人能成功解開這道題目。直到某一個晚上，終於有人寫下了答案。教授在上課時詢問這名學生是誰，卻沒有人回應。教授決定出一道更難的題目，並期待解開上一道題的人也能解答這次的問題。但等了好多天，始終都等不到答案。

一天，藍伯教授正要下班，恰巧看到走廊上有一名年輕清潔工，正在寫了數學題的黑板上塗鴉。他正準備過去訓斥那名清潔工，但清潔工一見他靠近，便嚇得立刻逃跑。等到藍伯教授走近一看，才發現那名逃跑的清潔工不是在塗鴉，而是寫出了數學題的解答。

連麻省理工學院的學生都答不出來的數學題，居然被一名清潔工解開了？這個清潔工到底是誰？竟然能有人輕鬆解開連藍伯教授都覺得困難的題目，這讓藍伯教授感到十分驚喜，便四處打聽這人究竟是誰……最後終於打聽到這名清潔工的背景。原來這人曾涉及集團暴力與對警察施暴的事件，目前即將面臨法律訴訟。藍伯教授來到法庭，發現這名清潔工以詳盡的法律知識和嚴謹的邏輯為自己辯護，這再一次讓他感到驚訝。然而，由於過去曾有類似情況逃脫法律制裁的先例，因此在審理後，法院最終還是判處該名清潔工有罪。

這是怎麼回事？這人究竟是何方神聖？難道是不世出的天才嗎？各位，如果你是藍伯教授，你會怎麼做？你會把一個數學天才、一個如此聰明的人，當成是對警察施暴的不良青年而放棄他嗎？還是會想盡辦法拯救這名清潔工，並試著讓世人認識他的才能？

如果想知道後續，希望大家能去租一部電影來看。這部片叫《心靈捕手》，也就是我手上現在這捲錄影帶。讓我們把帶子拿出來看看吧。這部片於一九九八年在韓國上映，十五歲以上的人都可以觀賞，所以我國中時就看過這部電影。是在電影院看的嗎？不是喔，是在唐吉訶德錄影帶店，跟唐吉叔還有拉曼查小隊一起觀賞的。唐吉叔很了解電影與幕後的小故事，對當時的我來說，他就是世界上最懂電影的人。

唐吉叔總愛說，這部電影的主角羅賓·威廉斯是他這輩子看過最棒的演員。而飾演清潔工的年輕帥哥，是現在已經有相當成就的麥特·戴蒙。還有一件事不曉得大家知不知道，那就是在電影中飾演麥特·戴蒙好友的年輕人，其實是曾經演過蝙蝠俠的班·艾佛列克。現在想想，這部片的卡司還真是驚人。不過最讓人驚訝的，當然還是這部作品的劇本，竟然是由麥特·戴蒙與班·艾佛列克這一對好友一起寫的，最後他們甚至還得了奧斯卡獎呢！哎呀，看來麥特·戴蒙真的跟他在電影裡飾演的清潔工一樣，是個聰明的天才呢。

這部電影《心靈捕手》的原名*Good Will Hunting*是什麼意思呢？在電影裡，麥特·戴蒙飾演的角色名叫「威爾·杭汀」（Will Hunting）。威爾·杭汀為人挑剔且個性冷漠，因為童年時曾受過傷害，導致他待人的態度十分惡劣。電影講的是讓內心某處嚴重受傷的他變「好」（good）、進而逐漸變成一個好人的故事。所以才會取名叫「Good Will Hunting」。這也是唐吉叔告訴我的。

《心靈捕手》是好萊塢知名演員麥特・戴蒙與班・艾佛列克精采的出道作品，其中也能看到已經逝世的知名演員羅賓・威廉斯的精采演出。

「不是你的錯。（Not your fault.）」

在電影裡，威爾・杭汀因為過去受到的傷害而選擇不再與世界交流。飾演心理學家的羅賓・威廉斯以時而溫柔撫慰他的心、時而激烈逼迫他的策略，讓威爾逐漸走出過去的陰霾，真正踏上人生的旅途。這句「不是你的錯」，便是羅賓・威廉斯在劇中的經典台詞。

這也讓我想起了唐吉叔。我想，當年他之所以選這部電影給我們看，應該也是為了告訴我們，「即使在人生中受到壓迫、受到傷害，那都不是你們的錯，你們要堅定過著自己的人生。」我現在終於明白，這是他對我們的鼓勵。帶我們認識這樣一個故事、帶給我們莫大鼓勵的唐吉叔，如今卻不知去向。所以我沉桑丘決定要把他找出來。我再說一次，唐吉訶德錄影帶是獻給唐吉叔的一首詩，也是以尋找他為目標的冒險頻道。

以上是今天的推薦作品，《心靈捕手》。阿斯達魯耶哥（Hasta luego／再見）！

11.
老朋友的問候

訂閱數突破五百人了。等到有一千人，就可以申請廣告了……但怎麼會這樣呢？短短幾天訂閱數就有顯著成長，我覺得飄飄然。而且開始有很多人留言說期待下一部影片，甚至有些人突然稱讚我的長相跟聲音，讓我有點害羞，但一方面又覺得這樣似乎挺不錯的。

但到底爲什麼訂閱數會增加得這麼快？我想來想去，覺得可能是最近出了什麼跟唐吉訶德有關的影片，所以搜尋了一下。但不管怎麼找，都只有找到兩個搞笑藝人在拍旅行綜藝時，跑去逛日本雜貨店唐吉訶德的影片而已，根本沒人提到跟錄影帶店有關的內容。不過來到我頻道留言的觀眾，卻都在用自己的方式講述他們記憶中的錄影帶店。

——我眞的超想要跑車造型的倒帶機。

——一萬韓元就能租五部新片或七部舊片。

「我家這邊是一萬韓元七部，還是新片。

「你那是哪一年的事？我是二〇〇二年世界盃那時的事。

「我是二〇〇六年的世界盃，那時錄影帶店都快倒光了。

——Netflix 可以無限量看到飽，眞的很幸福。

「Netflix 可以說是現在的錄影帶店。

「Netflix 原本也是從出租錄影帶開始做起的。

「什麼？

「眞的，它原本是美國連鎖錄影帶店，後來才進軍網路。

——唐吉訶德錄影帶是連鎖店嗎？我們這裡好像也有耶。

「NO NO，我看應該是大田那裡的，老闆像唐吉訶德，所以才叫唐吉訶德錄影帶。

「唐吉叔，呵呵，是不是瘋子啊。

我一一回覆留言，短暫陷入感性的情緒中。唐吉訶德錄影帶店的倒帶機，也是留言裡說的紅色跑車造型。二〇〇三年的時候，確實是一萬韓元可以租五部新片。原本是錄影帶店的 Netflix 成了進化的恐龍，掌握了影音串流市場，而錄影帶出租店則成了絕種生物，如今成了上古化石。我跟訂閱戶宛如考古學家，一邊回想過去，一邊試著把這個頻道打造成這個時代的錄影帶店。

我重新整理，看看有沒有新的留言。果不其然，一則新留言冒出，我原本在鍵盤上飛舞的手指卻頓時停了下來。

——看到這個招牌覺得好開心。也很開心再看到小率。好懷念我的故鄉宣化洞，也很想念唐吉訶德錄影帶跟唐吉叔……

既知道我的本名，又稱宣化洞爲故鄉，那肯定是我國中時的朋友。我趕緊查看留言者的名字，D J 黃。那時期我認識姓黃的人只有一個，而且他還加上了名字的縮寫，所以我更能確定是他。

他是大俊，一個跟我同年的男生。他就是住在木尺路的小髒鬼黃大俊。很久以前在韓彬去 cyworld 平台創的拉曼查小隊上，我們曾經問候過彼此，但後來就沒聯絡了。可是大俊怎麼會找到這個頻道？

我透過 Gmail 跟大俊聯絡，直到深夜才收到他的回信。信上只寫了重點，平淡無趣的口氣像極了他，但我能從中感受到他對我的信任。

小卒，我眞的從很久以前就覺得妳很厲害。以前妳在電視台上班我就很佩服，現在居然還自己跑出來經營 YouTube 頻道了。多虧了妳，讓我回想起很多當年的事，這幾天一直重看妳的影片呢。我現在在釜山開小吃店，跟太太還有女兒一起過著普通的生活。對了，是韓彬告訴我這個頻道的。

韓彬說叫我們要幫忙宣傳一下，分享給很多以前在大田的朋友。我會持續收看妳的頻道，妳要繼續分享美好的回憶。

要是找到唐吉叔，記得跟我說，有來釜山也要跟我聯絡喔。

大俊（010-45XX-XXXX）

讀完他的信，我有點哽咽了。原來四天來訂閱數急速增加，都是多虧了韓彬和大俊的努力。但同時我也覺得驚訝，沒想到大俊現在不在大田，而是在釜山開小吃店。三十歲的他，已經結婚而且有小孩！感覺就像得知一個不可靠的堂哥終於有了家庭，現在過著幸福的生活一樣。

記得第一次見到大俊，是從首爾轉學來大田的那一年，也就是在宣化小學五年三班的教室裡。他塊頭很大，一個人坐在最後面，旁邊則是我這個轉學生的位置。當時的大俊可能很孤單，所以他主動跟我講話，還帶我去吃地下街最有名的辣炒年糕。

跟大俊玩在一起，其他人都會偷偷觀察我們，那些視線讓我覺得不太舒服。偶爾會有些人惡作劇捉弄、欺負大俊，但即便如此，大俊總是笑容滿面。我並不討厭他。

到了新學年，分班之後，我也開始有了很多朋友，自然就跟大俊疏遠了。有時候在路上遇到，我還會假裝不認識大俊。朋友都說，大俊跟奶奶一起住在木尺路的小房子裡，家裡很窮，甚至會抓老鼠來吃。聽到這種話的時候，我都沒辦法告訴大家說，其實大俊請我吃過辣炒年糕。

後來我們進入不同的國中，平常不怎麼會遇到。直到某天，我去唐吉訶德錄影帶店時，又遇見了大俊。當時他跟唐吉叔坐在一起，兩人一起吃著放在中間那盒巧克力派。我進到店裡，大俊一看到我就很開心地打招呼。

「所以你們是朋友囉？是同班同學嗎？」

我因爲尷尬而假裝不認識大俊，唐吉叔卻問起我們的關係，像要幫我們化解尷尬一樣，還問我說：「是好朋友嗎？」我說：「只是朋友。」後來每次去錄影帶店，大俊都在那裡跟唐吉叔一起吃東西。

當時，大俊說無法適應學校生活，正在考慮轉學。後來我才知道，當時大俊在校園裡遭遇霸凌。在cyworld的拉曼查小隊聊天時，大俊曾經說自己在學校被霸凌，覺得苦不堪言時，唐吉訶德錄影帶是他唯一的避難所。我相信要他開口說出這件事並不容易，我因此深受感動。

訂閱數增加，又跟老朋友重新聯絡上，讓我更有衝勁了。我決定今天影片前半段的出租店單元要做得更充實，後半段則要朗讀《唐吉訶德》手抄版。上次介紹電影《心靈捕手》的反應非常好，留言超過了四十條！這次我嘔心瀝血挑選了一本小說。

《童行歲月》是本感人的作品，當時拉曼查小隊的大家在唐吉叔推薦之下閱讀，每個人都哭到一把鼻涕一把眼淚。我把書放在桌上，拍了幾個用來當素材的畫面。我伸手翻著書頁，灰塵或毛絮之類的東西揚起，露出了書頁被頻繁翻閱留下的痕跡，能感覺到這本書曾是熱門租閱作品。我一邊翻頁一邊拍，像是將時光倒轉到十五年前。

稍後，我把智慧型手機裝到腳架上，按下錄影鍵，隨後就錄影位置。我清了清喉嚨，以拍手代替拍場記板。正準備開始錄口白，卻突然聽見喀噠一聲，外頭傳來有人推門的聲音。

該死，是韓彬嗎？要來之前都不說一聲嗎？偏偏挑在我拍片的時候跑來……等等，要不要乾脆趁這個機會，洗腦他一起加入？好。我對著鏡頭說：「各位觀眾，我終於找到當時最愛跑唐吉訶德錄影帶店的人了！當時只有常客能加入會員，成爲拉曼查小隊的一份子，而他就是其中一名會員，張韓彬。」

說完後，我按下暫停錄影鍵，轉頭看向韓彬。

沒想到站在門口的人不是韓彬。

是成敏。安成敏，他是這裡的房東，也是逼著韓彬把地下室清空的人。他曾經是拉曼查小隊的成員，但絕對不可能參與影片拍攝。要是他眞的加入，反倒可能會把節目搞砸。

因爲，他也是我的初戀。

12.

HAND TO MOUTH

就像莎拉公主有貴公子、紅髮安妮有吉柏、小婦人四妹艾美有羅禮一樣，我有成敏。剛加入拉曼查小隊的他，看起來就像個正經誠實的模範生。國三時課業很忙，但他眞的很喜歡閱讀跟看電影，所以主動問我們可不可以加入，我很喜歡他這麼主動。

唐吉叔從來不吝惜稱讚成敏，說他會讀書又博學多聞。這個說法讓過去一直是拉曼查小隊的王牌，又深受唐吉叔寵愛的我有些吃醋。

某天讀書討論會的主題，是我最愛的作品《小王子》。我在感想中提到，我認爲小王子就是聖修伯里，而墜落沙漠的飛行員則是受盡現實折磨的成年人。作者扮演小王子，把當代成年人想說的話都寫在書裡。

唐吉叔說我的想法很棒。我能感覺到，大俊、韓彬跟思綸也都覺得我不愧是小隊裡的王牌。接著輪到成敏發表意見了。

「可是我覺得小王子應該是小時候的聖修伯里，飛行員是成年後的聖修伯里。」

成敏平靜地說出他的感想，我瞬間愣住了。唐吉叔問他爲什麼，他淡淡地說，現實中的聖修伯里眞的是位飛行員，也曾經迫降在沙漠，並且在那裡過了好幾天，好不容易才撿回一條命。他認爲聖修伯里是以自己的經驗爲基礎，寫出了《小王子》。

在這裡我提出反駁。

「只因爲眞的發生過這種事，就斷定作品裡的飛行員是作者本人，會不會想得太簡單了？我覺得把沙漠裡遇難的飛行員，看成是象徵活在這個苦難世界的成人比較對。」

成敏聽完後便補充意見，但說話的口氣像是在考我一樣。

「那小王子遇見的國王、酒鬼、企業家、開路燈的人呢？那些人不都是受現實折磨的成年人嗎？」

「……」

「書中第一頁有這樣一句話：『所有大人都曾經是孩子（但很少有人記得這點）。』[1]所以我覺得作者是希望鼓勵讀者，就像自己遇見小王子一樣，希望讀者們也能試著去遇見小時候的自己。」

我氣得一句話也說不出來。成敏竟然連書裡的句子都拿出來講，眞是太討厭了。但同時也是因爲他講得很有道理，所以我無法反駁。

「好，你們兩個都很棒，我今天學到很多呢。聖修伯里肯定是《唐吉訶德》的狂熱愛好者。小王子離開自己的星球，四處旅行遇見各式各樣的人，肯定也受到《唐吉訶德》很多影響。所以《唐吉訶德》才是人類最棒的……」

不知不覺，唐吉叔又開始他那套「起承轉唐吉訶德」的言論，但就在這時，我忍耐已久的眼淚終於爆發。我沒想到在爭論跟邏輯上都輸掉的不甘心，竟然會讓我哭得這麼慘。

成敏見狀，便拿了條手帕給我。天啊，手帕……我們之中有誰會隨身帶這種東西……發現自己一邊哭竟還一邊想著這件事，我不禁被嚇了一跳。無奈之下，我只能接過那條手帕來擦眼淚。手帕上傳來一股非常舒服的香味。

後來我瞞著媽媽把手帕洗好晾乾，等著下一次見到成敏要把手帕還給他。這個過程對我來說非常珍貴。後來他買了聖心堂的麵包送我，說是謝謝我把手帕洗乾淨。之後我就一直叫他「成敏哥哥」，一天比一天更喜歡他。他有時害羞、有時冷淡，對我的態度就只是對朋友般的親切，讓我覺得有些難過。但當時的我依然喜歡成敏，也滿足於拉曼查小隊第二把交椅的角色。

「如果你說下午四點要來，那我從三點就會開始覺得幸福。」就像《小王子》裡的狐狸一樣，我每個星期都在期待跟成敏一起參加拉曼查小隊的聚會。《小王子》中的名言曾經讓我嘗到屈辱的滋味，但到了現在，三十歲的我聽起來卻十分有感觸，就像在描述我跟成敏的關係。

隔年，升上高中的成敏因爲高中生活太忙，逐漸減少參與聚會。我還因此寫了信給他。「哥哥不在，拉曼查小隊好空虛。爲了小隊好也爲了我好，多出席吧。」雖然只是簡短寫了幾句話，但其中藏了我羞澀的心意。

雖然沒收到回信，但幾個月後，成敏跟我們一起去旅行了。他若無其事地看著我，露

---

1 原書註：《小王子》，聖修伯里著。

出了欣喜的笑容。我搶著坐到他旁邊，跟他聊了很多事情。他依然待人親切，也很專心聽我說話。但現在回想起來，他的舉動顯然沒有半點靈魂。因爲沒過多久，成敏就靠著車窗睡著了，而我則盯著那張臉看了好久。

至於那一趟去釜山的旅行，也是拉曼查小隊最後一次聚會。

睽違十五年的重逢，沒想到會這麼尷尬。

成敏這傢伙，一開始沒認出我。後來認了出來，才顯得有些手足無措，對我說話也畢恭畢敬，我眞的是不知道該說什麼才好。

趁著陪他一起來的房仲業者查看地下室結束，我跟隨他們兩個來到一樓的咖啡廳。他問我要喝什麼，然後就向短髮的工讀生點了兩杯冰美式。

「所以妳是說，鑰匙是韓彬給妳的，對吧？」

才剛坐下來，成敏劈頭就問。口氣莫名認眞，帶著點質問的態度，只是眼神並不如語氣那麼果決。

「對啊。我回到大田，看到錄影帶店還在地下室，不知道有多開心。所以我就拜託韓彬，問說可不可以讓我用一下。」

「但那裡現在該清出來了。我是也很開心啦，但不能一直讓妳用……」

「成敏哥，你說話不用這麼拘謹啦，我是陳率耶。」

我實在受不了他那像在跟陌生人說話的口氣。我毫不避諱地直視他，想把話說清楚。

聽到我這麼說，成敏才正眼看我。記得以前他比我高一個頭，沒想到現在這樣面對面坐著，我已經可以平視他了。

「妳長高好多……所以剛才我真的都沒認出來，長相好像也有點變了。總之，抱歉啦。」

說我長高、長相變了才沒認出來，是變相的在挖苦我嗎？就在我準備要生氣的時候，工讀生送上咖啡，打斷了我的情緒。我拿起咖啡杯湊到嘴邊，心裡一邊想，韓彬之前一直說成敏在大企業上班，現在變得很討人厭，我好像知道是什麼意思了。無論如何，我決定盡可能說服成敏把地下室給我用。

「其實我也聽韓彬說了，所以我打算把這裡整理乾淨。但你爲什麼要急著賣？我覺得宣化洞跟舊市區前景不錯啊，感覺很快就會開始都更了。」

只見成敏的嘴角微微上揚。

「聽說妳之前在電視台上班？是汝矣島嗎？還是上岩？」

「從汝矣島開始，在上岩結束。」

「既然在首爾待過，那妳應該很清楚首爾的情況吧？要買不動產，就得買在首爾，就算是買在首爾，也要選江南或龍山。所以我一定要賣掉這棟樓。」

雖然生氣，但我卻不得不同意他的說法。

「我又不可能一輩子都給人家請。頂多就上班上到四十歲，之後一定要財富自由，這棟樓就是能幫我搭建財富管道的種子基金。」

我的理財觀念很差，什麼財富管道啊、種子基金的，根本就聽不懂。似乎是看出我聽不懂，成敏聳了聳肩。

「妳電視台的工作呢？聽說很辛苦，不是嗎？但稍微累積一點資歷，未來發展應該還是不錯的吧？」

這次換我笑了。

「基本上，我們就是所謂的自由業，只能自尋生路，Hand to Mouth。」

「Hand to Mouth？」

「就是勉強糊口啦，這也是要架設管道才行。」

成敏喝了口咖啡，頓了一頓才看著我說：

「嗯……所以妳才在 YouTube 上做個人節目？」

哈，什麼啊？傻子韓彬還把連結傳給成敏喔？我爲了控制自己的表情，不得不拿起杯子來掩飾。

「我看了一下，我還以爲妳不是製作人，而是節目主持人咧。做得不錯啊，讓我想起以前，很不錯。但感覺這好像不會賺錢，妳眞的覺得可行嗎？」

「不可行，但沒關係。因爲如果想用自己喜歡的事情來賺錢，就需要花上很多時間。」

我抱著姑且一試的心情說出這句話，希望他能答應多給我一些時間。說完後，我便看著成敏，等著他給我回應。他看了看已經空了的咖啡杯，說：

「我知道那對妳來說是個有很多回憶的空間，韓彬也說要把他爸的東西收拾好，但我還是直說吧。剛才我跟房仲談過了，他說地下室的問題要解決，物件才比較好賣。」

「那唐吉叔跟奶奶之間的簡易永久租賃合約呢？」

「那其實沒有效力。之前我一直很忙，沒有去管這件事，今天我特別撥時間下來，一定要把這件事處理好。」

「嗯，果然是這樣。」

「那剩下這段時間裡，妳就好好把回憶帶走吧。」

成敏留下的最後一句話，像是想讓我知道他有多貼心。我不自覺皺著眉，沮喪地低下了頭。

離開咖啡廳，我跟成敏要了聯絡方式。他頓了頓，才從萬寶龍名片夾裡拿出一張印有大企業標誌的名片遞給我。同時還不忘提醒，說他有女朋友，只有平日白天可以用簡訊聯絡。

成敏跟房仲業者離開後，我重新回到咖啡廳。短髮工讀生驚訝地看著我。我這才注意到，她看起來年紀好小，不知道到底大學畢業沒。

「不好意思，我要付剛才咖啡的錢。」

「剛剛那位是房東，所以就不用了。」

「但給老闆知道了還是會被罵吧？」

「我就是老闆啊。」

「啊，原來妳是老闆喔？我還以爲是工讀生，眞抱歉。」

「沒關係，大家都這樣說，嘿嘿。」

「我要付錢，我有關係，請收下吧，這是兩杯咖啡的錢。」

年輕的老闆說不過我，便收下我的信用卡，結完帳之後用眼神向我示了個意，似乎是在感謝我堅持付錢。看到她那眞心充滿感激的眼神，我才鬆了口氣，堅持付錢是對的。這世上哪有什麼房東就能免費喝咖啡的道理？成敏的腦袋裡塞滿了一堆經濟理財觀念，但羞恥心似乎少得可憐。

呦齁，安成敏，你要玩這招是吧？你以爲只有你變了嗎？我也變了啊。現在社會上的人遇到我都不叫我小傘，他們叫我小瘋。因爲我眞的是個瘋子。

13.
24 / 7

隔天，我先去了咖啡廳一趟。老闆親切地迎接我，充滿活力地跟我問好。我像山谷裡的回音，用相同的分貝回應她，然後點了杯咖啡。她泡咖啡的時候，我一直在想該怎麼開口。稍後，拿到她泡好的美式咖啡，我把握機會主動說：

「老闆，那個，有件事不知道能不能問問妳……」

「怎麼了嗎？」

「不曉得妳知不知道，我現在在這裡的地下室上班。我跟昨天一起來的房東哥哥認識，所以就把那邊當辦公室在用。之前一直都用免費的，現在覺得我好像也該付個房租。」

「是喔。」

「我一直要他告訴我房租多少，但他都不肯跟我收。所以我才想說我應該自己抓個金額給他。」

「其實……聽說這裡很快要賣掉了。妳知道昨天房東說什麼嗎？他說等這棟樓賣掉，我的店也可能要收起來。因爲當初簽約就是講好，說這棟樓賣掉我就要搬出去，所以他租金收得很便宜……」

就是這樣！我有了同伴！我在內心瘋狂鼓掌，但臉上卻還是裝出擔憂的神情。

「天啊，是喔？那妳應該很擔心吧？其實我昨天也是想針對這件事多問幾句，但他都不肯說。總之呢，我是這樣想的，就算這棟樓賣掉，應該也不會立刻就拆除重建。等換了新的房東，如果還是能持續收到一樓跟地下室的租金，對他來說也沒損失啊。只要我們好好努力，應該就能夠爭取到一些時間。」

「這樣眞的行得通嗎？如果是的話那就太好了，我是說眞的。但妳剛剛是問我什麼……對了，月租金嘛。這裡沒有很貴，我現在是一個月付七十萬韓元。」

「我知道了。我會參考一下，決定我應該要付多少才好，眞的很謝謝妳。」

「謝什麼，我該謝謝妳幫我增加咖啡的銷售量……希望我們能夠成爲好鄰居喔。」

「聽妳這樣說我就放心了，謝謝妳的咖啡。」

我轉身準備離開，她卻叫住了我。

「有件事我很好奇……妳在地下室做什麼啊？感覺好像不是開店……」

我藏起自己得意的微笑，拿出手機打開 YouTube。

很快的，我又得到一個新的訂閱。

我回到地下室，昨天跟成敏見完面之後，我整天都在想解決辦法。唐吉訶德錄影帶這個頻道現在才開始有一些成果而已，我得想辦法保住它。

我開始思考成敏的事。從小他就是模範生，外貌乾淨白皙，看起來很和善，但有些地方意外頑強。我記得他也很擅長運動，什麼都好，就是有點吝嗇，尤其扯到錢，眞的非常小氣。雖是拉曼查小隊的大哥，但他從來沒請過我們吃辣炒年糕，反而是在大俊跟我拿零用錢出來請客時，他都會跑來分一杯羹。

想要認識成敏，那也得認識成敏他們家。爲了獲得線索，我無暇欣賞傍晚的晚霞，便趕緊往炸雞店前進。但這眞的是很糟糕的決定，沒想到店裡眞的沒有工讀生，只有老媽一個人在工作。門上還貼著「徵工讀，有經驗者佳」的公告，我看了覺得有些心酸。我才進門，還在探頭探腦，就立刻迎上老媽的視線。她兩眼發亮地看著我，像是在說我來得正好，還趕緊走到門口把我拉了進去。

於是我不得不幫忙。我負責倒啤酒、裝爆米花給客人。雖然整個晚上只有五桌客人，但我還是一直提心吊膽，擔心會有認識的人走進來，誤以爲我在這裡打工。但不管再怎麼不情願，我還是堅持下來，只爲達成自己的目標。我一邊清洗啤酒杯，一邊抓準機會問正在炸雞的老媽。

「媽，錄影帶店的那棟建築物啊，聽說是房東奶奶的遺產，現在已經給孫子繼承了，妳知道些什麼嗎？」

「妳說什麼？」

洗東西的水聲加上油鍋的油炸聲，老媽當然會聽不清楚。我洗好杯子來到她身邊，靠在她耳邊又問了一次。她沉默了好一陣子，然後才開口。

「那裡是有一些故事啦。一想到那個奶奶喔，我就覺得……唉。」

二〇〇〇年代初期，成敏的爸爸因病長年住院。成敏的媽媽無法維繫生計，只能帶著獨生子成敏住到奶奶家。聽老媽這麼說，我才想起拉曼查小隊那個時期，成敏確實也經常因爲要去醫院探望爸爸而缺席。

據老媽所說，奶奶只留下那棟三層樓的建築物，也是因爲希望唯一的孫子能夠過上好生活，所以才會決定將遺產留給成敏。成敏高中時爸爸過世了，媽媽也再婚，根本可以說是孤兒。講到這裡，老媽突然話題一跳，說成敏好像在大企業上班，要我去跟他見個面。我很想說「媽，其實我昨天見到他了，他眞的有夠討人厭」，但我沒說出口。老媽說成敏有個好工作，又有不動產，跟已經再婚的媽媽關係很疏遠，跟他結婚等於沒有婆婆的壓迫，可以說是一等一的好對象。說著說著，還開始想像女兒走進婚禮會場的樣子。

沒有客人的夜裡，我在老媽的店裡喝著沒氣的啤酒，一邊想著爲了不要被她那妄想的蜘蛛網給絆住，就必須採取一些明確的行動。於是我拿出某樣東西推到她面前，她一看到那東西就露出歡喜的微笑，好像是在說女兒終於長大了。

「妳跟成敏見過面啦？大企業的名片看起來也好優雅。然後呢？妳是因爲這樣才來問我的嗎？妳覺得怎麼樣？」

「他給我名片，然後跟我說『我女友不喜歡，沒事不要聯絡我』。」

「什麼？哎呀，他也太自作多情了吧？」

「所以啊，妳也不要在那邊幻想啦。」

老媽像洩了氣的皮球，咂了咂舌便喝起啤酒。

「那你們爲什麼會見面？他都有女朋友了，妳也沒有要勾引他啊。妳到底都在外面幹麼？」

我把剩下的啤酒喝完，先提醒老媽要她別嚇到昏倒之後，就把我準備租下成敏那棟樓地下室的計畫告訴她。我說，我現在是YouTuber，打算把那裡當成攝影棚兼辦公室來用。我試著用很有說服力的方式告訴她，那裡雖然是地下室，但空間非常有用，而且與其一直窩在家裡，她應該也會希望我有間辦公室來實現自己的夢想。

沒想到她拿起電蚊拍打我的背。

老媽罵我是不是以爲不用工作賺錢也會有飯吃，還氣呼呼地說如果要做這種沒用的事，那不如乾脆滾出去。她那句「沒用的事」，讓我肚子裡爲數不多的酒精開始沸騰。

我大聲回她，說我不會拖累她，叫她不用管我，然後就奪門而出。夜裡冰冷的空氣瞬間包圍我，讓我開始懊惱自己是不是太衝動了，但我可不能就這樣退縮。一旦讓老媽搶走主導權，那我肯定會一直被她牽著鼻子走。我可不能把人生浪費在像今晚這樣，整個晚上只有五桌客人的炸雞店。

我回到家，拿行李箱打包了立刻就會用到的行李。其實也沒多少東西要打包，那些大衣、夾克、靴子等體積大的東西，我決定先留在家裡。

我拖著行李箱，吃力地經過地磚高低不平的人行道來到工作室。

晚秋的寒氣瀰漫整個地下空間。這裡的暖房裝置早已陣亡多時，我要是貿然打開煤油暖爐，肯定會立刻發生火災，因此我也不打算去碰。不知不覺間，地下室已經冷到我牙齒打顫。雖然短暫後悔自己是不是不該衝動離家出走，但我還是趕緊安撫自己。我得在這裡過夜，必須撐過冬天，如果不繃緊神經，那我就會冷死在這裡。

首先，我把扔在角落的沙發床打開。這東西還堪用。然後我憑藉著記憶，找到了塞在衣櫃下面的棉被，但棉被早就發霉，根本不能用。怎麼辦？只能回家拿了。

幸好老媽還在收店，還沒回家。我以光速打包好房間的棉被跟電熱毯，像聖誕老人一樣扛著包袱哼哼嗨嗨地再次回到地下室。

把電熱毯鋪在沙發床上，然後再接上電源。接著打開棉被躺上去，把自己用棉被包起來。呼，鬆了口氣之後，我才打開手機電源看看自己手頭的錢。離開首爾時退租房子的押金五百萬韓元，在這段期間一點一點地被我花掉，現在只剩三百八十一萬。如果用這筆錢來繳房租，那我可以撐多久？

但這樣反倒是好事。我就當成是背水一戰，在這裡壯大我的頻道。加班，不對，我二十四小時都能工作。賈伯斯、馬斯克剛開始創業時，不也都是每週工作七天，一天二十四小時嗎？他們是把整個人生都獻給了工作。現在我只需要說服成敏。月租三十萬韓元，只要我願意付三十萬，小氣鬼成敏的總月租收入就能有一百萬韓元。萬前面是十位數還是百位數，聽起來感覺差很多。

電熱毯的溫度就像野外的篝火，逐漸往全身擴散，讓我開始溫暖起來。現在只要關燈就能入睡，但日光燈的開關在門口……我咬著牙哼了一聲，像蛇蠕動身體一樣從棉被裡爬出來關燈。瞬間，黑暗就像軍隊一樣占領了這裡。

靠著外頭微弱的路燈光芒，我才好不容易分清楚方向，回到棉被裡面，把自己包得像個蠶繭。溫暖了，也關燈了，現在該睡了。但就在這一刻，某個陰冷的東西又從地板冒了出來。那是獨自躺在漆黑地下空間的感覺。

簡言之，好可怕。

如果有鬼怎麼辦？如果有小偷闖進來怎麼辦？小偷我至少還能應付一下……但如果鬧鬼或做噩夢，就眞是糟透了。但我突然想到比鬼跟小偷更可怕的東西。上禮拜我搬沙發的時候，蟑螂衝出來把我嚇得半死！天啊，靠！我到底該怎麼辦啦，媽……不對，都是老媽害的啦！

不管了，先睡，遇到再想辦法。不知究竟是天氣冷到我發抖，還是我怕到發抖，總之，我只能咬著牙努力逼自己入睡。

14.
苦行的機會

一起床我就去廁所，透過邊框已經完全生鏽的鏡子查看自己的狀況。嘴巴沒睡歪，很好。

嘴巴呼出的熱氣讓鏡子結了一層霧，立刻喪失了映照的功能。白天怎麼會比晚上還冷啊？我走出廁所，一邊用手搓著自己的羽絨背心，好似裡頭有暖暖包一樣。既然這裡沒有裝鍋爐，那熱水當然是想都別想。

這個空間本來就亂七八糟，現在又放了一堆我的家當，看起來跟垃圾場……不，離垃圾場還有一段差距，但跟公寓的資源回收空間差不多。不過我並不覺得糟。在這住了一晚，我覺得自己也多少掌握了這個空間。沒鍋爐、沒熱水，連日光燈都只亮一半，這些反倒是我主張月租只要三十萬的好依據。過了一個沒有鬼、沒做噩夢也沒有小偷闖進來的夜晚，現在只要加裝個保全系統就行了。但保全系統等我有了收入再說，買殺蟑用品才是當務之急。

這個老舊又冷清的空間，現在已經成了我的住處、工作室兼YouTube 攝影棚了。

唐吉叔到底是怎麼在這種地方過冬的？地下室這麼冷，又沒熱水，陽光也只能透過換氣風扇勉強照進來一點點。在這個必須跟黴菌同居的環境下，他怎麼能住這麼多年？小時候都沒想過這些，只覺得這裡是個挺有感覺的地下要塞。

我直接跳過洗漱步驟，開始構思明天要上傳的影片素材。我打開唐吉叔的筆記本，開始讀起他手寫的《唐吉訶德》。

接著他們便拿出桑丘帶來的食物，兩人和樂融融地吃了起來。但他們還得找到當晚的住所，不得不以極快的速度完成那不值一提的一餐。兩人上了馬開始趕路，希望能在天黑前抵達有人居住的村莊。但日照的時間不長，他們的希望在來到牧童們的窩棚附近時便消失無蹤。無奈之下，兩人決定在窩棚住一晚。由於找不到有人居住的村莊，桑丘非常自責，主人卻因能在露天的環境下住一晚而滿足。每當發生這種事時，他都認為這是一個苦行的機會，讓他的騎士修練更加容易。[1]

令我訝異的是，書裡這個段落竟然回答了我剛才的疑問。唐吉叔住在如此簡陋的地方，肯定也是覺得自己得到了一個「苦行的機會」，讓他的修練更容易進行。我覺得自己簡直是透過《唐吉訶德》在與唐吉叔對話。與此同時，我也找到適合當今日開宗明義的一句開場白。

---

1 原書註：《唐吉訶德》第一卷，塞萬提斯著。

苦行的機會。對各位來說，什麼時候會是苦行的機會？還是你覺得自己什麼時候能夠獲得苦行的機會？

我很快就有了靈感，沒過多久便完成了影片開頭的大綱。接下來要挑選「今日推薦作品」了。我來到錄影帶陳列櫃前，上次介紹了好萊塢電影，這次我打算介紹韓國電影。

我記得，唐吉叔對韓國電影的愛不同凡響。他說韓國電影是世界上最棒的類型，我們不知道該怎麼回應他。後來是思綸說「哪有？韓國電影很難看」，然後便跟唐吉叔展開了一場激烈又漫長的爭辯。我回想起那時唐吉叔拿來舉例的電影，試著從錄影帶堆裡把它找出來。

威、雷、蝶、貓。[2]

唐吉叔說這四部電影製作規模小但都非常優秀，卻因為碰到大製作電影的檔期，而無法在電影院上映，結果反倒促使觀眾自發性舉辦重映，還把這次行動稱做「威雷蝶貓運動」。唐吉叔還說這些電影是我們的驕傲，也是我們的未來。但我不管怎麼樣都記不起來「威」、「雷」、「蝶」到底是哪幾部，唯一記的很清楚只有「貓」──《貓咪少女》。

為了釐清思綸跟唐吉叔的論點，我們一起看了《貓咪少女》。最後我們一半支持思綸，一半支持唐吉叔。思綸依然覺得那無庸置疑是一部無聊到爆的電影，成敏則支持唐吉叔，說這部片記錄了韓國社會的樣貌，拿到國際上也會受歡迎。大俊說他知道電影在講什麼，但實在太沉悶了，不是他喜歡的風格。韓彬則以很快要開學爲藉口，跑回首爾沒參加鑑賞會。

至於我，則是太投入這部作品，無法給出任何意見。唐吉叔要我發表感想的那句話像是一個引信，瞬間讓我掉下斗大的淚珠。最後唐吉叔只好以「哭泣就是最直接的感想」，趕緊收拾這個殘局。

隔年，朴贊郁導演的《原罪犯》在坎城影展榮獲評審團大獎，我們不得不承認，唐吉叔說韓國電影會受到全球認可這句話是對的。唐吉叔非常開心，好像在坎城拿獎的人是他一樣。成敏也差不多是在這個時候，說他想要當電影導演。

我一邊回想這些，一邊翻找錄影帶，最後終於找到「貓」開頭的一捲錄影帶。這才對嘛，唐吉叔不可能扔掉這部作品。

像貓一樣的二十歲，她的密碼。

貓咪少女。

文案與片名旁邊，還貼著「首爾劇場上映作品」的藍色標籤。在錄影帶的時代，院線

2 為韓國電影《威基基兄弟》、《雷朋》、《蝶》與《貓咪少女》的簡稱。

片可以說是高級品。封面是三個少女坐在昏暗卻夢幻的房間裡，他們中間有一盞明亮的燈，以及一隻深具象徵性的花貓。

我發揮專注力，用一個上午完成了跟《貓咪少女》有關的腳本。下午開始拍攝、剪接，明天就能夠上傳了。感覺自己正用盡全身力氣在抵抗老媽那句「別做些沒用的事」，實在很滿足。

我站起身來，拿起從剛才就響個不停的手機。哎呀？眞意外，畫面上竟然不是老媽的瘋狂簡訊和未接來電，而是韓彬打來電話跟簡訊。

我按下通話鍵。電話才接通，韓彬就連珠炮似的講了起來。

「姊，怎麼這麼晚回？生意不能這樣做啦。」

「我忙著寫腳本。YouTube不是放在那邊就會自己拍好的，好嗎？」

「不管啦。成敏哥打電話來，凶巴巴地要我一個禮拜內把東西清乾淨。他還說他也跟妳講了，但妳不用擔心，我都處理好了。」

「是喔？但我有點擔心耶。總覺得成敏講的話好像可信度比較高……」

「喔，拜託！妳小時候也這樣，爲什麼一天到晚都幫成敏哥講話？我們這邊有合約啦！我認識的律師跟我說不用擔心，就算是世界百大律師金張的人出馬，也擋不了合約啦！」

「眞的嗎？合約的立約人是已經去世的房東奶奶跟已經消失的唐吉叔。奶奶的權利是由成敏繼承，但你卻沒有唐吉叔的權利。就算有法律的正當性，你也不能怎樣啊。」

「唉唷，妳聽我說啦，我們那天打賭的結果是什麼？不就是找到我爸嗎？」

「所以我現在才會在這裡寫唐吉訶德錄影帶的影片腳本啊。大俊已經跟我聯絡了，只要能夠跟大俊和思綸碰個面，應該就能得到一些唐吉叔的情報。」

「是我告訴大俊哥有這個頻道的。」

「告訴成敏的人也是你。」

「……我忘記要跳過他了啦。」

「生意不能這樣做。」

「姊，妳眞的很會損我耶。我們是同一國的吧？好啦，相信我啦。」

「昨天成敏跑來擺出一副房東的嘴臉，眞的有夠討厭。」

「姊，妳別管他，只要專心弄節目就好。用心一點去履行我們的約定，把我爸找出來。最近我工作很忙，實在沒空管這件事。」

「你是在忙什麼？最近又在賣什麼了？」

「賣？是買啦。妳知道以太幣嗎？」

「……是什麼建案的名字嗎？」

「類似比特幣的東西啦，這個最近很紅。」

「喂！我是不懂虛擬貨幣，但我倒是知道一件事。『等大家都在討論那東西能賺錢的時候，就已經太遲了。』除非你是放出那個傳聞的人，這樣才能賺到錢。」

「我就知道妳會這樣潑我冷水。等著瞧，我一定大賺一筆，把那棟樓買下來。我絕對會讓成敏哥跑來求我買，到時我就把地下室永遠租給妳。」

「不要再講那些五四三了啦。」

「什麼五四三？夢想就是這樣啊！我爸可是張英壽，他是唐吉叔，我也是唐吉叔。冒險求財的唐吉叔，哈哈。」

掛上電話，我實在越想越不放心。我很想反駁韓彬，說唐吉叔的夢想並不虛幻，但韓彬的夢想不切實際，只是不管怎麼想都覺得說不通。

看了看其他未接來電，哎呀，居然有遊牧娛樂的主製作人。

——陳製作，有要事，回電 plz

我不屑地笑了一聲。逼我走路還合理化自己的行爲，甚至回過頭來大肆抨擊我的人，現在竟然一副沒事的樣子來跟我聯絡，還留言要我回電？在節目製作這一行，最讓人痛苦的就是這種情況。有些人在背後拚命罵你，在你面前又裝出一副溫柔的樣子。一旦利害關係衝突起來，就會吵得像是此生不必再見。但一有事情需要對方，就又若無其事地繼續合作。都是群臉皮厚到不行的傢伙，整天大言不慚地說工作就是這樣，時而競爭、時而合作。

我跟那些對這些事習以爲常的人不一樣。我沒有這種習慣。我是有感情的人類，不想再迎合那些可恨的人，也不想再說一些沒有靈魂的話。所以我才離開那個行業。

主製作人若無其事的聯繫，讓我想起自己離開首爾時的情景。我按下通話鍵。

「嗨，陳製作。」

主製作人假惺惺的聲音透過話筒傳來。

「有什麼事嗎？」

「哪有什麼事？就是想到妳，所以聯絡一下啊。聽說妳最近在地方電視台搞節目？」

「什麼地方電視台？」

「哎呀，陳製作妳是在認真個屁喔？反應也太大了吧？開玩笑的啦。聽說妳開始當YouTuber？拍妳老家大田，而且還自己上場演出。崔企畫拿給我看，真的是喔——」

「我應該跟您說過很多次，會讓人不高興的玩笑不算是玩笑。」

「幹麼這樣啦？陳製作！不要生氣，聽我說啦。」

「您不知道就是這句話位居『惹人生氣排行榜第一名』嗎？」

「喂！陳小瘋！我現在是給妳機會，妳還這麼不懂人情世故，是要怎麼樣啦？這麼感情用事不太專業喔。吵架是一回事，現在我們是談生意。妳別這麼衝動——」

「我說啊，金製作人，人就是感情的動物，感情很重要。而且談生意也要有禮貌。你之前是怎麼趕我走的？現在又講什麼要給我機會，是要給我徹底滾出上岩洞[3]的機會嗎？」

---

3 韓國電視台多聚集於首爾上岩洞，故上岩洞經常用於指稱電視圈。

「哎呀，妳當上YouTuber之後，講話越來越不客氣了。陳製作，那唐吉訶德什麼的，我們看了一下，挺有感覺的，怎麼樣啊？」

「我也很有感覺啊。」

「就是嘛！」

「就是有超不爽、超噁心的感覺。」

「什麼？妳剛說什麼？」

「你聽了也很不爽嗎？不爽的話就別再打電話來了。別假惺惺打過來說要跟我談什麼很酷的生意。還有，我的頻道不是那唐吉訶德什麼的，是唐吉訶德錄影帶！你這噁心的混——蛋——！」

掛上電話，我試著平息激動的情緒。

眞是一點都沒變。劈頭就講什麼「地方電視台」來貶低別人，對方生氣就藉口說只是玩笑。還說我認眞個屁？你的玩笑才不是玩笑，全是些狗屁。就是因爲這樣才會讓人生氣。什麼認眞個屁？要放屁去放給你爸聽啦。一個電視節目製作人，講話這麼低級。

電話掛了，沒辦法繼續罵對方實在有些可惜，但至少我取得了小小的勝利。我保護了自己。我是一個獨立的個體，沒有人可以擺布我。雖然現在賺不了錢，連這種小小的抵抗都要膽顫心驚，但我會克服困難的。我會成爲獨立的影片創作者，產出優秀的內容。我要以YouTuber的身分展開人生第二章。

15.
不被認同的離家出走

幸好，成敏答應我用每個月三十萬韓元承租地下室。我們用電子郵件寄送合約，他在裡面加了兩項條款：一是「房東不負責任何空間的維護與修繕」，另一條是「建物售出後本合約便要與新房東商議，現任房東不再受合約規範」。

總之，就是地下室的維護修繕要由我負責，房子賣出去之後，一切就跟他無關了。入睡之前我拚命祈禱，希望他賣不出去。用錢做不到的事情，只能用心去想了。我努力地祈禱又祈禱。

離家出走第十天，我偷偷回家洗衣服，正要離開時在門口被老媽逮個正著。無奈之下，我只能據實以告，跟她說我吃睡都在工作室。

隔天，老媽拿著我的衣服和一些小菜來地下室找我。雖然我說自己過得還不錯，但老媽看到堆在角落的便利店的便當盒子，表情不是很好看。她二話不說就帶我去二手家具行，買了小冰箱、微波爐、衣架，還有暖爐。

所以我現在正用老媽買給我的暖爐暖腳，吃著老媽牌鯷魚炒糯米椒配啤酒暖身，身上披著老媽帶來的冬衣，看著老媽買的衣架，覺得自己有點幸福。

老媽就是老媽。

仔細想想，我也不是第一次離家出走了。在看完《貓咪少女》後痛哭的那天，唐吉叔單獨把我叫了過去，問我是不是有什麼煩惱，可以放心跟他說。我把小學四年級的寒假，也就是來大田半年之前大膽離家出走的事情說了出來。

那年冬天非常冷。我把我最要好的朋友——兔子玩偶裝進背包，帶上我的所有資產七萬韓元離開了家。但不管怎麼努力，我也離不開首爾。我只有待在首爾車站，觀察了一下可怕的遊民大叔就回家了。我在接近傍晚的時候才回到家，進門時還輕咳幾聲，但是卻沒有一個家人問我去了哪裡。那天我發了高燒，老媽餵我吃感冒藥，責罵我這種天氣爲何要亂跑出去。我睡到凌晨醒來，發現自己渾身是汗，喉嚨卻覺得很乾。

「妳那是不被承認的離家出走呢。」

聽見這句話，我又差點哭了出來，但看到唐吉叔擔心的樣子，我忍住了。

「小率，妳那時候爲什麼要離家出走？是因爲哥哥欺負妳？還是討厭學校跟朋友？小率這麼乖，怎麼會氣沖沖地離家出走呢？」

看我遲疑了一下，唐吉叔便點了點頭，像是能理解我一樣。

「沒關係，跟叔叔說，說完就忘了吧。說出來以後就忘記，這樣以後那些事情就不會再發生了。」

「因爲我是家裡不需要的人。」

「這……爲什麼？」

「我偷聽到爸爸跟媽媽說的話……說早知道就不要生老么了……」

「是嗎？」

「我聽得很清楚。那時候爸爸的店倒了，每天都在家裡，一直很難過……只要沒有我，我們家，還有我爸我媽，應該就不會那麼辛苦了……」

「小卒，妳覺得爸爸眞的這樣想嗎？」

「……」

「爸爸在心裡難過痛苦的時候，也有可能會說錯話吧？」

「……剛才看《貓咪少女》的時候，看到最後泰希用剪刀把自己從全家福照片上剪下來，我就想起自己那個……失敗的離家出走……我眞的做得到嗎？我很羨慕泰希能那樣做，但又覺得很難過。」

努力忍住哭泣的衝動，試著把心裡的話說出來，讓我心裡舒坦了不少。

聽了我說的話，唐吉叔輕輕閉上眼。我緊抿著唇，暗自下定決心，不管唐吉叔說什麼，都絕對不要輕易相信他。隨後他睜開眼，用非常悲傷的眼神看著我說：

「妳心裡應該很難受吧？居然一直把這件事悶在心裡。但在我看來，妳爸爸眞的很珍惜妳。之前他還來我這裡儲值了三萬韓元，要我讓妳盡量看妳想看的書跟錄影帶。」

「但我看的那些，叔叔都用我幫忙看店的打工錢抵銷了吧？」

「沒有喔，妳看很多漫畫啊，那些打工錢都用完了。要不是妳爸爸儲値的錢，那肯定不夠看。」

「……騙人。」

「眞是的，叔叔有騙過妳嗎？雖然偶爾會開個玩笑啦。妳爸爸還說要謝謝我教妳英文，叫我有空去店裡喝啤酒呢。只是因爲我一喝啤酒就會拉肚子，所以沒辦法去。妳可以去問妳爸爸喔。」

「叔叔你不用說了，我沒事了。」

「眞的嗎？」

「就跟電影裡的泰希一樣，等到二十歲離開就好。在那之前就忍耐一下吧。」

「好，但不要離家出走，去冒險吧。像泰希一樣，像唐吉訶德一樣。」

「像叔叔一樣嗎？你不也是唐吉訶德嗎？」

瞬間，唐吉叔悲傷的眼裡閃爍著水光。他好似喝冷水一樣把熱燙的綠茶喝了一大口，隨後用手摀著臉，好一陣子沒說話。我不知該如何是好，只能緊張地不斷吞口水。後來叔叔就維持這個姿勢跟我說：

「小率，叔叔才是離家出走的人。雖然自己說自己是出來冒險……但其實是拋棄了家和家人，自己跑出來的。」

「……但韓彬有來找你啊。」

「妳知道韓彬對我爲什麼很冷淡嗎？因爲我拋家棄子長達兩年。雖然現在好多了，但我對兒子犯下了一輩子都償還不完的罪。我拋棄了家人，就爲了那個不值一提的夢想。小率，妳爸爸絕對沒有拋棄妳，妳要記住這件事，知道……嗎……？」

「我、我知道了。叔叔……你不要哭啦。」

唐吉叔痛哭了起來。斗大的淚像雨滴一樣，啪答啪答落在桌上。那是我第一次看到男人在我面前哭，所以我非常慌張。

唐吉叔注意到我的慌亂，便拿起衛生紙擤了擤鼻子，然後又抽了張新的來擦眼淚。即便如此，他望著我的眼睛依然淚汪汪的。

「小率，我希望妳一定要走出去，去冒險。」

「叔叔也是。」

唐吉叔露出苦澀的微笑點了點頭。

「我會努力看看。」

我也點了點頭。

16.
威雷蝶貓

二〇〇一年韓國電影界掀起「威雷蝶貓運動」。大家知道威雷蝶貓運動嗎？不是新鄉村運動[1]，也不是獻金運動[2]，而是威雷蝶貓運動。那是由電影人和電影迷自主發起的運動，目的是為了支持沒有受到群眾歡迎，但完成度非常高的韓國電影。那個時期上映的這種小製作電影共有四部，都因為成本低，而被出自大型電影公司、有知名導演與明星演員的電影擠下去，沒機會上院線播映。「威雷蝶貓」運動就是為了支持這些作品。

昨天我在唐吉訶德錄影帶陳列架的最下層，找到了這一捲錄影帶，也讓我想起威雷蝶貓運動。因為唐吉叔說，在這場運動結束之後，觀眾依然積極支持這些電影，當時甚至還有四部一起看的套票折扣呢。

這四部片是怎樣的作品呢？現在工作室裡就有其中三捲錄影帶。「威」是《威基基兄弟》，導演是林順禮，可以看到演員朴海日跟柳承範年輕時的樣子。聽說男生特別喜歡這部片。

「雷」則是《雷朋》。大家知道「雷朋」墨鏡吧？聽說這個雷朋啊，以前是計程車司機的必備單品。講到計程車司機，就不能沒有雷朋眼鏡！大概就是這種感覺啦。所以呢，《雷朋》這部電影，像是紀錄片一樣，拍攝計程車司機的日常生活。

「蝶」就是《蝶》，這是部科幻片，還是低成本科幻片，真的是帶來很新鮮的觀影體驗。二〇〇一年的忠武路[3]到底是怎麼回事？太厲害了！總之，光看這個錄影帶的封面就知道是一部非常夢幻、神祕的作品。

最後的「貓」就是今天的推薦作品，《貓咪少女》。這是威雷蝶貓的第四部作品，也是畢業於韓藝綜[4]的鄭載銀導演的出道作品。演員現在都已經四十多歲了，但在這部片裡能看到他們二十多歲青澀的模樣。我是透過這部電影認識裴斗娜，然後就成為她的影迷了。當時滿心希望只有我一個人認識她就好，這樣追星比較容易，但現在大家都知道，她已經是國際知名演員了。所以我只能放棄……

這部電影除了有裴斗娜、李枖原、玉智英，還有雙胞胎演員李恩宙、李恩實等共五位演員演出，是一部青春片。內容描述住在仁川，就讀商業高中的五名好友，滿二十歲之後踏入社會所遭遇的酸甜苦辣。我看這部片的時候才國二，對，是在拉曼查小隊看的。那時候我只覺得高中畢業後出社會，就會變成這樣嗎？是一部讓我對未來非常苦惱的電影。電影拍攝的地點是仁川舊市區，很像我住的大田宣化洞、大田川一帶，感覺很

---

1 為朴正熙執政時期，於一九七一年推行的十年農業改革運動。旨在縮短城鄉差距，促進韓國富強。
2 於一九九八年發生的全國性捐獻運動，目標是要償還韓國在一九九七對國際貨幣基金欠下的債務。
3 過去為許多電影公司、電影院聚集的地方，一度是熱鬧的電影街，現在用來指稱電影圈。
4 韓國藝術綜合學校，是為提供深化的藝術教育而設立的學校，對韓國藝術發展有長足的貢獻。

親近。劇情讓我想起一些相處起來很尷尬的朋友，是一部讓人很有共鳴的作品。

其中有一些讓我印象深刻的場景和台詞，接下來會為大家一一介紹。

故事裡，裴斗娜飾演的「泰希」和玉智英飾演的「智英」走在高架橋上，橋的下方有仁川地鐵行駛的軌道，她們在這裡遇到一個瘋女人。兩人好不容易躲開這個女人，智英跟泰希說：「其實我很擔心自己會變得跟剛才那個乞丐一樣，好可怕。」泰希回答：「我是不覺得可怕，但看到那種人的時候，我偶爾會覺得好奇，會想跟著他們。看看他們每天都在做什麼。像他們這樣能毫不留戀地離開一個地方，自由自在地到處走，這不是很棒嗎？」智英又說：「妳覺得這叫自由嗎？我不這樣想。這樣到處亂走，要是遇到什麼事怎麼辦？」[5]

看到這一幕，我想了很多。那個時期，我家的店因為金融危機遇到困難，我也沒有什麼夢想。但每次在宣化洞那條叫木尺路的陰暗小巷子裡，遇見奇怪的老婆婆時，我真的會停下來想，如果我以後變成那樣可怕的老婆婆怎麼辦？那種害怕的感覺非常真實。片中的這一場戲，精準地描述了我的心情。現在年逾三十歲，已經成為YouTuber的我，一直很努力讓自己不要看起來像個瘋女人。我已經不再像泰希那樣豪邁，可以繼續夢想過著自由的生活。現在倒是覺得，如果能像智英那樣，當一個能勇敢說出個人感受的人，似乎也不錯。

因為《貓咪少女》，我成為裴斗娜的影迷，唐吉叔也推薦了她主演的其他電影給我。那部片也很棒，有裴斗娜穿著黃色帽T，在公寓走廊跟屋頂奔跑。我已經不太記得電影的內容，但氛圍真的很棒。裴斗娜那個冷酷的角色，真的超有魅力。

唐吉叔大力稱讚那部片，還說導演是天才。我覺得沒有那麼誇張，唐吉叔問我說，是不是不知道那位導演春天時推出了第二部作品，而且還大受歡迎。然後還很激動地說，先不討論電影很受歡迎這件事，那位導演的作品絕對會是韓國電影圈的傳奇。於是我拜託他借我那部片來看，但唐吉叔遺憾地說，那部片未成年不能看，叫我四年後再去找來看。

我等不了四年，過了兩年升上高中後，就偷偷去借來看了。那部片叫《殺人回憶》。看完以後，我傳簡訊跟唐吉叔說：「我完全認同他是個天才。」

然後唐吉叔回了我一封很長的訊息。他說，現在那位導演在拍一部漢江裡面有怪物的電影，明年上映肯定會大受矚目，很快也會在坎城影展得獎。

我回說：「你會不會太誇張了？」其實我還跟唐吉叔互傳過很多訊息，卻因為我後來把手機弄丟，就沒有繼續聯絡了。

大家應該都猜到那位導演是誰了吧。他雖然沒在坎城影展得獎，但就跟唐吉叔預言的一樣，他已經是國際知名導演了。我想，比起夢想成為電影導演，唐吉叔說不定更該成為一位製作人才對。他雖然無法當天才導演，卻有發現天才導演的眼光。

5　原書註：節錄自鄭載銀導演，《貓咪少女》。

今天的唐吉訶德錄影帶就到此告一段落。最後，不能免俗地還是問一句：

「那麼，唐吉叔現在究竟在哪裡呢？」

第二部

尋找唐吉訶德

17.
訪問

二〇一九年

今年第一次上來首爾，人多得我暈頭轉向。雖然搭KTX高速列車只要一個多小時就到，但情感上的距離似乎比實際距離要多了上萬公里。即便如此，穿越從車站裡湧出的人群，來到首爾車站前的廣場後，我發現自己已經自動轉換成首爾人模式，能夠迅速掌握周遭狀況。眞要說起來，這應該是在這座城市的生存本能吧？我敏捷地躲開廣場上那些差點被我踢到的鴿子，快速穿越手拿傳單往我靠近的宗教人士與遊民，一邊離開廣場一邊拿起手機。

「你在哪？」

「哦，小率姊，我在路上。」

「我們不是約兩點嗎？」

「這裡是首爾，還要考慮塞車時間啊。」

「你才應該考慮塞車時間提早出門吧？臭小子！」

罵完後我就掛上電話。我就說直接在瑞草洞碰面就好，那傢伙卻執意要來接我，結果還是遲到了，眞是讓人忍不住嘆氣。

世上就是有這種人，明明是好意，但在表達好意的過程當中，卻又意外讓好意變得不像好意。那些人總有能力讓爲了接受好意所衍生出來的成本，變得高過於好意本身的價值，進而使人再也不想接受他們的好意。但每一次拒絕他們，他們的回答卻也都大同小異——「我是好意啊」，或是「我能做的都做了」。

稍早在確定了韓彬就屬於這種人之後，我不免煩惱起來——跟這個笨蛋一起做事到底是對還是錯？

但跟笨蛋韓彬協商，是我無可奈何的選擇。爲了找到唐吉叔所不可缺少的情報，終究還是得透過這傢伙才能取得。前幾天他得意洋洋地跟我說，他透過媽媽跟唐吉叔大學的好友聯絡上。爲了確認這個情報的價值，我又多問了幾個問題，發現那人是唐吉叔西江大學法律系的同學，兩人還曾一起租過房子、參與過學生運動，二十幾歲時成天混在一起。

我嚴厲警告韓彬，說要是這個情報沒有用，那我絕對要立刻跟他切割。那傢伙卻反過來對我下指導棋，說要我好好準備訪問。眞不是個普通的笨蛋。

今天的受訪者是唐吉叔的好友，現在在瑞草洞某律師事務所擔任行政事務長。我今天的目標，就是盡可能從他口中問到唐吉叔的過去，然後在一個不算太晚的時間回到大田。這樣才有時間剪接明天要上傳的「今日推薦」。

一星期更新兩次。

唐吉訶德錄影帶頻道之所以能夠度過寒冬，持續生存到現在，就是因爲嚴格遵守一星期更新兩次的鐵則。我忍受著隆冬的嚴寒，以及地下室深入骨髓的寒氣，我就像在養魚定期餵飼料一樣持續上傳影片。現在已經開始有一點廣告收益，所以如果在這時候發懶，那一切就完了。

手機響起，我接起電話並往馬路上看了看，隨即看到韓彬從一輛群青色的進口車駕駛座上探出頭。因爲這附近很難停車，他叫我直接過去上車，我只能按捺不滿的心情，往他的車子走去。

一坐上這輛有著三叉戟標誌，大得讓人很有壓力的車，戴著墨鏡裝模作樣的韓彬便瞥了我一眼，隨後踩下油門。

「相機呢？」

韓彬問話的口氣討厭極了。我問他什麼意思，他有些不快地說：

「妳不拍影片喔？應該要記錄元斌騎士出來幫忙找唐吉訶德的英姿啊。」

「元斌？騎士？」

「妳是桑丘，那我也應該有個頭銜吧？至少該是個騎士才行。然後我的外號叫元斌[1]，所以就是元斌騎士。」

「好好當你的司機啦。快點，我們約三點，不要遲到了。」

「嘖，我開名車戴名牌墨鏡來，結果妳是這種反應，眞的讓人很難過耶。」

我發揮強大的耐心，在腦海裡反覆寫著忍耐的「忍」字。但韓彬似乎還是感受到我的怒氣，瞥了我一眼又接著說：

「幹麼這樣？人氣 YouTuber 沉桑丘！妳應該要努力拍出好看的畫面來滿足觀眾啊。」

「所以你是爲了好看的畫面，才開這麼大台的進口車，還戴仿冒的菲拉格慕嗎？」

韓彬把墨鏡推到高過眉毛，老大不高興地瞪著我。

「這支墨鏡不是仿冒的，是眞貨！而且這才不是普通的進口車，是瑪莎拉蒂！義大利名牌轎車！借我這輛車的車神安迪哥說，雖然大家都只愛德國車，但眞正的名牌車都來自義大利。像藍寶堅尼、瑪莎拉蒂、愛快羅密歐！懂？」

我又在心裡寫了個忍。

「不管啦，在三角地左轉，快。」

「姊，我今天幫妳找了一個很好的影片素材，還陪妳一起去採訪，妳也太無情了吧？這樣我也要切換成商業模式囉？妳今天要給我多少？」

「閉上嘴，專心開車啦！我現在是在找你爸，這是我一個人的事嗎？你之前還拚命拜託我幫忙，現在跟我談什麼生意、談什麼日薪？你現在是在考驗我的耐心嗎？這是我拜託你促成的訪問嗎？我可以不拍這個影片啊。我才想問你，你應該要幫我找經費吧？還是乾脆就都不要訪了，直接回大田？」

「好、好啦，唉唷，罵到口水都噴出來了啦。」

韓彬這才老大不高興地嘟起嘴，專心開車。

「我希望不要拍到臉。」

1　韓國男演員，以長相俊俏著名。代表作有電影《大叔》。

纖瘦高䠷的身材、無框眼鏡、頭髮半白的權英薰事務長，看起來是個相當直率的人。他說話口氣非常溫柔，但隱約有些固執，能感覺到成熟老練的大人風采。我們隔著會議桌，面對面坐在會議室裡。我把架著相機的腳架放在桌子角落。發現他似乎很在意鏡頭後，我便說明鏡頭會往下拍，只記錄我們訪談當下的氣氛，再一次讓他放心。在我調整相機時，韓彬則跟小時候曾有一面之緣的權事務長寒暄。

「你母親也還好吧？」

「是的，我媽媽很好，問題是爸爸。」

「是啊，那傢伙就是最大的問題。他總是自己製造問題，又自己解決問題。」

雖然事務長的口氣一派輕鬆，但聽到他說這句話的那一刻我便相信，這一次採訪想必能撈到不少東西。

他說自己平時不看YouTube，但已經看了韓彬傳給他的連結。他很驚訝，因爲他從不知道英壽曾經開過錄影帶店，也很高興有人這樣特地來拜訪他，請他聊聊跟朋友有關的事。後來他還補充，說他之所以答應受訪，是因爲希望能見見英壽的兒子，以及我這個負責拍片尋人的頻道主持人。

尋找唐吉叔的第一個訪問行程讓我很緊張，但看對方駕輕就熟地主導著對話，我終於放下心來。權事務長就像在跟委託人諮詢，詢問我想知道些什麼，偶爾還會做點筆記。

我按下相機的錄影鍵，開始啓動訪問模式。

「兩位一開始是怎麼變熟的呢？」

「英壽來自春川，我來自束草。這兩個地方雖然同樣都在江原道，但中間隔著一座山脈，幾乎是完全不同的兩個地方。可是新生當中，只有我跟他是江原道人，所以我們自然而然就變熟了。」

「那你最後一次見到我爸是什麼時候？」韓彬問。

「是他當補習班講師的時候。當時我司法考試又落榜，爲了安慰我，你爸就請我吃飯。大峙洞的巷子裡面有一間很貴的烤肉店，那是我這輩子第一次吃到這麼美味的肉。」

「我媽說，我爸那時候好像有賺一點錢。但既然補習班講師能賺錢，他何必要辭職？」

權事務長回答，臉上沒帶任何笑容。

「這個我也不清楚，但我應該能猜到原因。」

「你能夠告訴我嗎？」

「像我們這種搞學運出來的人，根本進不了大企業。而且英壽還坐過牢，更沒辦法找到像樣的工作。」

我跟韓彬面面相覷，不知道該怎麼回答才好。

「你們不知道嗎？哈，他去坐過一次牢，是政治犯。還因爲這樣不用去當兵。」

我突然很好奇，要坐牢坐到不用當兵，那到底得被判幾年？同時我也想到，老媽以前總說唐吉叔有前科，所以不喜歡我去錄影帶店。我以爲她只是爲了把我關在家才胡扯一個藉口，根本不當一回事，現在才知道原來那不是空穴來風。

「總之，一九九〇年代初期，像英壽這樣畢業於好大學，卻因爲參與學運而求職困難的人，會從事的工作主要有幾種：首先是進入政壇，去國會議員辦公室當助理，或是進入社運團體從事政治活動；不然就是去媒體圈，但沒辦法去主流媒體，只能去偏進步派的報章雜誌；再來是文化圈，也就是出版或電影；最後則是補習班。當時有學運圈的前輩看中江南的私人教育市場，開了一間補習班，有不小的收穫。這些人有好學歷又會讀書，當補習班講師最適合他們。而且英壽很喜歡小孩，我們一起租屋的時候，他還曾經免費幫房東的小孩補習。」

權事務長說話的態度偶爾輕鬆，偶爾又有些嚴肅，但他畢竟是長輩，這樣並不會讓人覺得太隨便。

「嗯……但他都沒有好好教過我功課。」韓彬抱怨。

「那是因爲你不讀書。只要有人問，唐吉叔都一定會教。」我糾正他。

「跟他最後一次見面那時，他正爲了補習班的事困擾。原因是跟老闆有一些衝突。你們想想看，二十多歲那幾年，他都在對抗獨裁者。但進入補習班體系之後，竟發現老闆也很獨裁，他爲此非常不開心。我安慰他說，他好歹也是有小孩的家長了，不如就睜隻眼閉隻眼，繼續待在補習班吧。」

「後來你就沒有他的消息了嗎？」

「我們通過幾次電話。過了幾年，他突然跟我說他去出版社上班，要我給他地址，說要寄他們的新書給我。」

我趕緊在筆記本寫下「在出版社上班」，然後又抬頭看著事務長。

「是哪一本書呢？希望可以知道出版社在哪裡。」

「其實當時我也遇到一些困難，實在沒有餘力讀書，所以就拒絕他了。完全辜負了他的心意，如今連書名都想不起來。」

「能不能請問你……那時候遇到什麼困難呢？」

「我放棄了準備多年的司法考試。在社會打滾了幾年，換了幾份工作，最後才在瑞草洞的法律城找到工作。說來說去，我就是沒那個命當律師，只能負責處理行政事務。」

「那你當上行政事務長之後，有跟張英壽聯絡過嗎？」

「只有一次。我領到第一份薪水之後聯絡他，說拖了好久，終於能請他喝酒。結果他說現在不太方便，然後我們短暫分享了彼此的近況，就掛電話了。那就是最後一次聯絡。」

我開始在腦中推演了起來。朋友順利找到工作，唐吉叔卻避不見面，不想幫朋友慶祝，這似乎不是唐吉叔的作風。顯然他當時眞的遇到什麼低潮，我想很有可能是正在處理離婚的事。這個問題可能會傷害到韓彬，所以我決定不繼續追問。

「是一九九九年嗎？我爸媽離婚的時候？我聽說我爸那時候陷入低潮。」

眞意外，韓彬居然自己主動提起這件事。

權事務長沉重地點了點頭，目光微微看向遠方，稍後才又轉回來看著我們。

「透過話筒，我能感受到他的痛苦。我說要去找他，他也拚命拒絕。我只能說一些膚淺的話來安慰他，這讓我很難過。他最後跟我說了一些話，希望我能夠記住。內容大概是說他要當電影導演，拍出能顚覆這個世界的電影。他說要透過電影讓大家知道，我們生活的世界其實亂七八糟，還說要讓這個世界回到正軌。」

我靜靜點頭。

「妳知道我看了妳的 YouTube 頻道之後，最驚訝的是什麼嗎？」

「是什麼？」

「是唐吉訶德。唐吉訶德呀，你們不覺得這個名字眞的很適合他嗎？我應該要先想到這一點，然後幫他取外號叫唐吉訶德才對，我有種命名權被別人搶走的感覺，實在有些不甘。」

「以前我曾經問過唐吉叔，店名爲什麼要叫唐吉訶德。他跟我說：『有人說我很像唐吉訶德，所以就決定叫這個名字了。』」

「那應該不是我，看來有人比我更了解英壽。」

「那會是誰呢……？」我轉頭看著韓彬，他連忙搖頭。

「絕對不是我媽，我媽講話根本就不會用任何比喻，她都是丟直球。」

「那你媽媽是怎麼說英壽的？」

權事務長好奇地問，我也用眼神表達我的好奇。韓彬先是一副不知道能不能說的表情，隨後才無奈地開口。

「我媽說他是瘋子。」

跟權事務長做的這段訪談，核心主旨說不定就是韓彬最後說的這一句話——他是瘋子。因爲這是跟唐吉叔最親近的人，對唐吉叔所做出的最直接評價。透過權事務長，我們得知唐吉叔曾經因爲學生運動而入獄，在補習班時又因爲跟老闆發生衝突而面臨困境，後來輾轉到了出版界、電影界。但即便獲得這麼多情報，還是無法從中立即得知唐吉叔究竟身在何方，也沒有獲得其他朋友的聯絡方式。

跟權事務長道別，準備離開時，他突然叫住我。我反射性打開相機，但他一點也不在意，只是告訴我說：

「一定要找到英壽。」

「好，我會努力。」

他頓了頓，然後才首度露出羞赧的笑容說：

「找到之後幫我跟他說，我這個朋友很想他。」

18.
新單元

喔啦！給打？（Hola, ¿qué tal?／哈囉，大家好？）各位阿米哥，今天是第七十二集。正如之前所預告，今天也是「尋找唐吉訶德」單元的首播。

今天我沉桑丘也依約來跟大家見面了！這一天也是我時隔七個月再度來到首爾。為了尋找關於唐吉叔的線索，我必須走遍全國各地，而這趟旅程就要從首都首爾展開。

上星期，我從自稱「元斌騎士」的韓彬先生那得到一個情報。他說他拿到唐吉叔，也就是張英壽大學好友的聯絡方式，於是我就跟韓彬相約碰面。唐吉叔的好友，如今是律師事務所的行政事務長，在業界工作很久了，所以我覺得頗有可信度。唐吉叔畢業於西江大學法學院，如果是他的大學同學，那也可以看成是法界人士。

我好不容易跟對方聯絡上，約好採訪的時間。問題是，韓彬這傢伙又遲到了！自己說要開車來接我，結果竟然遲到超過十分鐘，還開著不知哪借來的進口車，要我把車子拍進影片中炫耀一下。各位，我在他下車的時候就拍了一下。好，戴著假菲拉格慕墨鏡的韓彬，正裝模作樣地從他開的進口車上走下來。為什麼要突然比手指愛心？對不起，各位，我真的應該要信任他嗎？能夠跟這人一起踏上尋找唐吉叔的征途嗎？我想我非常需要各位的意見。

好，現在你們所看到的，就是莊嚴肅穆的瑞草洞法律城。這一棟棟樓裡面究竟有幾間事務所呢？現在讓我們進去看看吧。但總覺得拿著相機進去拍，好像會有人衝上前來主張自己的肖像權，所以我根本不敢把相機拿起來。我不是偷拍，但就是有點怕怕的。

這是我進到辦公室裡面，坐在權事務長對面時，放在我們面前的會議桌。事務長說不想曝光自己的長相，所以鏡頭沒有拍他的臉。我們花了大約一個小時聊了唐吉叔的過去。接下來，就看看我們精選的訪談片段吧。看完之後，希望大家能想像一下唐吉叔的模樣。說不定他就是你認識的人喔。

怎麼樣？權事務長輕聲細語的說話方式，是不是讓人有點上癮呢？從訪談中，我們得知了幾個重要事實。首先，唐吉叔的故鄉是江原道春川；他是西江大學法學院的學生；還有，大家應該猜到了，他曾經參與學生運動，還因此入獄。雖然影片裡沒有剪出來，但我問了權事務長，唐吉叔為什麼更熱衷於學生運動，而不是專心讀書。他的回答是，那個時期不去反抗，就無法得到應有的自由，而英壽是比任何人都願意挺身而出爭取自由的人。

啊，關於這件事，我去調查了一九八〇年代軍事獨裁政權的相關資料。在那個年代，上學途中都可能被臨檢，便衣警察跟武裝警察還可以任意亂翻學生的書包。要是拒絕，就會被帶到警局。女生的書包裡可能有的衛生用品，還會被迫公開示眾，讓女生遭到羞辱，光想就覺得可怕。還有，八〇年代學校裡都有警察駐守，目的是為了監視學生，有時候軍人還會逼迫學校停課或直接封鎖學校。這真的是因為學生不安分，一天到晚示威嗎？這麼一想，會不會是為了打造軍警不得任意進入大學校園的社會，為了守住基本人權與受教權的社會，那個年代才會有像唐吉叔這樣的人出來反抗呢？

訪談結束後，我跟韓彬開始細數這趟行程的收穫。既然得知唐吉叔曾待過補習班、出版界跟電影界，我們決定往這幾個方向去找找看。

我們瘋狂搜尋，找到了曾經由參與學生運動的人開設，後來在大峙洞成功獲得一席之地的補習班，也找到了老闆發表的自傳《大峙洞藍調》。嗯，這書名挺老派的，就是這本書，封面也有點……有點那個。接下來我會開始讀這本書，希望能從中獲得補習班的資訊。希望裡面有關於唐吉叔的小故事，但就算沒有，我想應該也能得到不少有意義的情報。

韓彬也說他會去打聽唐吉叔工作過的出版社。權事務長說，雖然他沒有拿到唐吉叔出版社的書，但叔叔的太太肯定知道跟出版社有關的事。只希望韓彬能夠跟媽媽來一場母子情深的對話，藉此打聽到出版社的名字。

同時，我會仔細調查唐吉叔在電影圈活動的時期。唐吉叔會孑然一身來到大田，也是因為想當導演。經營錄影帶店的時候，他偶爾會去首爾拜訪電影公司。我必須找出當時留下的蛛絲馬跡。

好的，新單元「尋找唐吉訶德」權事務長訪問篇，到此結束。各位阿米哥，我們應該可以一起找到唐吉叔吧？請多多提供線報喔。獲得能拍「尋找唐吉訶德」下一集的線報之後，這個單元就會再回來跟大家見面。感謝大家的收看，不要忘記訂閱、按讚，打開小鈴鐺！一定要喔！感謝！阿斯達魯耶哥（Hasta luego／再見）！

19.
白日夢

裴聖植院長有大峙洞補習街之王的稱號，他的書《大峙洞藍調》共有四章。第一章是他的成長過程，鉅細靡遺地描述他來自外縣市一個貧窮的家庭，身爲長男的他如何在被眾人吹捧成天才的環境下成長，直到進入知名大學，幾乎就是「鯉魚躍龍門」的故事。第二章則講述他來到首爾讀大學，在精進學業的過程中對抗獨裁政權的打壓與迫害，憑藉年輕人的滿腔熱血投身學生運動的經過。

第三章的篇幅最多，是「前進ＳＫＹ學院」[1]創立與經營的故事。他參與學生運動被捕入獄，花了七年才從大學畢業，原本打算進入政壇。但由於父親突然過世，讓他開始回顧自己的人生。他意識到，改變世界不一定要靠政治的力量，也能靠教育的力量，於是決定投身私人教育產業。過去曾經參與學生運動的朋友中，有與他志同道合的夥伴，他們便一起在大峙洞某個商業建築的三樓開了一間補習班。起初他們一直比不過原有的補習班，沒做出什麼成績，後來他的同事們鼓勵他，他也拚命提升授課的水準。

首先，他們每週都會有教學方式的研討會，也會透過公開試教（示範課程）嚴厲監督彼此，提升彼此的實力。他們意識到，家長對於招生能發揮莫大的影響力，因此決定親自與家長面談，即使要犧牲睡眠時間，每天也要跟家長開幾十場會議、進行上百通的電話懇談。

他就這樣藉著自己的領導風範，在創立補習班五年後獨力蓋了一棟大樓，補習班也改名爲「光榮邁向合格的前進ＳＫＹ補習班」。

第四章則整理了他對韓國教育的個人哲學。裡面有許多註解和漢字，實在不得不懷疑他是拿自己的博士論文複製貼上。這一章我讀到一半就放棄了。

看起來好像沒必要去問作者裴聖植院長有關唐吉叔的事。不光是無法透過他的角度來了解唐吉叔，更不可能問到唐吉叔行蹤的線索。其實我覺得用來讀這本書的三個小時，還有買二手書的五千八百韓元都有些浪費，氣到我都發抖了。

以防萬一，我還是回頭去讀了特別標記起來，講述解僱補習班講師的那一頁。他說他以諸葛亮揮淚斬馬謖的心情，開除了補習班的草創成員，也是初期最有貢獻的人之一。我重看一次還是沒找到唐吉叔的名字，但仔細一看才發現註解裡面有。

「對於當時跟我一起打拼的Ｋ講師、Ｊ講師和Ｐ講師，我至今仍心懷感激與歉疚。如果你們看到這本書，請透過出版社跟我聯絡，我請你們喝杯酒。」

這段話實在矯情到讓人想拿杯燒酒潑到他臉上。其中吸引我注意力的是Ｊ講師。我甚至想拿我一隻手去賭，那個Ｊ講師肯定就是唐吉叔。如果有機會見見Ｋ和Ｐ講師，會不會就有機會了解那個時期的唐吉叔？只可惜我實在不知道怎麼找到他們。

1　「ＳＫＹ」是韓國首爾大學、高麗大學與延世大學等三所頂尖大學的縮寫。

但就在我想闔上這本書時，突然停下來。旁邊那一頁剛好就是在講開除這些講師之後挑選新人的過程。裴聖植說，自己絕對不是靠人脈找人，都是透過「勳章村」這個網站公開徵人，然後靠自己優越的直覺與面試技巧來選講師。我把書扔到一邊，立刻開始搜尋。勳章村，這是媒合補習班和補習班講師的求職網站。那我上去發文，是不是就能找到K或P講師？甚至是找到一九九〇年代初到中期，認識在前進SKY補習班工作的英文講師張英壽的人？

問題是，勳章村可不是那種可以隨意發文的網站。但要碰上這點小阻礙就放棄，那我就不叫陳率了。我搜尋其他類似勳章村的補習班講師求才網站，接著在韓國第二大入口網站Daum找到補講會（補習班講師集會）社團。裡面有加入會員就能發言的討論板，賓果。

大家好，如果這篇文章不符合討論板的宗旨，先說聲抱歉。如果這裡有誰曾經在一九九二年至一九九七年期間，於首爾江南區大峙洞的前進SKY補習班工作，並曾經跟英文講師張英壽老師當過同事，或是認識他的人，麻煩請打電話或寫信給我，下面是我的聯絡方式。張英壽老師的朋友在四處打聽他的下落，如果有誰認識當時的張老師，或知道他現在的近況，請立刻跟我聯絡。要是能夠分享跟他有關的事，那更是感激不盡。

我在討論板上留言，附上聯絡方式之後，便覺得精疲力盡，倒下來就直接昏睡過去了。

隔天我去看文章，才發現有不少人回覆我。遺憾的是，都是對前進SKY補習班的負面評論，或是罵我爲何要在這裡貼這種文章的留言。我抱著抓住救命稻草的心情發表這篇文章，卻只得到負面回應，心情瞬間跌落谷底。

我無奈地打電話給韓彬，他卻沒接。我疲憊地窩在地下室角落的沙發，呆看著整間工作室。我的視線停在書櫃上，思緒轉移到放在那邊的陳年書籍。瞬間，我靈光乍現。哇，我怎麼沒想到？這裡的書並不是全部都開放租借，也有唐吉叔的私人書籍。其中應該會有一、兩本他任職的出版社出版的書吧？

我幾乎是從沙發上跳起來衝到書櫃前。那些上頭沒貼著「唐、錄」貼紙的書，全整齊地躺在書架最下層。不知是不是因爲離地板最近，那十多本書上頭灰塵厚重，甚至還嚴重發霉。我一本一本拿出來看，鼻子癢得不得了，忍不住打了好幾個噴嚏。即便如此，我還是像找到金塊一樣，小心翼翼把書搬到屋子中間，一本一本翻開來看。

我的期待瞬間崩塌。每本書的出版社都不一樣。我原本想，如果是同一間出版社的書，那就有可能是唐吉叔曾經工作的那間。沒想到每本書的出版社都不一樣。但要說放棄還太早。唐吉叔在出版社工作的時間，推測是在一九九七年至九八年，也就是說，在這段期間出版的書，有可能來自他工作的出版社。我只能使用刪除法。我趕緊打開版權頁查看出版年份，十本裡面有一本是一九九七年，兩本是一九九八年出版。

接著就是看版權頁的出版社職員名單。一九九七年那本有名單，但沒有張英壽這個名字，出局。一九九八年那兩本，版權頁都只有作者和發行人的名字。上頭沒有出版社職員的姓名，因此實在無法判斷其中究竟哪一本來自唐吉叔工作的出版社。

我把那兩本書並排在桌上，像在看面相一樣仔細觀察封面。一本是我沒聽過的小說家出版的散文集，另一本則是我不認識的政治人物回憶錄。兩位作者似乎都跟唐吉叔沒有交集，我覺得自己走進了死巷子。

抱著姑且一試的心情，我打開小說家的散文集。裡頭的排版很有舊時代的味道，每一個字都貼得很近，閱讀起來不是很舒適，內容還是一個中年大叔的自白，完全不是我的菜。我想說最後再試一試，便打開政治人物的回憶錄。

令人意外的是，書的內頁有作者大大的簽名，而且簽的還是漢字。這是我看版權頁時沒注意到的。那瀟灑的簽名下頭，還寫著這樣一行字：

一九九八・五・二九 贈予碧海出版社張英壽君

我的老天！封面上的這位政客大叔雖然看起來像蟾蜍，但我眞想捧著他的臉大親特親。我趕緊拿出手機，搜尋「碧海出版社」，立刻就找到官方網站，搜尋地圖也顯示了出版社的位置。也就是說這間出版社還在，就在首爾市麻浦區西橋洞。我聽說二〇〇〇年代初期，出版社搬到坡州出版園區之前，大多集中在西橋洞，也就是弘大那一帶。沒想到這間出版社並沒有搬去坡州，而是從一九九〇年代至今都堅守在西橋洞。

這時我的手機震動起來，是韓彬。我不屑地哼了一聲，然後接起電話。

「你回電回得眞快。」

「呵呵，姊，妳知道我現在有多努力嗎？妳有跟我媽交手過嗎？我現在在我媽家忍受她瘋狂嘮叨，換來很了不起的成果，妳還在那邊跟我計較這些？妳認真？」

「怎樣？你打聽到出版社的名字了嗎？」

「我爸是一九九七年辭掉補習班的，然後從那一年年底一直到隔年都在出版社上班，之後就說什麼要當電影導演，開始到處亂跑。」

韓彬劈里啪啦講個不停，聽起來一副多了不起的樣子。

「所以是哪家出版社？」

「會是哪裡呢？很好奇吧？」

「是碧海出版社，對吧？」

「咦？妳怎麼知道？……眞的很不給我面子耶。」

「我也是剛剛才查到的，那我們現在該怎麼辦？」

「什麼怎麼辦？查出來就好了啊。」

「我要去這地方採訪，拍成影片上傳。這間出版社好像在首爾，應該是弘大附近，你搜尋一下去那裡看看。跟出版社老闆見個面，問一下你爸的事。」

「不是啊，我怎麼能一個人去？我對活字印刷過敏啦，最討厭出版社跟報社這種地方。」

「那怎麼辦？我有弘大病，對弘大過敏，最討厭弘大了。」

「煩耶！」

「你出面才有那個立場去問啊，他是你爸耶。去跟人家碰個面，如果感覺還可以，那下次我再帶相機過去。」

我掛上電話，站起來伸了個懶腰。韓彬這傢伙，老是把「煩耶！」掛在嘴上，這能成什麼大器？我決定把這整件事當成做功德，當成是讓韓彬能更了解他爸爸的絕佳機會。

我去便利店，買了我最愛的山珍海味便當，吃了一頓遲來的午餐，接著把推理並找到碧海出版社的過程寫成腳本，拍了要用在影片裡的幾個素材畫面，想著等明天拍完影片上傳之後，又有新東西可以拍了。現在已經有不少訂閱戶開始對「尋找唐吉訶德」單元有反應。透過留言的反應跟訂閱人數的增加，我能感覺到我開始有一些追隨者，也有人開始爲我的熱情加油。

唐吉訶德無法實現的夢很崇高，那也正是唐吉訶德存在的理由。我讀完唐吉叔手抄的《唐吉訶德》之後，發現這個故事的確是在描述追求夢想的冒險。一個年過五十的鄉下騎士，踏上旅途說要實現這個世界的正義，這個設定本身就讓人覺得「是在做什麼白日夢」。但人類是種不做夢就活不下去的生物。現在我沒賺多少錢，又要冒險去找已經連長相都記不太清楚的唐吉叔，對這點算是很有感觸。我活了三十年，這段日子是我最能感受到自己是眞正活著、整個人最有活力的時期。這就是夢的力量。不是那種晚上妨礙睡眠的夢，而是白天讓人更有動力的夢。

今天的旅程很長。我就像在草地紮營搭帳篷的桑丘，躺在沙發床上正準備入睡。突然，手機響了。晚上十一點來電，還是個不認識的號碼。辭職之後，我就不太接這種不知名的陌生來電了。但仔細想想，我現在可是在找人的狀態啊。於是我趕緊接起電話。

「喂？」

「喂？請問是陳率嗎？」

電話那頭傳來的是一個粗獷的中年嗓音。

「對，我是。」

「抱歉，這麼晚打擾妳，我才剛下班。我看到妳在補講會網站上發的文章，所以才來跟妳聯絡。妳說想打聽張英壽這個人嗎？是前進ＳＫＹ補習班時期的事吧？」

「對！那篇文章就是我貼的。」

我猛然坐了起來，像在敬禮一樣恭敬地回答。

20.
說個不停的人

「張英壽先生是我在補習班工作時認識的人，他是當時最讓我覬覦的人才。他會講課、人品又好，眞的零缺點。而且他酒量好，還不會發酒瘋！要說有什麼遺憾之處，那就是他很頑固。但身爲一個老師，有點頑固且堅守信念，反而是主導課堂的必要品德，因此也不算什麼缺點。至少我是這樣想。只是他的頑固，確實也會在某些時候讓人覺得不太方便。畢竟上面那些傢伙，糟糕，這是在錄影，我講話應該好聽一點。總之呢，高層比較喜歡那些擅長奉承、應對的人。這就是權力的特性。領導者是很孤單的，也因爲孤單，當然就只會注意到旁邊那些阿諛奉承，凡事都不會提出反對意見的人。我年輕的時候也不懂，是在當上院長之後才發現，哇，這個位置眞的很孤單。啊，現在是要講張英壽的事情才對。我都六十歲了，有太多後悔的事，所以實在忍不住想多講點自己的事。如果有什麼節目不需要的內容，就請儘管剪掉吧。啊，好，就這樣。」

木洞必勝學院的朴院長講話很囉嗦。他有一副大嗓門，活力旺盛且說個不停。他很願意配合拍攝，讓我拍起影片來輕鬆不少。他甚至還提供飲料跟點心。提供素材又有高配合度，簡直是最好的受訪者。

我一開始是這樣想的，直到他開始對著鏡頭長篇大論。

「在前進ＳＫＹ學院加上『ＳＫＹ』之前，也就是只叫做前進學院的時候，我也在那裡當講師。我幾乎算是創始成員。張老師是一九九二年底還是一九九三年初……總之，就是在那時加入，是裴院長學生運動時期的朋友推薦進來的。學運圈子的人都很熟，所以會這樣互相介紹。一九八〇年代我只顧著讀書，不太了解那一塊。數學教育眞的很不簡單。學生的程度差異很大，所以在補習街，數學老師的身價也是不同凡響。我曾經是韓國首屆一指的數學講師喔，呵呵。應該可以小小炫耀一下吧？那時候沒有什麼網路授課，像我這樣的知名講師，還經常要去外縣市出差上課。每次出差呢，我都非常用心。畢竟這對學生來說，也是不可多得的機會，他們都瞪大眼睛聚精會神地上課，那也是我當補習班講師的成就。啊，這是離開前進學院以後的事。對，該講前進學院時期張老師的事。看看我這腦袋，哈哈，抱歉。總之呢，他這個人很正直，講課也不拖泥帶水。當時我們會互相試教，還會一起辦研討會，眞的很團結。不可能像現在這樣只準備自己的課。裴院長對這點很堅持，他認爲要想在大峙洞闖出一片天，就得讓大家知道我們的授課實力，總是逼我們要更好。」

「這部分我在裴院長的自傳裡讀過了。他拚命經營補習班，只花五年的時間就自己蓋了大樓。」

我邊說邊拿起裴院長的自傳，強調我已經很了解補習班的狀況，這是爲了避免他繼續長篇大論。可是他卻跟我要了那本自傳，邊翻邊搖頭，最後啪一聲把書扔在桌上。

「哎呀，人都是這樣的。人的記憶都是以自我爲中心，寫下來的東西也是以這些自我中心的記憶爲主。簡言之，這就是勝利者的紀錄。就像這本書裡說的，他的確是蓋了大樓。裴院長確實出了力，但其實更應該說是我們這些人的力量。當時是我們燃燒自己去講課、去照顧學生啊。因爲當時我們有共同的目標，要在補習班界掀起旋風，提供了與其他大型補習班完全不同層次的服務。舉張英壽老師爲例，到底是哪裡不一樣呢？就是他還親自爲了大學入學考試，做了重點單字筆記給學生呢。好像是叫『英壽師的英單』吧？總之，那東西很受歡迎！他也常常請學生吃辣炒年糕。我以爲他這種行徑，只是爲了在一開始博取學生的歡心，沒想到他這樣的做法持續了很久。有一次我問他，他就說是藉著請學生吃辣炒年糕，順道跟學生聊聊天，問問現在覺得讀書最困難的地方在哪裡？還想從他的課堂上得到什麼？這樣一來他就會更了解學生，上課也更有互動，還說這樣反而對自己有幫助呢。哇，那時候我就覺得，張老師很會溝通，態度也很眞誠。張老師是爲了跟學生做眞正的溝通而努力！其實這很不容易。因爲跟學生相處一整天，很容易覺得膩。我也是在那個時候發現，張老師是成爲明星講師的人才。」

「那張英壽老師爲什麼會辭掉前進學院的工作？如果是這樣一位老師，無論是哪裡的老闆應該都不會輕易放手吧？」

「呵呵，這確實是個很好的問題，總之就是有些內情啦，呵呵。」

感覺朴院長有些停頓，我便立刻開口追問。

「我看裴院長的書裡面寫，蓋了大樓之後，他用揮淚斬馬謖的心情，辭退了J、P和K老師。我在想，這裡的J老師會不會就是張英壽老師，而P會不會就是朴院長？」

「呵呵，揮淚斬馬謖啊……不愧是國文老師，裴院長不僅愛寫作，還善用寫作實力，把自傳寫得天花亂墜呢。在我看來，與其說是揮淚斬馬謖，更像是朝三暮四吧。呵呵，總之，裴院長就是有點這樣啦。他覺得大家都跟他有一樣的想法，又總是以自己的想法為準，不能接受有人無法聽從或提出意見。老師們當然會產生不滿啊。當時裴院長滿腔熱血，以接近獨裁的方式做決定，而大家好像都鬼迷心竅一樣，一個勁地聽從他的指揮。用現在的話來說就是那個什麼……啊，對，應該是類似煤氣燈效應啦。」

「那個，朴院長，之所以離開學院是因為……」

「啊，抱歉。J是張老師，P是我，K是金老師。我跟金老師從一九九六年開始就受不了裴院長，早已經有意離開補習班。我教數學，金老師教國文，只要教英文的張老師跟我們一起離開，就能再開一間以國英數為主的補習班了。我們打算開在前進學院隔壁，跟他們一拚。尤其是張老師很受學生歡迎，我們覺得只要張老師選擇來這邊，肯定能搶走很多學生……但張老師念在他生活困頓時，也就是有了小孩，經濟遭遇到困難的時候，裴院長給他一個講師的位置，因而無法狠心辭職。我們一直想說服他，但還是行不通。後來在一九九七年初，張老師也跟裴院長槓上了。」

朴院長雖然愛東拉西扯，卻很懂得講故事。他就像個老練的講師在教自己的專業科目一樣接受採訪。

「聽說他們對彼此大吼大叫，真是把我嚇壞了。整間補習班鬧得雞飛狗跳。斯文的張老師就像隻花豹一樣，大聲對院長咆哮、爭論，補習班的氣氛變得非常可怕。院長氣得滿臉通紅，擺出一副高高在上的樣子，想用地位來壓制張老師。總之呢，當時真的很精采。

至於他們起爭執的原因，就是當時院長裁掉一個負責爲家長做諮詢的老師，要親自去跟家長諮詢。院長很會講話，知道怎麼說服家長，讓他們多報一些不同科目的課。好比他會說，同學現在只上文法課，如果再上閱讀理解和聽力課，就能得到全面的學習效果。或是說同學現在某一項能力比較差，如果只上現在這些課，可能導致學習不夠均衡。他用這種方式來嚇唬家長，強迫學生上更多不必要的課，賺更多錢。」

我們聚精會神地聽著，朴院長看了我們一眼，深呼吸了幾下，打開我們買來的維他五百能量飲料，一口氣喝光。

「那當時張老師應該就是因爲自己的學生被強迫上不必要的課，所以才會跟院長吵架吧？」

「沒錯，製作人腦筋果然轉得很快。後來我聽說整件事的來龍去脈，才發現被院長強推不必要課程的某個學生，已經在上張老師的英文課了，卻在院長的強迫之下要多上另外兩堂課。張老師認爲，以那個學生的情況來看，不需要上這麼多課，所以就取消了他的課程。那院長會有什麼反應？當然是覺得沒面子啊！所以他就痛罵張老師，說好不容易才說服了家長，爲何他要來搗亂？遇到類似的情況，張老師之前都選擇忍讓，但這次他應該是覺得這樣不對，於是出聲反駁院長。院長卻告訴他，這裡是大峙洞，是私人教育第一線的戰場。院長搬出一番華麗的說詞，最後又補上一句話，徹底惹火了張老師。我想……那句話應該是『你要用這種教夜校學生的心態當講師當到什麼時候』。」

「張老師曾經教過夜校？」

「本來以爲他大學時期只有搞學生運動，後來才知道他好像是先去夜校教書。在九老洞那邊，就是當時的九老工業園區。那裡有很多在準備檢定考試的年輕人，他就是去那裡教他們。」

我默不作聲，只是點了點頭。

「他眞是從那時候開始就很愛管閒事。」

韓彬接話，但聽不出他到底是感嘆還是挖苦。

「說不定他眞的是多管閒事。總之呢，『教夜校學生的心態』這句話，讓張老師氣炸了，他衝上前去揪住院長的領子，但院長身材很魁梧，身高超過一百八十公分，體重也超過一百公斤。張老師雖說是揪住了他的領子，但他才一百七十公分左右，相較之下就是比較瘦弱嘛。他抓著院長的領子拚命搖晃院長，但看起來就像吊在院長身上。同事們都衝上前去要制止他，整個辦公室裡一團混亂，學生們也都目睹了當下的情況，後來消息就在補習街傳開了。」

「一定很壯觀。」我說。

「果然是唐吉訶德，會拿頭去撞風車。」韓彬說。

「這位助手跟張老師是什麼關係啊？好像對張老師很反感，一直說一些很負面的話。」不能破壞這個氣氛，所以我決定照實說。

「他是我的助手，也是張老師的兒子。」

朴院長嚇得張大了嘴，盯著韓彬看得目不轉睛。他好奇地盯著韓彬看了一陣子，韓彬則是面無表情。

朴院長接著大笑出聲，還伸長了手去跟韓彬握手。韓彬勉為其難地握住他的手，而我趁機瞄一下之前訂好的 KTX 車票是幾點。

「老師，現在是不是該聊聊張老師離開補習班的原因了？」

「啊，對，我不能占用你們太多時間。總之，那件事之後，張老師就被院長盯上了。但院長又不能要他走路，他畢竟是王牌。後來是張老師某天自己辭職了，也沒事先跟我們商量。我跟金老師就跑去找張老師，問說要不要乾脆跟我們合夥，他卻說他想離開補習界。我們說他已經是很知名的講師，怎麼能這樣？他卻笑著說，凡事只要願意嘗試都有機會成功。後來我們一起喝了杯酒，我又接著說服他。我問他爲什麼要做這種決定？明明繼續當補習班講師，就能邁向璀璨的未來。結果他說跟院長大吵一架之後，就一直覺得不太敢面對學生，每一次站上講台，都有股莫名的羞愧感重重壓著他。因爲讓他跟院長起衝突的那個學生，雖然是在大峙洞上昂貴的補習班，但其實家境非常不好。就好像在天堂裡，也總是有人要負責掃廁所那樣。不是每個住江南的人都很有錢。那個學生的父親其實在超市做外送，母親則是大樓的清潔人員。總之，張老師說經過這次事件之後，他深刻感覺到要讓小市民把努力賺來的錢花在私人教育，使他非常痛苦。」

「多虧他這種想法，搞得我媽也很辛苦。」

「嗯哼。」

「也多虧他這種想法，我從小過得不怎麼好。」

「你是不是因爲你爸，才決定要當個跟他完全不同的大人？是因爲這樣才會變得這麼憤世嫉俗嗎？我很想好好研究你。」

「我想走了。」

韓彬站起身來，我也放下相機，想趁這個機會結束這次採訪。沒想到朴院長卻擺了擺手，瞪大眼睛說：

「不行，不可以結束。雖然是你們主動提議要做訪問，但我也有我的想法，也有我想說的話。你們如果不多聽我說一點，那我就不同意你們上傳影片到 YouTube。我們去吃頓飯，再多聊一點吧。遇到張老師的兒子，我要是沒能招待一頓飯就讓你走，那實在是沒臉見人。我們應該要一起推測一下張老師現在人在哪吧？所以，來吧，我們一起走吧。」

這件事來得措手不及。朴院長像在趕牛，帶我們離開院長室。我跟韓彬則因爲必須取得他同意才能上傳影片，不得不跟著他來到補習班前面的豬腳店。

一在豬腳店坐定位，我就立刻改了 KTX 的車票，把出發時間往後延了三小時。韓彬說他是開車來，自始至終都只喝汽水，因此朴院長拚命朝我的酒杯裡倒酒。他一臉慈祥，用他的大嗓門高喊乾杯。

至於我當天最後的記憶，就是在首爾車站前下車，爲了搭 KTX 列車而來到月台，然後就什麼都不記得了。

21.
宿醉時想到的點子

一睜開眼睛，我發現自己躺在工作室裡，整個人縮在沒有打開的沙發床上。或許是因爲用很彆扭的姿勢躺了一整晚，我渾身難受。又躺了一會，我才昏昏沉沉地爬起來找手機。若說每個人身邊都有一個像飛機黑盒子的紀錄器，在我來說，肯定就是手機了。

幸好，手機放在桌上充電。我一邊回想昨晚模糊的記憶一邊打開手機。晚上十一點，韓彬來一個訊息說：「姊，回去路上小心！」下一則訊息是：「不要睡著，要在大田下車！」下面是一個比了大大OK手勢的鴨子貼圖。誰回的？是我！可惡，我完全不記得。

我打開韓國鐵路應用程式，裡面有晚上十一點出發，從首爾到大田的KTX電子車票。我記得自己在晚上六點的時候，把KTX車票延後三小時改成九點搭車，然後又改到十一點。這一切都是因爲那個愛講話又愛喝酒的大叔，朴院長，他那催我再喝一杯、說自己話還沒講完的大嗓門，伴著宿醉的頭痛一起在我耳邊嗡嗡作響。

「好痛，靠……」

朴院長很討人厭，但依舊是個不錯的受訪者，他提供了能回憶唐吉叔的小故事，還有補習班時期的生活，讓我們能勾勒出唐吉叔當時的樣貌。只是這些對尋找唐吉叔完全沒幫助，副作用是留下了六小時的影片素材，當然包括我們去喝酒時拍的內容。如果畫面裡出現我因爲喝醉酒而開始胡言亂語的樣子，我很可能會當場崩潰。

剪接應該會很痛苦，但拍了很多素材，節目會很充實。朴院長雖然惹人厭，但他的角色定位很明確，觀眾應該能夠看得津津有味。

我想告訴朴院長，討人厭的可不只你喔，我現在也要靠剪接來當個討厭鬼囉。檢查影片後，發現昨晚沒闖出什麼大禍，讓我鬆了一口氣，決定再睡一下。

才剛過中午，敲打鐵門的聲音便把我吵醒。我好不容易爬了起來，發現痠痛的程度比剛才更嚴重，應該是太累了吧。我走到門口一看，發現自己雖然喝到斷片，但還是沒忘記把兩道門鎖都鎖上，我眞不愧是獨自在外生活邁入第十年的女子。

「姊，妳在裡面嗎？」

我解鎖開門，站在門口的尚恩半是擔心半是驚訝地看著我，手上還拿著裝有餅乾的盤子。

「天啊，姊，這酒味也太重了吧？」

我沒力氣回答她，只能搖搖晃晃走回沙發床躺下。尚恩沒跟著我進門，消失了好一陣子才又拿著一杯冰美式回來。她加了六下平常我喜歡的糖漿，顯然是要拿來代替蜂蜜水的「解酒冰美」。

尚恩拿了一個多用途塑膠盒進來放在我面前，然後把飲料擺在上面。

「謝啦，一樓老闆。」

「妳講話怎麼這麼像社區大叔啊？」

我坐起身來，像在喝生啤酒一樣，咕嘟咕嘟喝完咖啡，然後打了一個嗝。尚恩露出嫌棄的表情。

爲了報答她的解酒咖啡，我把昨天在首爾跟受訪者拚命的結果，還有以此爲基礎構思出來的節目預告說給她聽。尚恩是唐吉訶德錄影帶頻道最忠實的觀眾，我說話時，她還不時會回應「天啊」、「什麼啊」、「不會吧」。

上一個冬天，我經營頻道遇到不太有把握的內容時，就會跑去一樓買杯咖啡，聽聽尚恩的反應，並藉此來判斷內容適不適合。無論過去還是現在，我的喜好都像個小老頭，只能想出三十多歲大叔喜歡的東西。但尚恩不同，她的感性和年紀都差不多是二十多歲女性的水準。她既是我頻道內容的最佳監督員，也是我的好同伴，因爲我們都一樣不知何時要被趕出這棟樓。

「這一集感覺會超有趣耶。妳得趕快醒醒酒，把影片剪一剪趕快上傳。」

「這位小姐，妳是不是覺得自己比我高一層樓，就能指使我啊？尚恩，我就是不想聽別人指揮，才會結束首爾的生活，回來大田舊市區這個半地下室，別以爲一杯咖啡就能對我指手畫腳哦。」

「不只是咖啡，我還拿了餅……哎呀，我剛回去泡咖啡，結果就忘了拿下來。姊，妳等一下喔。」

「沒關係。」

「那是我早上烤壞的，算是來自頻道粉絲的賄賂啦，妳就放心吃吧。」

尚恩又一溜煙跑上樓。我很想跟她說，沒烤壞的餅乾我也很愛吃喔……但就算是烤壞的，我還是從尚恩身上感受到好鄰居的珍貴。

尚恩畢業於大田某大學的烹飪系，原本要去留學，後來中途放棄，於是就用存下的留學資金，加上父母的幫助，年紀輕輕便開了自己的店。因爲覺得咖啡廳似乎比餐廳好，所以才選擇以咖啡廳爲起點。但正是因爲咖啡廳比較好經營，外面才到處都是。而這個簡單的決定，也讓她深陷在泥沼裡掙扎。剛開店的時候，她也會自己做蛋糕和三明治，但以目前咖啡廳的狀況來看，她認定那些東西「有些多餘」，所以現在便專注精進沖泡咖啡的手藝，只供應烤餅乾。

她持續調整咖啡廳的定位，而我也擔任尚恩的品管人員，幫她試口味、思考策略，這顯然是一種互助的關係。搬進地下室之後，尚恩還會照顧我的三餐。她會找我一起去吃晚餐，還會把在家做好的小菜帶來分給我。

尚恩帶著餅乾回來，我用力跟她道謝。她突然盯著我看，然後又看看後面的書櫃。似乎她今天也在找有沒有書能借。每次看到尚恩這樣，我都暗暗感動，總覺得唐吉訶德錄影帶的租借系統好像還在運作。

配著餅乾把剩下的咖啡喝掉，我也比較有精神了。我問尚恩店裡這麼久沒人可以嗎？她嘟著嘴說外面下雨所以沒客人，便繼續選書。我從沙發上爬起來，往書櫃方向走去。

「上次妳借走的書還沒還喔。」

「姊，那本書不適合我，作者太愛碎碎唸了。」

「那要我推薦嗎?」

「不了……找到了!」

尚恩站起身來，手上拿的是某位政治人物送給張英壽先生的自傳。就是唐吉叔工作的出版社爲該政治人物量身打造的作品，也是上次節目的主角。

「妳該不會要讀這本書吧?」

「不，我是在節目裡聽妳說，妳看了這本書就立刻找到了出版社，讓我一下起了雞皮疙瘩，所以才想直接來看看這本書。書實際的樣子跟節目裡不太一樣。」

尚恩好奇地摸著那本書，還拿起書拍了張自拍照。我覺得她那樣子很好笑，接著又想起韓彬說他聯繫碧海出版社失敗的事，我突然覺得好煩躁。我叫那個傻子直接去拜訪，他卻只打一通電話去找出版社老闆，結果被對方生氣地拒絕，說別再爲這種事聯絡他們。明明可以帶飲料上門，見面三分情啊，他不會用腦子嗎?這樣搞哪有可能會成事?去首爾見朴院長的時候，我也爲了這件事唸了他一下。可能是因爲這樣，訪問時他才會一直臭著臉，害我很尷尬。

「姊，那妳聯絡這間出版社了嗎?想找到唐吉叔，應該得跟出版社的人見見面吧?」

「呼，對啊，但這件事搞砸了。」

「怎麼會?」

「現在那邊已經沒有人跟唐吉叔共事過，老闆也不願意接我們的電話，只說叫我們滾遠一點。我想得從其他地方去打聽了。」

「那應該也可以找找其他出版社吧？」

「我哪有可能每間出版社都去問？」

「應該有什麼協會吧？有沒有什麼出版社整合網站？啊，可以問 Yes24 嗎？那是最大的網路書店吧？」

爲了幫我，尚恩開始胡說八道，我覺得很可愛，也很感激。我原本只是無奈笑著回應，卻突然靈光一現。

我想到補講會，那是補習班講師聚會，補習班講師的求職網站。

如果出版界也有類似補講會的求職網站，那我上去貼文，說不定就有機會找到認識唐吉叔的出版人。我不就已經透過補講會找到朴院長了嗎？

我趕緊拿出手機，搜尋「出版社求職求才」。尚恩好像說了什麼，但我沒有時間回答她，只是專心搜尋，但並不順利。我把關鍵字修改得更精準，改成「出版社編輯求人求才網站」。

沒過多久，我就在一篇知識家的文章裡找到答案。發問的人想成爲出版社編輯，有人好心回答他，說有一個叫「書籍編輯」的網站，我立刻點入那個人附的連結。

一進入頁面，「編輯創造新世界」這個標語映入眼簾，像是在歡迎我。我發現網域是現在已經沒有在用的「org」，再加上似乎已經停止更新一段時間，就知道自己撲了空。

「姊，找到網站了嗎？」

「妳等等。」

我看了一下網站，在編輯廣場的選單找到了「求職／求才留言板」。哦！光是今天就有十幾則求職求才的公告。這些刊登文章的人，一看就知道是典型的出版社。幸好，這個網站還活著。

「鄭尙恩小姐，我今天要請妳吃晚餐。」

我迅速加入會員，並對尙恩眨了個眼。尙恩咧著嘴笑，還對我比出大拇指。

要在出版社編輯出沒的網站留言，眞是讓我非常緊張。我很擔心他們會分析我的文法，檢舉這篇貼文不恰當。但無論如何，我還是只能硬著頭皮上了。我拿在補講會寫的文章來改，多加了一點誠意和細節，完成了一篇尋找唐吉叔的文章。最後留下我的聯絡方式以及 YouTube 連結，讓人知道這篇文章不是來鬧的。

神奇的是，雖然宿醉讓我痛苦，但我還是有源源不絕的點子。好像蓮花開在污泥裡一樣，宿醉狀態的我不斷萌生新想法。頭很痛，但腦袋一直在動。

接近傍晚時，宿醉發動第二波攻勢，我用加了泡菜的解酒泡麵去壓制，然後開始看昨天拍的素材。在院長辦公室裡拍的東西都能用，不用特別剪接，我覺得很棒。問題是去吃飯跟續攤時拍的影片。一開始在豬腳店，朴院長不知是因爲感性還是酒精，頂著一張紅通通的臉，一看到韓彬就說想起張老師，然後一個勁地猛灌酒。到了快結束時，他還衝著韓彬叫「英壽老師」呢。朴院長在這個時候就已經醉了，但續攤去酒館時，他又生龍活虎地狂喝生啤酒。當時看著他不停訓斥我，我才意識到他根本沒有喝醉。

「陳製作人，我要拜託妳一件事，妳要聽清楚！」

朴院長在豬腳店的時候，就已經一直伸出他那跟豬腳一樣的手來跟我乾杯，講話也開始變得不太客氣。好像我們很熟一樣。這種口氣該怎麼說呢？可說是人要倚老賣老的基本配備吧？這些喜歡倚老賣老的傢伙，只要裝備上這種口氣，講話時就會有一股優越感，尤其是面對那些跟他們說話畢恭畢敬的人，這種情況更明顯。雖然能感覺到他爲了維持禮儀而克制說話的態度，但卻無法壓抑本性，所以才會下意識肆無忌憚地胡來。簡言之，他們就是會變得很厚臉皮啦。要想贏過一個厚臉皮的人，重點不是讓他們覺得羞愧（因爲厚臉皮的人不會羞愧），而是要比他們更厚臉皮。

我默默聽著。

「今天拍的內容要播出時，妳別忘記放我們補習班的標誌。我幫妳拍了節目，還請妳喝酒，這就是資助啊！說資助是有點那個啦，那就講投資者好了！這樣很棒。」

「我們會在影片最後贊助人的地方，寫出補習班跟院長的名字。」

「贊助……啊，這樣不行啦，就不能再更爽快一點嗎？」

「那不然我用講的好了，我會說您對今天的節目有莫大貢獻。其實看了節目，大家應該都能感覺到啦，畢竟院長您的魅力很不同凡響啊。」

我盡可能用不會太過冷淡的口氣回應朴院長，他才終於滿意了，再度喝起啤酒來。

後面的內容眞是精采到讓我不敢看下去。影片裡，朴院長要求我在播出前把剪接好的影片給他看，我大聲嚷嚷說製作人有剪接的決定權，所以不能給他看。紅著一張臉的朴院長又問，字幕上的「贊助」能不能換成「製作投資」？接著又突然問我，有沒有興趣去當他們補習班的企畫？一個人在那邊幻想，說我可以去幫他們經營補習班的頻道，負責宣傳。我只能一一拒絕，還摟著他的肩膀試著安撫鬧彆扭的他，最後再一起乾杯。

韓彬拍下這一切的過程，不時還能聽到他忍不住笑出來的聲音。這傢伙說自己是開車來，到了啤酒屋也只喝汽水。這個找藉口躲酒的小孬孬，竟然還好意思拿相機拍我跟朴院長，躲在鏡頭後面偷笑？

說老虎，老虎到。不對，說貓，貓到（我真是無法把韓彬比喻成老虎），韓彬剛好打電話來了。我用力哼了一聲，然後才接起電話。

「酒鬼小率姊，妳還好嗎？」

「你這算什麼同事啊？」

我說我早就起來工作，查看過昨天錄的所有內容，正在準備要剪接，然後我就開始數落這個卑鄙的傢伙。昨天我應付朴院長的時候，他竟然袖手旁觀。韓彬說至少要有一個人清醒，而且他也開車送我到首爾車站去搭車，不算是丟下我不管。我說這部分很謝謝他，但以後要喝就得一起喝，去哪裡都要一起去。

「謹遵您的教誨，沉桑丘大人。我不過只是馱著桑丘大人到處走的驢子，所以您說的都是對的。」

「住嘴。我覺得這支影片會大紅，在昨天那種亂糟糟的狀況下，我還是守住了剪接的權力。我叫朴院長對著鏡頭保證，我可以隨意用這些素材，他還跟我打勾勾了。」

「這部分我也有拍到。」

「辛苦了，這樣可以吧？」

「不要再挖苦我啦。我現在也是拋下自己的工作，全心全意在幫忙耶。」

雖然我還是不知道這傢伙現在到底以什麼維生，但我決定不再跟他計較。

「好，張騎士，辛苦你了。還有，你沒成功聯絡上出版社，我透過一番瘋狂搜尋，找到出版社編輯用的網站，還去上面留言了。如果有認識唐吉叔的人，你會跟我一起去吧？」

「當然囉。姊，我覺得我們好像會成耶，感覺挺有趣的，呵。」

「你很想你爸吧？」

「嗯？」

「你有沒有想見他啦？」

「不知道。」

韓彬答完就沒再說話了。一陣沉默過去，他又突然開口。

「總之，還是得找到他。」

「……是啊。」

掛上電話，完成剪接的準備工作之後，我關燈離開地下室，來到樓上幫忙尚恩收店，然後一起到銀杏洞文化街去吃晚餐。吃完晚餐回來，我洗了個手，就開始剪接，沒想到這時手機接連震動了好幾下，我趕緊拿毛巾擦了擦手。

拿起放在剪接用電腦前的手機，發現是一封簡訊，瞄一下訊息預覽，就知道是某位編輯跟我聯絡。我一面讚揚網際網路的偉大，一面趕緊打開來查看全文。

聽說您在找唐吉訶德張英壽先生。

我透過連結去看了您的 YouTube 頻道，能感覺到您的認眞。

太好了！對話視窗裡，還能看到對方正在輸入下一則訊息。我瞪大眼睛，等著新訊息出現。

最近的人爲了宣傳 YouTube 頻道，眞是什麼鼻屎大的小事都有人拿出來講。不要來我們這裡貼這種文章，快滾吧。呵呵呵呵呵

靠，原來不是每個做書的人都是讀書人？不對，搞不好這個圈子反而有更多斯文敗類。我重重嘆了口氣，封鎖了這個傳訊息來的號碼。

22.
從大田到統營

徹夜奮鬥剪接後，我把影片下標「唐吉叔的補習班同事帶來超有魄力的證詞」。上傳完我倒頭就睡得像死屍一樣，也不知睡了多久。醒來才發現，手機收到幾封跟昨天差不多的簡訊。有人油嘴滑舌說：「看了妳的頻道覺得妳很有魅力，要不要見個面？」有人則鬼扯說：「張英壽編輯前幾年當上小說家了，筆名叫尚萬強。」這次經驗讓我更確定，出版界的蠢蛋比想像中還多。我忍不住嘆了口氣。

我也想過是不是要直接去出版社拜訪。我看他們最近出版的新書，發現老闆還是同一個人。他肯定對唐吉叔有些印象，但上次跟朴院長做完那個累人的訪問之後，我實在沒勇氣再跟那個年紀的大叔交手。暫時我也只能相信編輯網站，並封鎖這些無聊的鬼扯簡訊，繼續等待消息。

我打開網頁開始管理頻道。那些像雜草一樣拔也拔不完的惡意留言，全部以「隱藏該使用者」來解決。然後把過去半個月上傳的四支影片點閱數、收看時間、按讚數、留言數、分享數紀錄在 Excel，查看訂閱人數的變化。必須要持續統計、確認，才能知道大眾喜歡怎樣的內容，進而增加點閱和訂閱人數。YouTube 的收益會受到影片播放次數和播放時間影響，而這其實跟訂閱人數增加的比例息息相關。

YouTube 頻道要開始有收入的第一個條件，就是訂閱人數超過一千人，累積播放時間超過四千小時，幸好我在今年初都達成了。我大受鼓舞，趕緊申請廣告設定，三星期後便得到認證。之後頻道持續成長，並在推出「尋找唐吉訶德」單元後人氣快速飆升，現在訂閱人數已超過一萬了。

目前一個月的收入大概在二十到二十五萬韓元之間。我的第一階段目標，就是把收益提升到每月三十萬韓元，好用頻道收益來支付工作室的租金。見到唐吉叔之後，我會再拍一些分享回憶的影片，相信也會拉抬點閱數。

也就是說，尋找唐吉叔的旅程促進了唐吉訶德錄影帶頻道的成長，也促使我踏上屬於自己的旅行。當初與這個放了唐吉訶德錄影帶招牌的空間重逢，我就非常想念唐吉叔。懷念他、追尋他的足跡，使得 YouTube 頻道也越來越活躍。但我並不是爲了讓頻道成功才去找唐吉叔。再次見到唐吉叔這件事，對我來說比什麼都重要。釐清自己堅持的理由，讓訂閱者理解並接受的這個過程，本身就很有意義。

勾著頭整理頻道統計數據到脖子有點痛的時候，我才發現肚子餓了。我拿起手機想問尙恩要不要一起吃辣炒年糕，傳完訊息，卻收到一封讓我徹底沒了食慾的狗屁簡訊。這些無聊的混蛋眞是可惡！

沒過多久，尙恩回覆說好。我出門去買辣炒年糕之前，最後又看了信箱一眼，結果發現一封不知何時寄來的陌生信件。我的食慾又沒了，但這次並不是因爲信的內容都是狗屁，而是我期待的資訊終於來了。這讓我的大腦只專注在讀信，幾乎忘了飢餓。

您好，我看到您在書籍編輯社群上的文章，所以寫信給您。

我目前住在外縣市從事翻譯工作。陳率小姐所提到的那個時期，我也曾在碧海出版社擔任編輯。我跟張英壽先生曾是同事，他辭去出版社的工作之後，我也跟他見過兩次面敘舊。只是我們已經很久沒聯絡了，因此我也很想知道他的近況。

我看了您附上的頻道連結，也透過您細膩的回想、介紹，得知張英壽先生被稱為唐吉（訶德）叔，且受到許多青少年的喜愛。看著看著，我忍不住笑了出來。他是一個樂於付出的人，我認為他應該得到的幸福，至少是他付出的一半。所以我也忍不住為你們加油，希望陳率小姐跟張先生的兒子，能夠盡快見到張先生。

雖然我可能幫不上什麼忙，但如果您需要我聊聊我所記得的張先生，那我很樂意分享一些。只是我不太方便上節目露臉或獻聲，再加上我人在外縣市，也不太方便離開家，可能只能透過電話訪問，或要麻煩你們來找我。這點還請見諒……期待您的回覆。

金勝雅　敬上

文章簡潔、文字細膩，都透露出她確實是專業的文字工作者。從事翻譯工作這點，也提升了這封信的可信度。最重要的是，他們曾是出版社同事，唐吉叔離開出版社後，他們還曾見過面交流近況，這讓我不自覺興奮了起來。

就是她，她是真的，我一定要跟她見上一面。我趕緊傳訊息跟尚恩說有急事，要把辣炒年糕聚會延後三十分鐘，接著便調整姿勢開始寫回信。

「姊，她會不會跟我爸搞過曖昧啊？」

「不會吧？」

「唉唷，如果是眞的那很麻煩耶，我爸不是在一九九九年離婚了嗎？」

「我不覺得唐吉叔是那種人。」

「妳最近把我爸捧得好像什麼超了不起的人，該不會是故意的吧？是想要提升大家對我爸的好感，藉此吸引觀眾注意？妳眞覺得我爸有那麼厲害嗎？」

「如果我不這麼想，就不會說要去找他了。」

「所以說妳不只是把我爸當成頻道的素材？嗯，這我不太能認同耶。」

「唐吉叔是你爸，你當然會這樣想。但我相信他比任何人都要單純。曖昧這個詞，是用來模糊地描述男女間可能存在的各種關係，我不是很喜歡。男女之間可以是友情，也可以是合作關係，怎能都用牽扯到戀愛的曖昧來解釋？」

「啊哈，那就是辦公室夫妻囉？」

「我眞是聽不懂你講話的邏輯！」

「妳很沒幽默感耶！」

「不要說了啦，專心開車。」

「妳會接手開車吧？我可是從首爾開車下去喔。」

「我沒跟你講嗎？我沒有駕照。」

「姊，既然沒有駕照，那就應該好好聽握方向盤的人的意見，在副駕駛座好好當個助手才對啊。」

「好啦，你專心開車啦。」

「哈啊，好睏喔。」

韓彬就像隻青蛙一樣，張大嘴打了個哈欠開始喊睏，現在是想拿疲勞駕駛來威脅我嗎？大不了就是一起撞死嘛。我可不是會被這種小事情嚇倒的人。

這次韓彬開的是國產中古車。我們每隔兩週就碰一次面，每次碰面他的車等級都越來越低，我想他的狀況似乎也不太好。

我們從大田上了高速公路，來到今天的目的地，譯者金勝雅所住的城市——統營。她住的地方也是充滿了文學氣息，讓我對今天的採訪產生巨大的壓力。我變得緊張不已，反覆思考到時該如何解讀蘊含在她話語中的眞正想法。

我們把車停在她指點的統營竹林水產市場停車場，然後走路到大約五分鐘距離的咖啡廳。好久沒看到海，心情變得很舒暢，但緊張感卻沒有得到舒緩。相較之下，不知是不是因爲終於離開駕駛座，韓彬的心情也輕鬆不少，只見他拿手機忙著對大海拍照。其實竹島海灘雖然好，但眞正受觀光客歡迎的，是閑山大捷廣場和東崖壁畫村所在的舊市區。

我記得之前的節目《城市探險隊》統營篇反應不錯。當時我們利用大部分的觀光資源都集中在舊市區這點，把最後的線索藏在竹林新市鎭，這安排給觀眾帶來了意想不到的驚喜。其實我們去一個城市旅行的時候，如果沒有超過四天三夜，通常都會只去最知名的景點。而《城市探險隊》統營篇一開始的企畫就是不只去統營知名景點，還要看看人們生活的日常風景，而這樣的設計果真獲得了好評。

「姊，妳會餓嗎？要不要吃忠武飯捲？」

「這裡又不是觀光景點。要吃忠武飯捲，就得去舊市區。況且，我們跟人家約的時間快到了。」

「真是的，總要先吃飽才能工作吧？我早上九點連飯都沒吃就從首爾開車下來，十二點到大田接妳，一路開車到這裡，真的什麼都沒吃，這樣不ＯＫ吧？」

我停下腳步轉頭瞪著韓彬。

「那剛剛在休息站吃的年糕熱狗串跟炸熱狗不是食物嗎？咖啡也不算嗎？」

「那是點心啊，又不是正餐。」

「請你吃那些就夠了。要怪你的車，你的車把飯錢都吃掉了。怎麼可以一到大田就喊沒油，還跑去加油站把油加滿啊？光是油錢就超過六萬韓元了，你這臭傢伙！」

「那是妳的頻道拍攝成本吧？現在不是賺錢了嗎？何況我又沒有叫妳把油錢算進去！」

「閉嘴。訪問結果後看是要吃忠武飯捲還是蜂蜜麵包，我絕對讓你肚子炸開，給我忍一下！」

「蜂蜜麵包？那是什麼？」

「就是有這個東西啦，給你這種嘴巴不甜的人吃的麵包啦。明明都是我在辛苦，你在那邊喊什麼餓啊？」

我轉頭拿起手機查看跟對方約碰面的咖啡廳在哪裡，然後快速往咖啡廳的方向走去。韓彬那傢伙跟在後頭，不知在嘟囔什麼。

23.
聽故事的時間

咖啡廳有一扇不規則的流線型落地窗，凸顯寬闊的海景這個賣點。一名看上去應該是金勝雅的中年女性，就坐在落地窗旁。因爲咖啡廳裡落單的女性客人只有她一位，我們便逕直朝她走去。感覺到有人靠近，她站起來迎接我們。

金勝雅女士個子嬌小，站起來跟坐下時的身高沒太大差別，留著一頭神似女高中生的短髮，看起來實在不像五十多歲。雖然外表看起來像個嬌小少女，但緊抿的嘴唇、牛角眼鏡後面那雙銳利的眼睛及紫色西裝褲的搭配，讓她看起來十分嚴肅，渾身散發著不容忽視的存在感。

她用眼神向我們示意，伸手請我們坐在她的對面。我開朗地跟她打了個招呼，便跟韓彬一起坐下。

「您應該就是陳率小姐，您是張英壽先生的兒子，對吧？」

「對，我是他兒子，我叫張韓彬。」韓彬親切地自我介紹。

「我是陳率。眞的很謝謝您主動跟我們聯絡，約我們碰面。」

「我才要謝謝你們遠道而來。先看要喝什麼吧，這裡是我住的地方，我來請客。」

在金勝雅女士自然的引導下，我們點了飲料。她去櫃檯點餐時，韓彬偷偷問我，說她看起來不像會檢查，要不然我們私下錄音，我斷然拒絕。既然已經答應人家了，那就不能這麼做。

她端了兩杯冰美式回來。看到餐盤上還多了兩塊蛋糕，我突然放心了。剛才雖然義正嚴詞地拒絕韓彬，但我其實也有點餓。我驚呼一聲表達感謝，接著便拿起叉子來吃了一小塊起司蛋糕。韓彬跟著吃了起來，一點也不客氣。我們一起消滅起司蛋糕，但我很努力控制自己的表情，不要太過狼吞虎嚥。金勝雅女士要我們先吃完再開始，然後就去櫃檯爲她的咖啡續杯。

用咖啡和蛋糕墊了墊肚子，我們正式開始訪問。她說，她跟唐吉叔在碧海出版社共事超過一年。唐吉叔先辭職，幾個月後她也辭職，然後她又到另外兩間出版社工作過，最後才返回故鄉統營。現在主要的客戶是釜山、昌原等慶南地區的公司，爲他們翻譯海外進口的設備或物品的教學手冊。

「現在翻譯工作不多，但我要做的事沒有減少。除了工作，還要幫忙先生經營海鮮湯店，兒子明年高三要考試了，我也得幫忙顧他的功課和起居。」

金女士自嘲地笑了笑。

「其實妳在網站上的貼文，是以前的同事告訴我的。那位同事現在是一間中小型出版社的老闆，他本來是想去上面貼徵才公告，才看到那篇文章。對了，他也是我在碧海時期認識的人。」

「那他也曾經跟張英壽先生一起工作過囉？」

「對，但他跟張先生交情應該不深，沒有什麼事情能分享。他想到我跟張先生還算熟，所以才會把文章轉給我看。我也同意他的做法。」

「請問我爸在出版社上班的時候，是不是有被排擠之類的？」

「這種說法不太正確。該怎麼說呢……他打從一開始就是獨行俠。因爲他是老闆認識的人，所以一進公司就頂著企畫委員的頭銜。在女性員工偏多的出版社環境下，有婦之夫本來就比較無法融入。那時候公司有十一個人，其中三個是男的。老闆跟業務組長幾乎都不在辦公室，就只有張委員得要跟我們一起共事。用現在的話來說，就是相處起來都有點尷尬啦。」

「那兩位是怎麼變熟的？」

「在出版社上班的人，還會爲什麼事變熟？當然是工作啊。」

金勝雅女士酷酷地說，隨後喝了口咖啡潤潤喉。我靜靜等她繼續說下去。放下咖啡杯後，她開始講起碧海出版社時期，以及那之後與唐吉叔的緣分。口氣平靜且絲毫沒有間斷，就這麼一路講了下去。

她原本在知名大學的研究所攻讀博士學位，過程中選擇放棄，隨後進到出版界擔任歐美書籍的編輯，正式踏入職場。碧海出版社是她的第二份工作，她主要的工作是決定要出版哪些歐美作品、聯絡並聘請譯者，等譯稿完成後負責編輯作業。進公司約六個月後，她有了另一個任務，那就是翻譯美國行爲矯正學家的書，內容與人的自我創新有關。她花了三個月翻譯這本書，卻被包裝成媒體人兼知名大學哲學系教授韓浩錫的譯作出版。

韓教授在節目上宣傳這本書，書立刻登上暢銷排行榜，他也開始到全國各地演講，名聲更上一層樓。金女士則成了「幽靈譯者」，書上任何一處都找不到她的名字，她也沒有獲得任何回報。反而是書大賣之後，老闆把她叫過去，嚴厲警告她不准洩漏任何跟翻譯有關的事，否則不僅要她捲鋪蓋走人，還會讓她負起民事跟刑事責任。

「我覺得自己好像眞的變成幽靈。公司同事都知道這件事，卻都默不作聲，我也沒辦法跟任何人抱怨。當初我覺得這是一個好機會，所以很用心完成翻譯，對稿費也沒有太多要求，結果書上卻沒有印我的名字，這算什麼？不知道他們是不是覺得，一開始先告訴我成品會掛別人名字，我可能就不會認眞翻譯，所以才決定騙我？或是覺得根本不需要跟我解釋這種狀況？」

這經驗我光聽就覺得生氣，金勝雅女士卻顯得十分平靜。不知時間是不是撫平了她的傷，還是她已經領悟了什麼？她的平靜，反倒讓我跟韓彬都更加專注在故事裡。

唐吉叔加入碧海出版社時，正逢金女士因爲這件事而意志消沉。唐吉叔的第一份工作，就是把自己在大峙洞補習班擔任講師時期的事情寫出來。但這個專案只維持了兩個月便畫下句點，因爲唐吉叔無論怎麼寫，最後都只能得出私教育有問題，公教育也腐敗不堪的批判性結論。老闆不高興地說這樣的書無法出版，最後中止了這個計畫。

接下來唐吉叔負責的事情，就是翻譯出版還沒有引進到韓國，但已經成爲公共財的世界經典小說。就是在這時，《唐吉訶德》這本小說來到了唐吉叔手上。出版社老闆主張，過去韓國只出版過精簡版的《唐吉訶德》，而且內容還是以第一卷爲主，因此如果能夠完整翻譯全本《唐吉訶德》，應該會受到矚目，對銷售也有幫助。可是老闆又接著說，要找專業的西班牙文譯者既困難、稿費又貴，因而決定翻譯英文版的《唐吉訶德》，採用二重轉譯的方式出版，並將這份工作交給唐吉叔負責。老闆認爲找內部員工處理，既不需要支付版權費跟翻譯費，還能夠得到一定的收益。

金勝雅女士後來才聽唐吉叔說，他爲何要接受這種不合理的要求。起初，唐吉叔也要求老闆必須額外給翻譯費用，但老闆並不接受。後來唐吉叔接受以譯者身分掛名，且名字要印在出版後的書上爲條件擔任翻譯。唐吉叔說公司的待遇雖然很不合理，但當時要養孩子，他也無法隨便辭職，而且他至少有守住自己的工作成果。這讓張女士大受衝擊。她心想，自己是否曾像張英壽先生這樣，爲了守住工作成果而努力呢？是否做過什麼可稱得上是努力的事情？或者她只是放任自己被公司傷害，深陷痛苦卻無所作爲？每一次看到韓教授上電視，她都眞的會覺得肚子痛[1]，甚至還因此消沉好一陣子。

唐吉叔在翻譯《唐吉訶德》的過程中，深深感受到這部作品的魅力。身爲譯者，面對自己的不足之處，他總會說：「我雖然是個頂尖的英文講師，但在出版這方面，勝雅才是前輩，有很多事情我需要問妳。」並針對有疑問之處詢問金女士的意見。遇到只靠英文譯本無法理解的部分，他們甚至去找日文版來讀，以求更加理解原文的意思。

「翻譯這本書對我來說是個很大的挑戰，也是個巨大的冒險。雖然很遺憾我不懂西班牙文，但即便是透過英文版本進行二次轉譯，我也希望能讓韓國讀者好好認識塞萬提斯的傑作。爲了達到這個目的，我粉身碎骨也在所不辭。」

不光是對金女士，唐吉叔對出版社的其他同事也是這麼說的。那像是他在堅定自己的決心，也像是某個深陷於某種事物中的人，透過這種方式講述自己的信念。

「我覺得自己在協助張先生翻譯的過程，也目睹了他如何與唐吉訶德同化。不知不覺間，他已經適應了新環境，開始大方顯露出自己的個性，碰到不公正或不合理的事，他都會挺身而出，帶頭發聲。老闆總是罵張先生：『我是叫你翻譯《唐吉訶德》，不是叫你成爲唐吉訶德。』但張先生都不理他，從最基本的員工福利到沒有支付給作者的版稅，每件事情他都會出面爭取，讓老闆很頭疼。他會質問老闆，說曾經一起參與民主化運動的前輩，現在爲何成了創建不公正社會體系的幫凶？老闆還曾經因爲受不了而躲到廁所去。其實老闆也因爲跟張先生很熟，所以無法把他的話當成耳邊風。張先生就利用自己的地位當我們的擋箭牌，不知不覺大家都開始追隨他。」

那年年底，在韓教授出席出版社尾牙時，發生了一件事。韓教授外型相當俊俏，身爲電視人的他也總能敏銳察覺觀眾喜歡什麼。只是他講究個人權威，喜歡大家重視他，希望身邊的人都能把他捧在手心上。所以每一次他到出版社露面，包括老闆在內的全體員工都得畢恭畢敬地接待。

那天，金女士什麼也吃不下，只能呆坐在那裡，努力避免視線跟韓教授有任何接觸。

1 韓文是以「肚子痛」來形容嫉妒的情緒。此處應是表示金女士不僅覺得嫉妒，更因為嫉妒帶來的不適而出現實際的身體症狀。

可是韓教授把她叫過去，還替她倒了一杯啤酒。她不想喝，韓教授卻一直逼她，她只能無奈地乾了那杯酒。接著韓教授拿出一個信封塞給她，還說：「妳翻譯的初稿很差，我幾乎整個重翻了一遍，但總而言之還是辛苦妳了。」金女士當場愣住，腦袋瞬間當機。見她沒有任何動作，一旁的出版社老闆趕緊催促她，她好不容易才逼自己伸出手接過信封。

「我偶爾會想，事情如果就結束在這，是不是就不會變成今天這樣了？我一直覺得，人內心深處某些沒說出口的話，會像深海裡的魚被某些類似魚餌的話語吸引到水面上來。」

我能感覺到，她的平靜似乎產生了動搖。

「不知道是不是我接過信封的樣子不太開心，讓韓教授有些不愉快。他說：『人要懂得感激。妳就把參與我的書這件事當成一種養分，只要妳繼續努力，總有一天也能出名。』記得研究所時期，曾經有位教授拿我的論文去以他個人名義發表。當時我很喪氣，而那位教授也說過一模一樣的話。不同的人竟說出一模一樣的話，只有幾個助詞的差異而已，實在讓人毛骨悚然。」

當時聽到韓教授這麼說，金女士當場撕了手中的信封。在憤怒的驅使之下，她的動作一點都不拖泥帶水，撕開的缺口乾淨俐落，裡頭的支票也直接分成四塊。包括韓教授與出版社老闆在內，在場的人都不知該如何回應。稍後，教授回過神來，把手上還沒熄滅的香菸丟向她，接著出口就是一連串不堪入耳的咒罵。聽在金女士耳裡，那根本就不是人話。韓教授猛然站了起來，伸手就想要打她。同事們趕緊上前阻止韓教授動手，她卻一點都不退縮，雙眼直視著韓教授這頭發狂的野獸。

唐吉叔擋在韓教授與金女士之間，他拜託韓教授冷靜一點，韓教授卻更加跳腳，痛罵金女士是瘋女人。接著連老闆都出面來逼迫金女士，要求她立刻道歉，否則絕不善罷干休。終於，在那一刻，她決定爲自己發聲——

我不是你口中的瘋女人，那本大家以爲是你翻譯的書，其實是我翻的。聽懂了沒？書是我翻譯的、我編輯的，到出版面世前的最後一刻，那本書都在我手上。所以你沒有資格像剛才那樣給我忠告。

金勝雅女士話才說完，唐吉叔轉頭看向在旁氣得跳腳的教授。

「當時張英壽先生一把抓住教授的肩膀，讓他看向自己，問了他一句話，我不記得是什麼了。後來，韓教授就轉過去罵他，張先生毫不理睬，又轉頭去問了老闆什麼。老闆很頭疼的樣子，擺了擺手背過身去，不再理會他們。張先生接著對韓教授說了一句話，這句話我倒是聽得很清楚。」

請你道歉。

「韓教授像被人賞了一個耳光，呆看著張先生，接著氣急敗壞地大吼大叫起來。」

——你憑什麼叫我道歉？神經病！

既然是人家幫你翻譯，那你就應該道歉，並在再版時更正過來。

——我有叫她翻嗎？是你們老闆拜託她翻的！而且她哪有做什麼翻譯？她翻得亂七八糟，根本都是我重翻的，這算什麼啊？以爲我是名人就好欺負嗎？以爲我很好講話？你們這些人，都是一群瘋子！

「眼看韓教授一把甩開張先生，活像踩到了狗屎，臭著一張臉轉身就想走，但張先生立刻抓住了他的手臂。」

——放開！放開我！

先道歉再走，明明就是你錯了。

——你還不放？

「張先生根本不理他。韓教授覺得沒必要再跟他糾纏下去，立刻出手打了張先生。我不太記得他用巴掌還是出拳打人，只記得張先生一直撐著，沒打算放開他的手。韓教授不停打他、罵他，張先生就算一直被打，也還是不停要他道歉。最後是餐廳老闆跟員工出來勸架，才好不容易把他們分開。」

金女士生動地講述當場狀況，我跟韓彬聽得非常專注。金女士調整了一下呼吸，接著說起後續的發展。

韓教授雖然離席了，唐吉叔卻一直在餐廳裡等到警察來。出版社老闆勸架不成惱羞成怒，唐吉叔卻依然不爲所動，直到警察來受理報案後才去醫院驗傷。唐吉叔有眼外骨折和牙齒斷裂等問題，要花八週時間才能痊癒。後來他還自己寫訴狀去告韓教授。

韓教授找了知名法律事務所的律師，主張雙方都有動手。唐吉叔則沒有委任律師，自己出庭爲自己辯護。金女士以證人身分出庭，陳述自己看到的狀況。最終關鍵是雙方的醫師診斷書。唐吉叔受傷的狀況跟診斷書上的內容吻合，韓教授的臉卻相當正常，與他提交的診斷書有很大出入。韓教授主張因爲被打而造成的顴骨腫脹和瘀青都已經好了，而且自己是知名媒體人，這對他來說是很大的損失，但這點反倒成了他們的絆腳石。唐吉叔不知道怎麼找的，拿出了事發隔天韓教授上節目的影片在法庭上播放。韓教授一張臉十分光滑，絲毫看不出瘀青或浮腫。這影片一公開，遊戲就結束了。

韓教授那方辯解說是上電視靠化妝遮掉的，但唐吉叔反問他，對還不到一天的時間就消腫這點有何看法，他卻答不上來。

「後來我問張先生，他是不是知道這官司會贏才故意演這齣，他這樣回答我：『我雖然是頂尖的英文講師，但原本是學法律的，還算是懂點法律啦。』」

一審敗訴的韓教授準備上訴到二審，並向唐吉叔傳達和解的意願。他們認爲小看唐吉叔就是他們敗訴的主因，而且隨著法庭攻防展開，大眾發現，竟然是因爲韓教授的著作找人代翻，而引發了這起衝突。接著媒體也開始關注，韓教授那邊便決定要藉著和解爭取減刑，以降低大眾的關注，減少自己的損失。

但唐吉叔只提出一個和解條件：

「公開舉辦道歉記者會，說明找人代翻譯一事。」

只是真要這麼做，不僅會對韓教授的職涯帶來嚴重打擊，更等於是毀掉出版社的暢銷書。出版社老闆一直拜託唐吉叔，說這樣不只有韓教授會完蛋，連他也會完蛋，連帶員工們都會失去工作。

唐吉叔很煩惱，他找金女士商量。最後他決定，不能讓給自己工作的老闆與同事為難，便更改了和解條件。

「向金勝雅小姐道歉，並從下一刷開始在譯者欄加入金小姐的名字。」

沒過多久，金女士就收到韓教授的親筆道歉文。碧海出版社之後的再版書上，也把她列為共同譯者。

處理這些事的過程中，唐吉叔也沒停下翻譯《唐吉訶德》的工作。在老闆跟幾名員工冷淡的態度、隱約的壓迫之下，他依然堅守著崗位。金勝雅女士不想繼續忍受這種冷暴力，便考慮辭職，但她實在無法扔下唐吉叔一個人。

跟韓教授的問題都解決之後，唐吉叔就辭去了出版社的工作。好像他責任已了一樣。唐吉叔辭職前一天，金女士親口對他說，真的很感謝他代替自己跟韓教授對抗。她問唐吉叔，怎麼有勇氣對抗像韓教授這種權威人士？對於不敢站出來，金女士一直很愧疚。而沒有勇氣對抗權威，也是她對自己的疑問。

唐吉叔說，像韓教授這種人，絕對不能成爲社會公認的知識分子。他是爲了打破這樣的認知而站出來。他還說不是高學歷或有地位的人就叫知識分子，是懂得爲這個世界負責的人才能叫做知識分子。

金女士這才明白，唐吉叔的行爲不只是爲了她，而是帶有更偉大的信念。最後她問起《唐吉訶德》的翻譯如何了。唐吉叔回答：

「《唐吉訶德》不是一、兩年就能翻譯完成的，這會是我一輩子的旅程。還有，我雖然是頂尖的英文講師，但翻譯完全是另一個領域。比起翻譯，更重要的是我了解了唐吉訶德的夢想。從現在開始，我打算跟這本書一起展開新的冒險。」

唐吉叔說完還露出燦爛的笑容。金勝雅女士決定支持唐吉叔的冒險。

金女士的故事說完，韓彬就說他隱約想起當時的事情。他說起爸爸眼睛包著繃帶回家、媽媽氣得拚命打他，後來兩人就分開了，以及那段期間爸爸經歷了怎樣的悲傷與憂鬱。

我問起金女士後來跟唐吉叔碰面的事。她說離職之後，他們曾經碰過兩次面，聊一下彼此的近況。第一次見面時。唐吉叔看起來很有幹勁。他說決定要當個電影導演，很有抱負的樣子。但第二次見面時，他非常憂鬱，應該是因爲離婚的關係，唐吉叔一直在說人生很苦。金女士安慰完唐吉叔，還向唐吉叔道謝，說多虧了他，現在她接到新的翻譯委託案，正式成爲譯者了。唐吉叔好像把這當成自己的事一樣，非常開心。

金女士跟他說，希望下次見面時他就成爲電影導演。唐吉叔則說成爲電影導演這條路，就跟唐吉訶德的旅行一樣艱難且漫長，應該會是金女士的譯作先出版，希望到時能寄一本給他，金女士也答應了。

但她並沒有遵守承諾。當時是二十世紀末，唐吉叔應該沒過多久就離了婚、換了電話，金女士就再也聯絡不上唐吉叔了。她只記得唐吉叔的 HiTEL 帳號[2]，但後來帳號不見了，HiTEL 這個服務也消失了。金女士進入千禧年後才申請電子郵件帳號，所以她根本不知道唐吉叔是否也有電子郵件。

她曾經想送書跟喜帖給唐吉叔。因爲多虧了唐吉叔，她才能走過人生最黑暗的時期。她希望能讓他看到自己好好過生活的樣子，並藉此表達感謝，但似乎沒有機會了。

「現在我不用見到張英壽先生，就是你們口中的唐吉叔，也覺得沒關係了。能跟兩位這樣碰面，講述這些往事，已經是抒發了我的心情。一直以來，我都沒能好好表達對他的感激，心裡很過意不去。因此，我想請你們一定要轉告他：『多虧了張先生，我能夠過上一段還不錯的人生。請你務必要完成你的冒險。』」

2 由KTH（現在的KT alpha）所經營的PC通訊（類似BBS電子布告欄）服務。在撥接網路盛行的一九九〇年代相當活絡，進入二〇〇〇年代之後逐漸式微。

24.
喚起回憶的滋味

跟金女士道別，離開咖啡廳已是下午五點了。訪問非常充實，我們幾乎沒發現已經過了兩個多小時。大老遠跑這一趟眞是很有意義，可能也是因爲這樣，當韓彬抗議說現在回大田已經很晚，再回到首爾更不知道是幾點，然後提議在統營住一晚時，我欣然答應了。

我們把導航目的地定在統營觀光區附近的公共停車場，韓彬負責開車，我負責搜尋民宿。可能因爲這裡是年輕人喜歡的景點，住宿選擇還不算少，我找到幾間一晚大約兩萬韓元的民宿，挑了一間直接訂房。韓彬把車停進公共停車場，看著夜間的海露出興奮的神情。我拉著他，前往位於統營市場與東崖壁畫村之間的民宿。

四人的女生房裡，擺了兩張上下鋪。其中一邊上下兩層雖沒人在，但已擺滿了行李，想來床位的主人是出去觀光了。我把背包放在另一張床的下鋪，接著便來到交誼廳。

我的耐心已達極限，便傳訊息要韓彬趕快出來，但還是等了好幾分鐘，才看到他換上一身輕便運動服，頭戴著棒球帽，慢吞吞晃進交誼廳。

「……你根本早就打定主意要在這住一晚吧？」

「這些東西一直都在我車上啦。看場合選擇合適的穿著，是商務人士的基本要求啊。話說回來，姊，我們要去哪？是應該先去吃蜂蜜麵包，還是先去吃忠武飯捲？」

「那些都只是點心啦。」

我站起來領著他往外走。早先的訪問似乎已耗盡我所有力氣，肚子餓到就算當場昏過去也不誇張。

記得在《城市探險隊》統營篇，有幾個當初勘景時列入考慮，但最後沒去的候補景點。主要是因爲空間狹窄或老闆不願意配合拍攝，但我反而因此更喜歡這些店。因爲那代表他們不想拚翻桌率、賺觀光財。其中有一間由老夫婦經營的樸實小餐廳，就是我今天的目標。

雖然這間餐廳沒上過節目，卻被不少美食饕客挖掘到，只見天都還沒黑，就有兩對看起來像觀光客的情侶坐在窗邊，另一桌則坐著三個大叔，滿臉通紅地喝著馬格利，用方言大聲聊天。

我們只能選店裡唯一空著的桌子。韓彬嘀咕著說，明明有很多不錯的店家，爲何我非要選這種昏暗的小店。我告訴他，不管是在首爾還是統營，只要看到中年男性天還沒黑就坐在裡面喝馬格利，就代表那間店一定很好吃，接著我便向老爺爺點了一人三萬韓元的餐。韓彬似乎很不能接受，疑神疑鬼地探頭探腦查看這間店。我自顧自地調起燒啤，懶得管他。

首先上桌的是水蒸玉米跟淡菜湯，接著是統營最經典的生牡蠣。後面還有清蒸烏賊、清蒸扇貝、涼拌海螺、烤蝦、鮑魚生魚片、海鞘、魁蛤，以及包括海參的一盤綜合海鮮。菜一上桌，韓彬驚嘆連連，趕忙拿起手機拍照。稍後又有一盤水針魚、石斑魚、鯛魚的生魚片拼盤，以及眞鯛熬煮的海帶湯。我制止韓彬繼續拍照，催他趕快吃。

我們埋頭狂吃，但菜還沒上完，接著有烤真鯛、涼拌生鯷魚、海鞘拌飯和海鮮煎餅。我也是第一次吃涼拌生鯷魚，居然一點都不腥，甚至還是我喜歡的口感。

我們以燒啤配飯，總共喝掉三瓶啤酒加一瓶燒酒。雖然很飽，最後還是加點了一瓶燒酒。韓彬直接拿著裝海鮮煎餅的盤子去找老奶奶，溫柔地拜託她讓我們再吃一盤。

「我們會不會太專心吃了啊？都沒怎麼聊天耶。」

韓彬有些遺憾地說。但我忙著喝燒酒，沒回答他，喝光杯裡的酒之後，我又夾起一顆扇貝塞進口中。

「姊，我覺得今天這位譯者的訪問是很讚，但妳到底要挖我爸的過去挖到什麼時候啊？」

「幫我倒一杯。」

韓彬嘟著嘴，不滿地替我倒滿了酒。

「我們做採訪、上傳到頻道的影片，都是在把人串聯起來。看到唐吉叔學生時期朋友的影片，補習班的同事就自己出來說要受訪。看到我們累積了一段時間的內容，今天才會有出版社同事回應我們的邀請。這不只是單純在挖掘往事，而是在累積跟唐吉叔有關的情報，描繪他這個人、讓他變得更立體。我覺得看完這些影片，應該會有知道唐吉叔現況的人出來聯絡我們。」

「那如果沒有呢？」

「今天金女士的訪問，我打算好好剪接一下，做成類似說童話故事的影片。裡面還有唐吉叔跟韓教授對抗的事件，就像眞的唐吉訶德去打風車怪物一樣，這很有意義。」

這次換韓彬乾杯了。我又把剩下的燒酒都倒進他的杯子。

「頻道越來越好是很棒啦……妳也能賺零用錢。但無論如何，必須要對找到我爸有幫助才行，這是我的想法。」

「是啊。」

韓彬突然又加點了一瓶燒酒。我忍不住翻了個白眼，因爲其實我本來打算不再喝了。可是我發現他的表情有些憂鬱，沒等我說話，就自顧自地打開加點的燒酒。

我拿起空杯向他示意，他把我們兩個的杯子都倒滿，頓了一頓才接著說：

「其實剛剛金女士講的事情，也讓我想了很多。我爸眞的跟其他人的爸爸很不一樣。在別人眼裡他很可能是個好人，但對我來說並不是，我只覺得他任性又固執。」

「大家都說這叫有信念。」

「不，那是因爲他的信念可以幫到金女士、可以教訓那種流氓，也能夠淨化社會，所以大家才這樣說。但我跟我媽呢？我媽爲什麼要接受我爸搞這種事情出來？我又爲什麼要因爲老爸是個無業遊民而過得那麼窮酸？」

不知不覺，韓彬的聲音充滿醉意。我沒多說什麼，只是默默看著他。

「小學的時候，我過年時跟我爸說：『爸爸，大富大貴！』結果他就突然生氣了。那句話是當時很紅的廣告台詞，外面大家都在學。我爸卻凶巴巴地說，新年才開始就在那裡講錢怎麼行、不能把變成有錢人當成目標。我很討厭他這樣。要是我家有錢，我爸媽就不會一天到晚吵架，也不會離婚了。因爲錢的問題，害我成爲離婚家庭的小孩，這是一個爸爸該講的話嗎？」

「叔叔有時候就是太認眞了，小時候眞的會因爲這種事受傷。」

「那時候我反而下定決心，以後要當個有錢人。因爲只有錢才能拯救我的人生。」

「你不是爲了反抗他才這樣想？」

「應該也有部分原因啦。後來我爸就一直很窮，也從來沒有買過什麼東西給我。到現在都是。」

韓彬自顧自地把酒喝光。

「韓彬，每年寒暑假，你爸不是都把你帶來唐吉訶德錄影帶店，讓你認識我們拉曼查小隊嗎？前陣子我還在抽屜找到他的記帳本，裡面寫著他一直都有寄你的教育費去給你媽媽，這樣他應該也算是盡到爸爸該盡的責任吧？」

「煩死了！」

「煩死了？你發神經是不是？好，那我們就來算嘛。講了『大富大貴』之後，韓國人就眞的都變有錢了嗎？現在是金錢至上的時代，那大家幸福了嗎？以追求金錢爲第一目標的問題，就在於認爲什麼東西都可以用錢買，以爲有錢就能幸福。」

「唉唷，妳一天到晚追隨唐吉訶德，講話也變得像唐吉訶德了。我只是想抱怨，卻要這樣聽妳說教，很煩耶。好了啦，不用再說了。」

韓彬又一口把酒喝光。我覺得他不能再喝了，就起身去結帳，沒想到他卻一把拉住我，不讓我離開。

「姊，剛才在休息站上廁所的時候，我跟大俊哥通了電話。我說我們要去統營，他就叫我們順便去釜山。開車去釜山超近的。」

「近的話那他怎麼不來這裡？」

「唉唷，眞是的！大俊哥有小孩耶，還是小吃店老闆！超爆忙！但他還是很想我們，還說他持續收看頻道的節目。」

「大俊只有一開始跟我聯絡過一次，但從來也沒留過言啊，我其實有點不開心。」

「他哪會注意到這些啊？妳現在要不要跟他講個電話？」

我擺擺手拒絕，韓彬卻無視我的反應，直接拿出手機按下通話鍵。

沒過多久，他就開始跟大俊互相問候，還開心地說在統營一家小店吃了豐盛的一餐。這時，老奶奶端一盤東西上來，說喝酒不能沒有下酒菜。那是一整盤熱氣蒸騰，冒著白煙的牡蠣。殼已撬開的肥嫩牡蠣，我連口水都還沒來得及流出來，就立刻拿了一個往嘴裡塞。溫熱清爽的味道在嘴裡擴散，我正忙著品嘗，韓彬卻在這時把電話塞給我。我瞪了他一眼才接過電話。

「小率嗎？是我，大俊。」

光聽聲音，也能立刻聯想到大俊沉穩的風姿和緩慢的動作。

「你不是很忙嗎？可以這樣講電話？」

「嗯，剛剛才打烊。妳今天會跟韓彬在那裡待到幾點？要不要我等等就開車過去？」

「哎呀，不要做這種會被老婆罵的事，好好在家顧小孩啦。我們明天一早就要回首爾了。」

「是喔？太、太可惜了。頻道我一直都有在看，之前聽說妳在電視台工作，這樣一看感覺妳變得好像藝人喔。」

「也不過是普通的 YouTuber 啦。話說回來，你看了節目以後，有沒有想起唐吉叔的什麼事情？」

「現在嘛，嗯，沒有特別想到什麼，但應該有什麼是被我忘記的吧。你們來這裡我們一起吃頓飯，說不定就能想起跟唐吉叔有關的事情。畢竟食物就有這樣的威力，能喚醒以前的回憶。」

他這樣一說，我一下子就想到他說他忘記的事情是什麼了。

「你那邊該不會有『唐炒年糕』吧？」

「對啊，是唐吉叔親自傳授的食譜喔。」

明明飽到肚子都要炸開，但我還是好想吃。記憶中那嗆辣又有嚼勁的「唐炒年糕麵」，好像正在我嘴巴裡跳舞。確實就跟大俊說的一樣，味道能喚醒某一部分的回憶。

「小率，要是沒有很忙，明天要不要來釜山一趟？我們一邊吃唐炒年糕，一邊聊聊唐吉叔。這是我開的店，妳可以隨意拍影片，也可以上傳到頻道。」

我想了想，立刻決定繞去釜山一趟。大俊開心叫好，於是我把手機交還給韓彬，讓他繼續跟大俊聊天，他邊說還不忘對我豎起大拇指。

25.
我們是朋友啊

我沒想到從統營往釜山水營區大俊的店，最快的路線是經由巨濟島走巨加大橋，再穿過加德島進入釜山。巨加大橋就像建在海上的雲霄飛車，車開在上面眞是驚險又刺激。

每到一個地方，都有不同的人幫助我們，宛如橋梁一樣串起這整段旅程。從某個角度來看，這很像唐吉叔所憧憬的那本書。畢竟唐吉訶德與桑丘一起踏上旅程之後，也遇到了旅店老闆、牧童、騎士、罪犯與生意人。我記得他們的冒險最後結束在巴塞隆納。

恰巧，現在我們正要去的釜山，在當年就被唐吉叔稱爲巴塞隆納，這裡也是拉曼查小隊的第二個旅遊地點。當年我們玩得很開心、很享受，只是旅程的結局相當令人意外。來到釜山，十五年前在此度過的時光，逐漸從我腦海深處浮上水面，我擋都擋不住。

拉曼查小隊的第一趟旅行是公州一日遊。公州是「格拉納達」，這也是依照唐吉叔的命名公式決定，因爲地名開頭都是同一個字母，也都是有悠久歷史的古都。如同格拉納達有阿爾罕布拉宮，公州有公山城，因此唐吉叔決定選擇公州爲第一趟旅行的目的地。

我們繞了公山城一圈，唐吉叔說正如有錦江環繞這座城，阿爾罕布拉宮附近也有達羅河流過。他還說，阿爾罕布拉宮在阿拉伯語的意思是「紅色之城」，因爲那座城是帶有紅鐵成分的土所建造。唐吉叔繼續介紹，但成敏不怎麼感興趣地打斷了他，問他有沒有去過阿爾罕布拉宮。唐吉叔頓了一頓，才支支吾吾說就算沒去過也可以知道這些事。

那天我們參觀完公州城，又去了武寧王陵，還到市場吃了公州湯飯才回大田。第一次的出遊算是很成功。

第二次出遊是去釜山。唐吉叔說雖然是去釜山，但我們要想成是去巴塞隆納。在羅西南多爺爺的小貨車裡，唐吉叔一直在講《唐吉訶德》的故事。他生動講述唐吉訶德到了巴塞隆納之後，如何不得不停止冒險，而鄰居們爲了把他帶回拉曼查，又費了多大的工夫。當然，不能讓唐吉叔知道，當時韓彬跟大俊忙著打瞌睡，成敏則是一臉漠不關心，只有我跟思綸很專心在聽。

羅西南多爺爺的小貨車載著我們去了海雲臺、水營灣、南浦洞跟龍頭山公園。釜山不管到哪都能看到海，跟多山又只有平原的大田截然不同，感覺陌生又新奇。

晚上我們決定去廣安里的生魚片中心，成敏卻說想先去電影《朋友》的拍攝地點。那是一部超熱門，但未成年人不得觀賞的片子。他會這樣提議，難道是想炫耀他好歹是高中生，已經偷看過那部片？成敏說，他想去看電影主角狂奔的那座天橋，導演用這座天橋來象徵主角之間的友情。爲了讓想當電影導演的成敏開心，唐吉叔也說服大家一起去看看，我們只能同意。

我們來到一座經過鐵軌上方的天橋。成敏很興奮地強調，四個主角一起跑過天橋的畫面，象徵著貫穿整部作品的友情。但我們沒看那部片，根本沒法產生共鳴，自然是毫無反應。成敏很生氣，就連唐吉叔說該走了他也不聽，還堅持要去看附近的一個電線桿，那是電影裡張東健被刀捅死的地點。

看成敏這麼固執，我也氣起來，乾脆直接跑回車上。大俊跟韓彬有些不知所措，留在車上的思綸也不開心地問幾時才要去吃飯。

從車窗看出去，可以看到唐吉叔正在說服成敏。但成敏還是一臉不開心，似乎不想聽。我打開車窗大喊，說不要看了，趕快去吃飯，成敏竟然甩頭就走。

唐吉叔出聲喊成敏，成敏卻找到一個通往大馬路的斑馬線，自顧自走掉了。唐吉叔趕緊跟上去，在斑馬線盡頭拉住成敏，成敏一把將唐吉叔甩開，一個人跑掉。後來發生的事情被公車擋住，我們都沒看清楚。

我們看到的，只有唐吉叔跟一名機車騎士倒在柏油路上，旁邊還有一輛翻倒的機車。唐吉叔跟機車騎士都倒在地上呻吟，站在旁邊的成敏則是拚命哭著說不是他的錯。羅西南多爺爺衝去找公共電話，想打一一九叫救護車。韓彬則朝成敏撲過去，兩個人瞬間扭打起來，大俊跟我只能拚命把他們拉開。

唐吉叔的脖子跟肩膀受傷，住進了釜山的醫院，我們則坐著羅西南多爺爺的小貨車回到大田。成敏沒跟我們一起走，是由開車到釜山善後的奶奶和叔叔載回大田。小貨車上空了兩個位子，象徵我們的旅程已經結束。拉曼查小隊成員一起讀書、看電影、討論、旅行的情誼，就如電影《朋友》的劇情，以破裂告終。

家人又再度警告我，不准再去錄影帶店，也不准再跟唐吉叔接觸。老媽本來就對唐吉叔印象不好，現在連老爸都開始逼我，說已經國三了，該認眞讀書，別再去參加「那種活動」。我無法做出任何反駁。

拉下鐵捲門的唐吉訶德錄影帶店，看起來就像一間經營不善、快倒掉的店。經過店門口開始讓我覺得很不自在，只能改走別條路。

唐吉叔大約過了一個月才回來。我只去店裡看過他一次。他似乎沒有完全好起來，脖子上還戴著護頸，行動也不太方便。他微微駝著背爲我泡了一杯可可，然後跟我道歉說以後無法一起讀書、看電影了。

跟唐吉叔一起在店裡創造的回憶，依然讓我感受十分複雜，但我還是努力用最爲平淡的表情告訴他，現在我也該開始讀書了，以後沒辦法再來店裡。

後來，我就眞的再也沒回去唐吉叔的錄影帶店。一個月後，老爸採取極端手段，把我送到首爾的姑姑家去。轉學後的我忙著適應新生活，根本沒時間想起宣化洞的那間小錄影帶店。

釜山或許眞的是巴塞隆納。因爲那裡是讓唐吉訶德停止冒險的地方，也是我們的旅程畫上句點的地方。

26.
DJ's 廚房

大俊變成了大大俊。國中時體格就很像成年人的他，現在變得更巨大了。簡言之，他變成身材厚實的大叔，看這體態就知道他店裡的東西保證美味。「DJ's 廚房」的招牌下，是一個不到十坪的小空間，他正跟太太一起準備開店。我們才一走近，他便雙眼發亮地開心迎接我們。

大俊的太太站在他身後，體型還不到他的一半，但看起來精明幹練。她也熱情歡迎我們，並告訴大俊剩下的事情她來處理，要大俊帶我們去廣安里吃點好吃的。我說我大老遠跑來，還付了巨加大橋的過路費，就是為了吃唐炒年糕。於是大俊帶我們進到店裡，在正中央的位置坐下。

大俊做唐炒年糕時，我拿起相機拍了整間店一圈。室內通風不太好，廚房湧出的熱氣讓整間店熱烘烘的。大俊的太太為我們送上大麥茶和淋了千島醬的沙拉，並順口問了一句熱不熱，要不要開冷氣，我點頭說好。

稍後，大俊便端著一整鍋還冒著熱氣的唐炒年糕出來，放在我們這桌的卡式爐上。他笑著說，原本應該是讓客人邊煮邊吃的，但他想親手做給我們吃。我把相機固定好，便開始大口喝湯、拚命往嘴裡塞年糕跟泡麵。唐炒年糕的味道依然跟小時候吃過的一樣，只是唐吉叔當時是加大力士牌香腸，大俊則是使用維也納小香腸。

「這是豬肉含量最高的維也納小香腸，絕對不是便宜貨。」

大俊充滿自信地說。

「你什麼時候要到食譜的？是最後一次見到唐吉叔的時候嗎？」

放下筷子，我開始切入正題。大俊摸了摸下巴，接著在我對面坐了下來。我調整相機之後使了個眼色，大俊便點點頭表示明白，接著開口。

「我退伍之後，在政府辦公大樓附近的餐廳工作了三年，然後被炒了。後來就整天待在家，奶奶一直很擔心我。沒過多久，之前一起在餐廳工作的朋友說，要在他的故鄉釜山開一間居酒屋，問我要不要過去。我想說釜山有我們的回憶，而我又喜歡海鮮，就跟他說好，然後搭著 KTX 高速列車跑來這裡。」

「不光是海鮮，你什麼都喜歡吧？」

「是嗎？但釜山最棒的還是海鮮啦。」

「韓彬不要吐槽人家，讓大俊繼續講。」

「後來我在釜山跟朋友一起做了一年，就遇到現在的老婆。我老婆那時是工讀生，不知道爲什麼我們就交往了。她是個很有趣、很有活力的人，超愛樂天巨人隊。我在釜山住久了，現在也變成樂天巨人的球迷了，抱歉。」

「唉唷，哥，樂天跟韓華成績都差不多，一樣啦。」

「韓彬，這樣剪接會很麻煩，你不要插嘴。」

「唉唷，姊，妳怎麼老是針對我！」

「你們都沒變呢，以前就會像親姊弟一樣鬥嘴，哈哈。」

「大俊，你繼續說。」

「嗯，總之，我老婆決定跟我一起開店。她很會做飯捲，那我就負責做辣炒年糕跟炸物。血腸就從外面叫貨。我們那時在想，有沒有什麼新鮮東西能吸引大家，就想到唐炒年糕。所以我就跑去找唐吉叔。」

「去哪裡找他？」

「還有哪裡，就地下室啊，現在小率拍影片的那裡。我去找他的時候嚇了一跳。地下室跟洞窟一樣陰森，唐吉叔像鼴鼠一樣躲在裡面。鬍子沒刮，還有點小肚子。」

我吞了口口水，再次查看相機，確認正在錄影。我的經驗告訴我，現在開始就是重要的部分了。

「我是趁過年回大田時順道去的。天氣超冷，唐吉叔把毯子當斗篷一樣裹在身上，一直坐在筆記型電腦前。那個什麼，他身上有一股獨居男人的味道，還有菸味，不怎麼好聞。唐吉叔經營錄影帶店的時候，不是整個人乾乾淨淨的嗎？可是那時候的他，整個人很邋遢。對了，韓彬，你那時都沒去找過他嗎？」

「南非世界盃之後我就沒跟他聯絡了。」

「原……原來如此。不是有那個什麼電影劇本嗎？唐吉叔當時就是在寫那個。我問他寫得順利嗎，他卻突然從冰箱拿出燒酒，又拿了兩個馬克杯出來，還倒了一杯給我喝。大白天的，我們兩個就喝著馬克杯裡的燒酒。我把這段時間的經歷告訴唐吉叔，問他能不能把唐炒年糕的食譜告訴我。」

「然後唐吉叔就立刻跟你說了嗎？」

「沒有。他說要告訴我食譜，就得做一遍給我看，但他手邊沒有食材，要我明天買食材帶去給他。我說我馬上去買，然後打開冰箱想說看看還有沒有要買別的，才發現他冰箱裡只有燒酒跟馬格利酒。」

「啊……」

「離開地下室往宣化超市的路上，我突然好想哭。以前乾淨整齊的唐吉叔怎麼變得如此落魄。總之，我買了很多食材，還買了泡菜跟泡麵之類立刻就能吃的東西送去，唐吉叔非常開心。他立刻打開泡菜配燒酒，還問我是不是餓了，然後就做了唐炒年糕。先切好蔥白、洋蔥跟蘿蔔，然後加蔬菜高湯、蒜頭、辣椒粉跟辣油。唐吉叔在煮的時候，我也特別注意了放泡麵的時間點。快要完成的時候，唐吉叔看著我說：『最後還需要一句咒語。』」

「咒語是什麼？」韓彬問。

「阿薩拉比呀，變好吃吧。阿薩拉比呀，變好吃吧。」

「然後呢？好吃嗎？」

「嗯，超好吃。我現在店裡也有用這句咒語。『阿薩拉比呀，變好吃吧。』」

大俊假裝自己手裡拿著魔杖，對著唐炒年糕的鍋子輕輕比了一下。

大俊說，他跟唐吉叔要到食譜之後就回釜山了。後來因爲生意很忙，沒辦法常回大田。他羞愧地說就算回去，也只是在心裡想要去探望一下唐吉叔，卻從來沒付諸實行。

至今訪問過的人當中，大俊是最後一個與唐吉叔見面的人。他所說的事情，是我們所能掌握最近期的唐吉叔。我關掉相機，一邊吃著剩下的唐炒年糕，一邊跟大俊分享目前爲止的狀況。韓彬的賺錢故事、我的創作者生存記、大俊的釜山生活，都是一些讓人心酸感傷的小故事。

「你們沒有思綸的消息嗎？」

我跟韓彬都不知該如何回應大俊。本以爲唐吉訶德錄影帶店出現在 YouTube 上之後，第一個來找我的人會是思綸。思綸很愛接觸新事物，雖然是拉曼查小隊的老么，卻也最擅長察言觀色。但我們完全沒有思綸的消息，她也沒有聯絡我們。我甚至利用當製作人培養出來的搜尋能力，卻還是完全找不到思綸的蹤跡。

大俊跟韓彬在聊往事時，我去了趟廁所。在廁所裡，我突然哭了出來。我也不知道怎麼了，只能慌亂地把眼淚擦掉。開始找唐吉叔之後，我也好奇思綸的下落，現在更是好想見見她。

從廁所出來，我催促著韓彬離開。大俊說，店名 DJ's 廚房的 DJ 除了是大俊的縮寫，也是大田的縮寫。他得意地說，他對「拉曼查大田」還是非常有情有義。我用力握了握老朋友的手，相約下次再見之後便坐上了車。韓彬跟大俊又忍不住聊了開來，耽擱了我們回程的時間，但我並沒有再催他們。

韓彬把車子停在秋風嶺休息站，他下車去上廁所，我則打起了盹。他從廁所回來之後上車，動作大得我想不醒來都不行。這傢伙一邊發動車子，一邊用一副沒什麼大不了的口氣說：

「那個導演在坎城贏了獎耶。」

韓彬粗魯地踩下油門。我瞬間清醒過來，還來不及對他的粗魯動作有任何反應，只顧著思考他剛才說的那句話。

「坎城？哪個導演？」

「就那個奉什麼的導演啊，妳上網看一下。」

我拿出手機搜尋，手不知不覺發抖了起來。

奉俊昊導演以《寄生上流》在坎城得到大獎的新聞，已經在韓國網路上瘋傳。看到消息的那一刻，我像是被手榴彈轟炸一樣，大腦瞬間當機，只能呆呆地一遍又一遍重複閱讀新聞報導。

「……預言中了耶。」

「嗯？什麼預言？」

「以前唐吉叔說過，奉俊昊導演總有一天會在坎城拿到大獎。」

「他亂猜的啦！我爸一天到晚在那邊講什麼導演很厲害、什麼電影很棒，動不動就在那發瘋。」

「不，奉俊昊導演的事他說得很認眞。唐吉叔還跟我說，一定要看這個導演的出道作。我也曾經在『今日推薦』單元裡介紹過。」

「什麼電影？」

「《法蘭德斯的狗》。」

「這是什麼怪片名？應該不賣座吧？」

「對啊，是不賣座。但現在是什麼情況？能在坎城得獎，眞的是很厲害耶。」

唐吉叔知道這消息嗎？他看好的導演，眞如他所說在坎城拿到大獎，他知道了嗎？他應該會很開心吧……

「他自己要紅才行啊，別人紅有什麼用？哼。」

即便韓彬冷嘲熱諷，我的心思仍有如春天的蒲公英，往其他地方飄去。聽到這個消息，唐吉叔肯定會很開心，前提是他有聽到。

驚奇可不僅止於此。回到大田後打開頻道，我想起韓彬在車上諷刺唐吉叔的那句話。嫌唐吉叔不紅的他，可眞是錯的離譜。

唐吉訶德錄影帶頻道的訂閱人數，一口氣來到四萬人。

以「唐吉叔認爲會得坎城大獎的天才導演出道作」爲題，介紹《法蘭德斯的狗》的那支影片，創下了超高點閱紀錄。顯然是坎城大獎新聞帶來的連鎖效應。

成爲影片創作者之後，我一直很想體驗所謂「演算法的祝福」，這一天終於來了。感覺這是唐吉叔爲了要讓我找到他，提前爲我準備的一份大禮。

來自各方的支持串聯起來，創造出了祝福與奇蹟。我默默祈禱著，向電影與YouTube之神獻上感恩。

27.
小吃、搜尋與發現

從釜山回來之後，我花了幾天分析這陣子打聽到的唐吉叔行蹤。又因為訂閱人數增加，我的壓力也更大，甚至忙到沒時間跟尚恩喝咖啡，我還把工作室一角布置成偵查小組辦公室，在牆上貼了一張大大的壁報紙，把唐吉叔人生重要時刻的相關人物，以及跟這些人所做的採訪重點一一整理上去。

- 律師事務所權英薰事務長（與唐吉叔的交流時間：一九八二～一九八八年）
  —唐吉叔大學時的室友兼好友。
  —證實唐吉叔有參與學運的經歷和前科。
  —八〇年代參與學運的人，九〇年代大多進入政界、媒體界、文化界、補習界等。
- 木洞補習班朴院長（一九九二～一九九七年）
  —唐吉叔補習班同事。
  —唐吉叔當英文講師時，因出色的授課實力而有高收入跟高人氣。
  —當時補習班院長跟唐吉叔對立（勉強貧窮的家長上不必要的課）。

—後來唐吉叔對私人教育幻滅，選擇離開補教界。

●譯者金勝雅女士（一九九七～二〇〇〇年）

—與唐吉叔在出版社共事一年左右。離職後見過兩次面。

—唐吉叔負責翻譯《唐吉訶德》，這時開始正式迷上《唐吉訶德》。

—跟仗勢欺人的作者對抗，被對方打了之後靠著打官司嚴懲對方。

—因此幫助金勝雅女士成爲譯者，自己卻離開了出版社。

—離開出版界後，認爲電影可以改變世界，開始夢想成爲電影導演。

●黃大俊（二〇〇三～二〇一三年）

—拉曼查小隊的阿米哥。是目前所知最後見到唐吉叔的人（二〇一三年農曆新年）。

—說唐吉叔窩在地下室（現在的拍片工作室）寫電影劇本。

—說唐吉叔沉浸於以前很少碰的菸和酒，肚子變得很大，整個人很邋遢，讓他很意外。

—從唐吉叔那裡獲得食譜，做出了唐炒年糕。

●其他

—跟唐吉叔很要好，經營腳踏車店的羅西南多爺爺去世。

—思綸下落不明。

透過目前受訪的四人，可以拼湊出一九八二至二〇一三年這段時間唐吉叔的樣貌。但眞正重要的部分卻是空的，那就是一九九九年至二〇〇〇年代初期，還有二〇〇五年至今的蹤跡。我盯著壁報紙上的內容，分析目前的狀況。

唐吉叔一直到處搬遷，每換一個居住點，就會展開新挑戰。九〇年代初，他在江南區大峙洞補習街工作，展開婚姻與育兒生活。一九九七年開始，他在麻浦區西橋洞的出版社上班，婚姻面臨危機。後來據韓彬所說，一九九九年離婚後，他就住在恩平區的頂樓加蓋，夢想當電影導演。

韓彬很開心每個月可以跟爸爸見面，因為能吃媽媽禁止他吃的速食店漢堡套餐，或是去小吃店吃辣炒年糕跟炸物，再跟爸爸一起看錄影帶。雖然那些電影對當時的他來說都很難懂，但他邊看邊聽爸爸的解釋，每一次唐吉叔都會告訴韓彬，說他也想要成為能拍出這種電影的人。

可是唐吉叔為當上電影導演做了哪些準備？這點韓彬跟我都不清楚。也不知道後來他為何會決定結束首爾的生活，一個人跑到無親無故的大田來開錄影帶店。

結論是，我們得找出跟唐吉叔一起做事的電影圈相關人士。無論是誰，只要知道唐吉叔對電影的抱負與遭遇的挫折，就很有可能找出他目前的所在地。我開始地毯式調查唐吉叔的筆記本、便條紙、手冊和各種印刷文件，努力想找到跟電影有關的筆記、人名或公司名稱，只是一無所獲。

但不能就此放棄。我打開筆電，搜尋張英壽導演、張英壽編劇、唐吉訶德導演、唐吉訶德電影、唐吉訶德張英壽、電影人張英壽等不同關鍵字，卻沒看到什麼有意義的資訊。

我試著搜尋類似補講會和書本編輯等，電影人聚集的求才求職網站，最後找到了「影片製作人們」這個平台。但上面大多是招募電影工作人員的文章，至於電影編劇，則是完全找不到相關的求職網站。無奈之下，我只能打電話給韓彬。

「姊，最近妳可以先別打給我嗎？」

電話那頭傳來不同於平時的嚴肅聲音。

「什麼意思？」

「在統營住了一晚之後，我女友開始起疑心了，懷疑妳跟我的關係。」

這番發言，讓我覺得實在是荒謬至極。

「喂，臭小子，你是紀錄多差，女友才會這樣懷疑你？要是她懷疑，你就叫她打電話給我。我對年紀比我小的男生一點興趣都沒有，尤其像你這種愛嘮叨的，是我最討厭的類型，我一定會跟她講清楚。」

「唉唷，我還是不要跟妳講了。」

「所以你廢話少說，聽清楚了。你還記得唐吉叔在做電影時的同事有誰嗎？導演或製作人、監製之類的。」

「嗯？嗯……好像有。」

「你仔細想一下。我這邊是半點線索也沒，怎麼找都找不到。」

「對了！小馬尾叔叔。有個綁小馬尾的叔叔，他都會給我零用錢……」

「那是什麼時候的事？」

「世界盃。二〇〇二年世界盃，韓國對上義大利的那一場。我跟我爸是在那個叔叔的電影公司，跟大家一起看的。是一個在論峴洞的破舊辦公室，但畢竟是電影公司，所以我們是用專業投影機投在牆壁上看的。妳記得對義大利那場嗎？那時候眞的是——」

「可以了。那個小馬尾叔叔叫什麼？電影公司叫什麼？」

「等一下，讓我想想……對了，那個叔叔說他從現在當綜藝主持的那個前足球隊員安貞桓身上感覺到跟自己類似的氣質……」

「鬼扯！如果眞是這樣，你就不會只記得他是小馬尾叔叔，而會記得他是帥叔叔！」

「就是說嘛。啊！我記得他名字最後一個字好像跟安貞桓一樣，對啦，電影公司的名字也是用那個字。沒錯，桓電影！我眞是天才耶。」

「桓電影喔……」

我夾著手機，開始用電腦搜尋起來。畫面上很快出現好幾個「桓電影」，卻都不是我要找的地方。也對，都過這麼久了，二〇〇二年的電影公司已經消失了也說不定。

我說找不到他講的那個地方之後，韓彬又沉默了一下才突然大喊。

「啊，不是桓電影，是木亘電影！他的名字我也想起來了，是成明桓！喂，我眞的是天才吧？姊，我這算是幫了一個大忙喔！」

「好，那先這樣。」

我用光速在搜尋欄輸入「木亘電影」跟「成明桓」，接著把網頁一直往下拉，終於找到一篇二〇〇七年的新聞報導。

韓國電影的危機？這反倒是轉機！年輕電影製作人木亘電影總監石明桓有備而來！

不是成明桓，而是石明桓。不知道是韓彬講錯還是我聽錯，但總之我得找到這個人。新聞標題之下有張照片，是綁著小馬尾、戴十字架耳環、身穿Burberry格子衫，看起來一點都不年輕的石明桓。他雙手抱胸，臉上帶著相當油膩的微笑。

我快速讀完報導。文章開頭非常老套，講起二〇〇六年電影圈投資逐年下滑，知名製作公司開始沒落，韓國電影界進入停滯期。接著點名如彗星般登場的電影圈救世主，最後介紹石明桓的經歷，以及他的電影公司木亘正在籌備的作品等。

但這些作品光看名字就覺得老套到不行。例如《怪物電視》、《放棄當人的人》、《綠光戀人》、《殭屍戰爭》。哎呀，我不禁疑惑，這些真能拍成電影嗎？畢竟到現在都還沒聽過類似名字的電影上映。

我原本期待也許會有唐吉叔以唐吉訶德爲靈感寫的作品，但看到這些片名，只能說很遺憾。不過我還是努力把整篇報導看完，幸好在最後找到了唐吉叔的蹤影。

木亘電影正在籌備的創社紀念作《憤怒的法庭》，是由S大學法學院畢業的編劇耗時七年完成的劇本，預計交由曾在盧卡諾影展榮獲最佳短篇電影獎的新銳導演高哲晉執導。此外，雖然目前暫時無法公布，但該片已經幾乎確定會由A級男星演出，雙方目前

只剩下最後的簽約程序。

我突然很好奇，這種報導要花多少錢買？在相似的產業待過之後，就知道沒有所謂的「幾乎確定演出」，而「只剩下最後的簽約程序」也不代表什麼。

我所關注的部分，是「由S大學法學院畢業的編劇耗時七年完成的劇本」這句話。這說的顯然是唐吉叔。但《憤怒的法庭》這個片名也跟前面那些片名一樣老套，我實在不覺得這是唐吉叔的作品。而且報導裡都沒有提到名字，只提到S大學法學院畢業的編劇，我眞的很想揪著石明桓的小馬尾好好賞他個幾拳。

錄影帶店還在的時候，每一次我問唐吉叔他寫的劇本什麼時候會拍成電影，他總是回答，電影不是靠他一個人獨力完成，要等製作人覺得劇本沒問題，還要有演員參與演出、拿到製作費投資，才能成功拍出來。

「製作人難道不是負責出錢拍電影的人嗎？如果製作人不負責出錢，那製作人的工作是什麼？」

「就是要審核劇本、提出修改意見等等。」

身爲製作人的石明桓，就是知道唐吉叔在電影圈發展狀況的人。我覺得，他說不定是我們找到唐吉叔的最後一塊拼圖。

我在輸入「石明桓」三個字去搜尋，希望他至少曾製作過三流黑幫片，好讓我能在網路上找到他的行蹤。

很快的，畫面上出現了許多搜尋結果。

意外的是，每一筆結果都是石明桓的豐功偉業。列在他歷年作品最上方的是改編網路漫畫，在二〇一二年創下七百萬觀影人次的《奇蹟的孩子》。老天啊。下面還列了幾部一聽就知道是什麼電影的片子，宛如獎牌掛在個人作品紀錄上。網頁再往下拉，則有一篇報導以「轟島的電影製作人石明桓決定繼續挑戰」爲題，寫到繼電影圈獲得成功之後，石明桓的「火石工作室」決定跨足電視劇領域。

遺憾的是，從他目前的履歷上，絲毫找不到能跟唐吉叔聯想在一起的內容。但如果唐吉叔選擇跟這個人攜手邁向成功，我不會覺得開心。就我所知，《奇蹟的孩子》讓原作的漫畫迷非常失望。要不是有當紅人氣明星車武英演出，絕對不可能賣座。

不過，即便是內容不怎麼樣的作品，身爲製作人的石明桓，還是想辦法找到頂尖演員來演出並獲得投資。究竟是什麼讓他成爲這麼成功的製作人？而在這條路上，他又跟唐吉叔分享了什麼？他們又是爲什麼分開？我眞的很想問問他。

我停不下來。經過一番地毯式搜尋，我終於找到火石工作室的電話號碼，立刻撥電話過去。

「你好，這裡是火石工作室。」

「你好，我是 YouTube 頻道唐吉訶德錄影帶的經營者——」

「我們不協助 YouTube 影片拍攝。」

「啊，我不是要拍火石，我是想跟石明桓先生見一面。」

「石先生當然也不會協助拍攝，就這樣了。」

電話那頭的女子語氣溫柔，卻把我當成閒雜人等來應付，咔一聲便掛掉。我再度激動了起來。好，很好，這樣才有意思。我立刻把火石工作室的地址記在手機裡，開始查明天上午去首爾的KTX列車時刻表。

28.

好意的代價

坐在上岩洞水泥叢林裡的平價連鎖咖啡廳，我死命盯著對面大樓的出入口。不知不覺兩小時過去，目標絲毫沒有現身的跡象。但光是盯著路過的行人，我就已經發現三張熟面孔，只不過都是我不怎麼想再見到的人。可惡，這難道是想提醒我，我曾是在電視圈混飯吃的人嗎？上岩洞這個令人愛恨交織的空間，實在讓我坐立難安。

我對面的韓彬，始終埋頭盯著手機。

「專注！」

我一句喝斥，韓彬皺著眉頭放下手機，不情願地用吸管喝著冰美式，一邊盯著對面大樓的入口。那棟大樓的三、四樓由火石工作室承租。透過近期某個男性雜誌的訪問，我掌握了石明桓的作息。他住在公司附近的住商混合公寓，上午待在公寓，下午才走路到辦公室上班，所以我決定在這裡守株待兔。當然，如果今天他有約或有其他行程，計畫就會泡湯。但我已經打定主意，明後天也都要死守。我會發揮毅力和堅持，等到他出現爲止。只是相較於我，韓彬的道行似乎還差得遠。我再一次提醒他熟記注意事項。

「看到石明桓之後，要立刻怎樣？」

「主動說我是張英壽的兒子。」

「沒錯。不需要太正式的招呼，只要喊一聲叔叔，然後上前去說你是張英壽的兒子，簡單聊一下就好。」

「免煩惱啦！要跟人打交道，我比妳更厲害。」

「啊哈，是嗎？是因爲這樣才會被女友懷疑喔？」

「請您閉嘴。」

「我是希望你能努力一點。我們一定要讓石明桓來幫忙才行。我調查過了，他就像藝人一樣，甚至還有經紀人呢！」

我再度查看存在手機裡的石明桓近照。他已經不再是綁著小馬尾、臉頰肥嘟嘟，讓人不太想親近的模樣。如今的他，留著到髮廊精心打理，抹了滿滿髮油的髮型。瘦身後下巴線條也變得銳利，雙眼炯炯有神，散發出迷人魅力，儼然是個成功的電影製作人。

不知是因爲事業順利改變了他的相貌，還是因爲改變了相貌事業才變順利。總之，石明桓的確變了。我一直很擔心，見到他之後，究竟該怎麼讓他願意接受採訪？

我把手機裡的石明桓照片拿給韓彬看，並再次幫助他堅定信心。

「再看一次他的臉，你得立刻認出來然後衝出去找他。」

「好啦。欸，那邊有個很像的人走過去耶……他不是往大樓走……」

「笨蛋，他是剛從大樓裡走出來！」

我拿起裝著相機的背包，立刻衝出咖啡廳。

看似石明桓的中年男子，正與一對年輕男女結伴走出大樓。我快步跑上前，韓彬領先我一步。

「叔叔！桓叔叔！」

中年男子停下腳步，猛然轉過頭。他的個子比想像中高，眼神也有些凌厲，讓人很有壓迫感。與他同行的那對男女轉過身注視我們，像是他的隨扈一樣，瞬間擺出警戒的姿態。

「我是張英壽的兒子，以前我們一起在木亘電影的辦公室看過世界盃足球，你還記得吧？」

眼前這名中年男子看了一眼站在韓彬身後的我，朝我們走近一步。

「張編劇的兒子？有什麼事？」

「我正在找我爸，不知道能不能跟你聊聊他的事情？」

「找爸爸？哈，張英壽又跑哪去了？」

石明桓語帶譏諷的反應，似乎讓韓彬有些火大。我趕緊把手放在韓彬的肩上安撫他，然後主動向前走了一步。

「這件事對我們來說很重要。不介意的話，能否請你撥點時間給我們？」

「妳又是誰？張英壽的媳婦？」

「我是在找張英壽先生的 YouTube 頻道經營者。昨天我打過電話到你們公司，但沒能跟您聯絡上，只能這樣直接找上門。」

「直接找上門……直接……」

「叔叔，眞的很抱歉，但拜託你給我們一些時間，一下下就好。」韓彬迫切地說。

「你們看看，我就是這麼受歡迎。他們怎麼會剛好挑在經紀人休息的這天跑來跟蹤我？哈！」

那對男女試著給出一些討好的回應，但石明桓沒多加理會，便再度轉頭看著我們。

「你們知道這世上最重要的是什麼嗎？是時間。尤其對我這種人來說更加重要。我整個上午都在開會，錯過了午餐時間，才準備要去吃個飯，你們就這樣殺出來。一小時後再來公司找我吧，我給你們三十分鐘，因爲我也很好奇張編劇的近況。」

「叔叔，我們在這邊的咖啡廳等了兩小時耶，已經等得很累了。不能去你辦公室等嗎？我們先過去吧，天氣實在太熱了。」

韓彬哀求，這招有點狡猾。

石明桓用下巴對身後的男人下達指示，接著便帶著另一個女人離開了。年輕男人做了做手勢要我們跟著他，接著便回頭往身後的大樓走去。我悄悄對韓彬比了個讚。

火石的會議室就像偵訊室。椅子使用注重設計的透明材質，但坐起來實在很不舒服。簡潔俐落的室內裝潢雖然高雅幹練，卻一點都不舒適。牆上掛著參加坎城影展的電影海報，海報上只有幾個難以辨識的設計標誌。刻意把這種海報掛出來，好像想讓世人都知道他參加過坎城影展，實在是看了就不舒服。

韓彬觀察著辦公室，不時發出驚呼，說什麼員工看起來都很酷；裝潢一點都不像辦公室，比較像咖啡廳。年輕男人帶我們到會議室便離開了，其他人則一點都不在意我們。辦公室像咖啡廳有什麼用？客人來了，卻連杯咖啡都不給……我耐著性子，努力不要冷嘲熱諷，並告訴自己，看來得放棄採訪石明桓。就剛才他給我的感覺，我想他應該不會答應受訪，就算我眞的貪心地訪問了他，應該也無法獲得什麼新的情報。

「以前的木亘電影，眞的連當時還是小學生的我看起來都覺得很遜。現在這裡簡直是另一個世界。」

「韓彬。」

「嗯？」

「你今天絕對不能激動，他肯定會說一些挖苦唐吉叔的話。我看就知道，他不是那種會顧慮別人心情的人。即使在當事人的兒子面前，他也不會在乎什麼能說、什麼不能說。」

「啊，那我就當應聲蟲。不，我要更貶低我爸才好，這樣他應該也會願意多說點什麼吧？」

「嗯……」

這時，石明桓開門走了進來。我挺起腰桿坐直身子，看著他在我對面坐了下來。韓彬先開口問他是否吃飽了，石明桓敷衍地回應了一下，便叫人去泡三杯咖啡來。至於要不要喝、要喝什麼，我們沒有選擇的餘地。他要我們把手機都拿出來放在桌上，還強調如果有帶手機以外的錄音錄影裝置，也要全部拿出來。

「偶爾就是會遇到一些得寸進尺的人，誤以爲我這個人像是很好說話，劈頭就要求這個、要求那個。這怎麼行？這樣只會被人發現你是個不懂規則的二百五。你們知道接受了別人的好意，該要付出什麼代價嗎？那就是閉上嘴滾得越遠越好。不許再多要求什麼，也別去外面到處炫耀。簡單來說，遊戲規則是付出好意的人來訂，而不是獲得好意的人在那囂張。總之，我已經給了你們時間，還請喝咖啡，你們不准錄音錄影，跟我聊完就要立刻離開，以後也不准再來找我。」

聽完他這一段開場白，我把手機、相機都拿出來放在桌上。我說，因爲尋找張英壽的過程是我頻道的主要內容，因此會在節目裡提到這次會面談論的內容，不過我不會揭露他的姓名，並答應他不錄音也不錄影。他點點頭表示同意，接著便喝起了員工送進來的冰咖啡。

韓彬開始跟石明桓說明這段時間尋找爸爸的情況。

「跟鄰居姊姊一起用 YouTube 找爸爸？這還眞是新鮮啊，哈。」石明桓笑著說。

「『唐吉訶德錄影帶』是張英壽先生在我們那裡經營的錄影帶店的名字，也是我頻道的名字。」

我放慢速度，試著把每一個字都講清楚。

「啊哈，我想起來了。對，張編劇跑去大田，在那邊開錄影帶店，一邊寫劇本。他每隔六個月會來首爾一次，拿改好的劇本給我看，順便跟我聊天。雖然他的劇本一直都不怎麼出色，但我很欣賞他的毅力，所以經常請他吃飯。」

「你沒跟他簽約嗎？」韓彬突然問。

「他總要有點東西我才能簽啊。張編劇不是已經出道的編劇，寫作功力也沒有獲得認可，不值得我一下子就跟他簽約。」

「不對吧？如果要編劇寫東西，那就應該要先簽約啊，這才是常識吧？」

即便我已經事先提醒韓彬不要激動，他顯然還是相當急躁。我趕緊戳了戳他的腰制止他。石明桓扯了扯嘴角，露出譏諷的笑容。

「欸，孩子，我哪有叫他寫？是他自己說想寫寫看的。我幫他看稿子、請他吃飯、請他喝酒，讓他覺得自己屬於這個業界，已經算很好了。要不是這樣，你跟你爸哪有機會到電影公司來，享受用高級投影機看世界盃足球賽的好事？」

「享受……這倒是讓我想起那個壁紙上有漏水痕跡，到處都發霉的辦公室呢。雖然當時我只是小學生，但還記得我爸拿著稿子要來跟你簽約，卻被你挑三揀四。因爲我爸本來說，那天拿到簽約金之後要買寶可夢遊戲組合給我，結果最後沒買成。當時我爸得到的待遇是享受嗎？哎呀，可還眞是享受，太享受了。」

狀況變得非常有趣。聽完韓彬這段話，我敢肯定韓彬絕對是早就已經想好，要拿這件事情出來跟石明桓吵。石明桓想必以爲韓彬當時年紀小，絕對不會記得這些事，沒想到卻反被將了一軍。韓彬是用自己的方式在刺激石明桓，要他說出更多我們想要的情報。

「哈，我明白了。魯蛇們啊，總愛說自己遭受不公平的待遇。如果是人生勝利組來說這種話我還能理解。但我所認識的人生勝利組當中，似乎沒有人說過這種話。你聽好，如果張編劇覺得當時不該跟我分享他的作品，那爲何之後還要跟我一起工作？如果我眞是個糟糕的業主，那他也可以反抗啊。但爲什麼被我幾次拒絕以後，你爸還是繼續糾纏？」

「二〇〇七年的新聞報導裡提到，石總監你說 S 大學法學院畢業的編劇，花費七年所寫的《憤怒的法庭》，會是你們公司的創社紀念作。是指張英壽先生的作品吧？他寫了七年，卻沒有獲得任何金錢上的報酬嗎？」

這次換我搶在韓彬之前開口。我的問題似乎切中了要害，韓彬決定交棒給我。

石明桓掏出電子菸吸了一口。他裝模作樣地吐了口煙，兩眼直直盯著我們。

「剛才也說了，我最重要的東西就是時間。如果要把張編劇跟我的事情講清楚，那得花上幾天幾夜。但要是只講事實，你們就會像現在這樣搞不清楚狀況，硬把責任推到我身上。現在的年輕人啊，不是都喜歡把複雜的事情整理成什麼懶人包嗎？你們就試試吧，試著把這世界上的每一件事、每一段人際關係，都整理成懶人包啊。你們眞以爲世界有這麼簡單？完全錯了。」

石總監拿起手機撥了通電話，指示電話那頭的人拿合約檔案來。稍後，一個漂亮清秀的女生將檔案放在桌上就退了出去。他從裡頭拿出兩份合約放到我們面前。

一份是A4大小的泛黃手寫合約，另外一份則是印刷合約。手寫的是「劇本合約」，印刷的則是「《憤怒的法庭》影視化相關著作權讓渡合約」。

看著褪色的A4合約，韓彬喃喃自語。讀著跟《唐吉訶德》手抄筆記用相同字跡寫成的合約，我說不出話來。

「這……是我爸的字……」

張英壽撰寫《憤怒的法庭》劇本，石明桓負責將劇本拍成電影。本合約爲雙方秉持誠信所簽，金錢報酬與期限皆不受限制。雙方僅需盡心盡力完成自身所負責之業務。

二〇〇二．四．十四

日期下方，分別有張英壽跟石明桓的指印。

另一份則是複雜且詳細的合約內容。晦澀難解的專業用語，看起來就像在讀天書，我只能看一眼最後一頁的簽名跟日期。簽約日期是二〇一二年四月，合約最後一頁的底端，則有唐吉叔的指印跟火石工作室的公司印章。

「合約上寫了，沒有時間限制。讓我來做個年輕人最愛的懶人包吧。第一、兩份合約都是張英壽先生憑自由意志所簽署。第二、第一份合約在我手上，張英壽先生沒有副本，那是因爲我想要這份合約，而他不需要。第三、第一份合約簽署後十年，他寫的《憤怒的法庭》沒有拍成電影，我們重新簽約，協議以拍成連續劇作爲替代，這就是第二份合約的由來。以上。」

我手裡拿著第二份合約愣在當場。聽完石明桓簡潔扼要的整理，我實在不知道還要問些什麼。這時，韓彬把第二份合約拿過去仔細看了起來。

「你們約定每一集有六百萬韓元的稿費，總共拍十六集，並支付四分之一的簽約金。那你給了我爸兩千四百萬嗎？確定嗎？而且爲什麼簽約金只給四分之一？最少應該要給一半吧？」

哎呀，我只專心在想這份合約的眞僞，卻沒仔細看金額的部分。跟錢有關的事情，韓彬果然很敏銳。

「先聲明，除了張編劇之外，我沒有跟任何人簽過不公平合約。只支付四分之一，是因爲要向電視台提案，必須要有前四集的劇本。要看了前四集的劇本，電視台才會決定要不要買下來，資金上也才有保障。你們要知道，在二〇一二年，這樣的條件已經非常好了。」

「那這份合約現在是什麼狀況？已經結束了嗎？還是依然有效？」

「合約還沒結束，也無法結束。張編劇確實在一年內完成了四集，但向電視台提案沒有成功。他就立刻說要中止合約，我要他依合約退還一半的簽約金，但他很固執說不肯。最後他跟我手下負責這部戲的製作人看對眼，兩個人一起跑了。要我來告訴你們這份合約最後要怎麼辦嗎？等你們找到張編劇就告訴他，如果不吐出一半的簽約金，那他就不能使用跟《憤怒的法庭》有關的任何內容。」

「不介意的話，我想知道那個製作人的聯絡方式。」

「我又不是電信局，就算知道也不想告訴你。」

石明桓果斷拒絕，我跟韓彬呑呑吐吐，一下不知該如何回應。

「現在換我問個問題了吧？你們找那個像唐吉訶德的傢伙到底要做什麼？」

「因爲他是我爸。」

「既然是你爸，你爲何到現在才要找他？你連簽約內容都不知道，跟他的關係顯然不算很好，對吧？妳是說他是妳老家社區的錄影帶店大叔吧？妳自以爲是在拍什麼《新天堂樂園》的錄影帶店版嗎？」

我張嘴想說點什麼，卻一句話也答不出來。見我啞口無言，石明桓得意地接著說：

「我知道，看不出做一件事的目的跟理由，或是這兩者都不夠明確的時候，通常都是爲了錢。妳可以在頻道上把我們今天碰面的事講出去，但不能造假。拿我來招搖撞騙的傢伙，我絕對不會輕易放過。其他的我不管，你們繼續去找那個像唐吉訶德的傢伙吧。」

石明桓起身，我也下意識跟著站了起來。

「稍等一下！」

他轉過身來，不耐煩地皺著眉頭。

「那個劇本不好嗎？爲什麼花了十年都沒拍成電影？而且也沒拍成連續劇……請回答我這個就好。張英壽先生的劇本怎麼樣？眞的不好嗎？」

我終於脫口說出心中的疑惑。

石明桓似乎不太能理解我爲什麼要這麼問。他愣了一愣，有些不耐煩地咂了咂舌，憐憫地看著我。

「關於《憤怒的法庭》我什麼都不想說。我只能告訴妳，不是劇本夠好就能拍成電影。一個人誠實就能賺錢嗎？善良就會有福氣嗎？這是一樣的道理。」

石明桓離開了會議室。

韓彬跟我愣在原地，喝著剩下的咖啡，試圖平復心情。但就當下的氣氛來看，似乎連多待一秒都尷尬，我們只好趕緊離開。

29.
未結束的旅程

我逃命似的離開上岩，搭著韓彬的車來到首爾車站。我告訴韓彬，接下來要自己推理唐吉叔的行蹤，然後就搭上KTX列車離開了。

我在車上拿出平板電腦整理石明桓講的事情。他的採訪分量不多，卻足以佐證唐吉叔爲了在電影界站穩腳步，做了怎樣的努力、經歷怎樣的迷惘，又遭遇了哪些挫折。

十年來不斷寫著同一部劇本，隨後又爲了拍成連續劇而修改劇本，簽約之後卻沒能成功播映，還被逼著吐出一半的簽約金……這當中的痛苦我實在難以想像。回想二〇〇三年那時，唐吉叔窩在錄影帶店角落的書桌前，邊吹口哨邊寫劇本，他當時是不是對作品影視化還抱持著一絲希望呢？

返回工作室，我立刻寫好腳本完成錄影。在影片裡，我先是簡單報告跟石明桓的訪問內容，並且語帶淒涼地推測，也許歷經了這些的唐吉叔已放棄電影了。但我接著補充，爲了知道這段旅程的盡頭是什麼樣子，首要之務就是找到那位跟唐吉淑一起離開的製作人，並要大家期待沉桑丘的下一個挑戰。

話雖如此，但要找唐吉叔並不容易。我也不覺得自己有機會在毫無任何情報、也不知道對方究竟是誰的情況下找到那名製作人。我忍不住嘆了口氣，好疲憊啊，這天，我只能帶著滿滿的挫折感入睡。

隔天早上起來查看影片留言，我才終於稍稍打起精神。聽完我講的故事，訂閱者都很同情唐吉叔的遭遇，也大方留下加油打氣的話。

——沉桑丘加油。我相信唐吉叔一定沒有放棄夢想，肯定在某個地方寫著一篇曠世巨作。

——唐吉叔的電影出來之後，我一定要去電影院看十遍。有這種人生經歷的人寫出來的故事，肯定有很多值得學習的地方。

——F製作公司眞是上市公司嗎？代表作是什麼？我實在不喜歡那個老闆。

「我好像知道是哪間，呵，燃燒的石頭，對吧？呵呵

「火石？聽說那裡超會仗勢欺人……

「稍微搜尋一下老闆名字，就看到照片了，面相果然是門科學。

「我認識的編劇曾在那邊工作，後來辭職不幹了。他們都不簽標準合約，只用自己的合約，裡面有一大堆超毒的條款。

——那《憤怒的法庭》到底有沒有拍成連續劇？我很想看耶……

「這種情況的話，著作權應該不是給公司吧。

「是用編劇的理念拍出來的作品，著作權爲何在公司手上？

「大大，這就是爲什麼韓國的編劇都很窮。

「你是編劇嗎？

「是想當編劇的人。

「你不是說很難生存嗎？爲何還想當編劇？

「我本來不想幹了，畢竟這行太多下流齷事。

——不要打嘴砲了，提出點實際的辦法來幫沉桑丘啊！

「要不要出懸賞金給幫忙找唐吉叔的人？

「要是唐吉叔跟沉桑丘在工作室重逢，我應該會哭爛T_T

我看到眼眶泛淚。收看頻道的大家也開始熱切地想找到唐吉叔了。上百則阿米哥撻伐石明桓的留言，我讀到淚流滿面，連下巴都是淚水。

我一一回覆感謝時，韓彬打電話來。

「姊，我打算今天再跟石明桓見一次面。」

「嗯？是想問那個製作人的情報嗎？」

「製作人？哎呀，那個就先不用了，我是要去跟他算一些錢的事。」

「錢？」

「我爸不是已經寫了一部分劇本嗎？那我就接著寫完，這樣我就能當上編劇啊。我查了一下才知道，最近娛樂產業最賺錢的職業就是連續劇編劇。妳知道金銀姬編劇嗎？《鬼怪》跟《陽光先生》這兩部超紅的啊！」

「那是金銀淑編劇寫的。金銀姬編劇的是《信號》跟《屍戰朝鮮》。」

「是喔？但《信號》跟《屍戰朝鮮》也很紅吧？所以當編劇眞的可以賺很多錢啊。反正，我是想撿看看有沒有現成的啦。」

「白痴喔，你以爲誰都能當編劇嗎？」

「我爸都能當了，我爲什麼不行？這就是所謂的子承父業啦。我國小的時候也在作文比賽得過獎，而且我比較年輕，寫出來的東西更能符合現代人的喜好吧？總之，我打算今天去跟他談判。」

「嗯，如果我是石明桓，應該會說：你就寫啊，但簽約金你爸已經拿了，我就先不跟你簽約，你儘管寫。」

「放什麼狗屁！要我寫當然就要跟我簽約啊。」

「拜託你少在那邊鬼扯了！昨天的事，我已經拍成影片上傳了。你去看看頻道上阿米哥們的留言，學學他們好不好？而且這圈子才沒有這麼好混！」

掛上電話，我抹了抹臉。韓彬這傢伙，只要能賺錢就不顧一切。從不顧一切這點來看，他倒是眞的會讓人聯想到唐吉訶德。

講完這通電話，我突然感到一陣疲憊。本想關上電腦休息一下，但以防萬一還是先看了一下信箱。畢竟我還是有點期待，希望有人知道究竟是哪個製作人跟唐吉叔一起從火石消失。

一打開信箱，那微小的期待竟然成眞，讓我瞬間清醒。第一封未讀信件的主旨有如強力炸彈，把我這陣子的辛勞轟得四散紛飛。

嗨，我是曾跟張英壽編劇一起工作的人，我叫閔柱英。

我抱著拆彈的心情點開那封信。

妳好，沉桑丘。

我已經訂閱唐吉訶德錄影帶頻道大約一個月了。看著妳孤軍奮戰，到處調查唐吉叔張英壽的過去、尋找知道他下落的人，我也覺得自己似乎應該要跟妳聯絡。但一想到我現在如此落魄淒涼，再加上心裡對張編劇很歉疚，就實在無法輕易寫信跟妳聯絡，希望妳能諒解。

我知道妳要找跟張編劇一起離開火石的製作人，那個人就是我。離職之後，我跟張編劇一起花了三年的時間創作劇本，並且到處提案。張編劇寫了很多好作品，也很相信我，我也很努力想讓他成爲眞正的編劇，但都是因爲我不夠好，所以編劇之夢才沒能實現。二〇一六年的時候，我也跟張編劇失去聯繫，所以不曉得他現在的行蹤。

我是證人，親眼見證了張編劇有多麼努力想要寫出傳達自身夢想與信念的作品，也見證了他是如何對抗火石等娛樂公司的不當態度與劣等合約，我非常尊敬這樣的他。關於這部分，如果妳有需要，可以直接在 YouTube 上講出來，因爲我不希望張編劇的名譽和眞誠受到誤會或貶低。我也很好奇張編劇的近況，很想再見他一面，所以才會鼓起勇氣寫信給妳。

我願意爲唐吉訶德錄影帶頻道錄製節目，分享我所認識的張編劇。我希望大家能夠知道，他究竟是如何對抗這個荒謬的世界。我不求任何代價，因爲我從他那邊已經得到太多太多了……

下面是我的電話號碼，也歡迎妳回信給我。

閔柱英　上

我一陣頭暈目眩，好像樂透彩券自己飛來掉在我面前一樣。

閔柱英。從名字實在猜不出性別，但字裡行間的眞摯卻讓人很願意信任他。他積極想參與 YouTube 節目錄製，我不費吹灰之力就找到一個受訪者。這會是眞的嗎？我決定不要懷疑自己的好運。不，這段時間我是這麼辛苦地經營頻道、尋找唐吉叔，我決定把這當成是慰勞這份辛勞的獎勵。我渾身顫慄，激動不已，彷彿有鞭炮在肚子裡爆炸。

對方很直接，我也沒什麼好猶豫。我立刻打電話過去，等了一下之後，一個中低音的男聲從話筒那頭傳來。確認對方是閔杜英後，我便表明身分。隨著通話的時間拉長，我越能感覺到對方有多緊張。他說話的速度越來越快，最後他甚至直接表明：

「看妳想約什麼時間，我可以直接去大田找妳。」

太好了，終於不用搭韓彬那輛有夠難坐的二手車。我覺得尋找唐吉叔這趟旅程終於快要看到盡頭了，於是興奮地與閔杜英約好採訪日期。

30.
最後的目擊者

閔杜英先生說，他曾經來過「唐吉訶德錄影帶工作室」。二〇一五年左右，唐吉叔已經開始過起隱居生活，越來越少跟他聯絡。爲了見唐吉叔一面，他曾經親自來大田一趟，一起在這個地下室住了一晚。

「我來的時候，張編劇還特別做了煎豆腐跟綠豆煎餅。他冰箱裡面都是燒酒。我們一整晚都在喝酒，通宵聊到天亮。我都不知道自己什麼時候喝醉，直接倒在這張沙發上睡著了。」

閔先生的個子比我高一點，似乎有在做運動，身材相當粗壯，幸好戴了粗框眼鏡，稍稍修飾了有些凶神惡煞的外貌。他手摸著沙發，一臉沉浸在回憶裡的樣子。乍看之下，就像個面惡心善的山賊，讓我不自覺笑了出來。

「隔天是張編劇把我叫醒的。我只知道自己睡在沙發上，不知道他睡在哪。見我醒來，他便找我出去吃點東西醒醒酒。那就是我最後一次跟張編劇見面，後來雖然還是會通電話，但不知從什麼時候開始就完全沒聯絡了。」

「那大約是哪一年的事？」

「二〇一六年初。」

我轉頭看站在一旁的韓彬。那傢伙只顧著點頭，卻一句話也不說。聽說閔先生要來，他一早就氣沖沖地趕來大田，一副要審訊人家的樣子，結果一看到對方的身材，他就孬了。人家如此壯碩結實，韓彬縱然大他十歲，也是不敢吭一聲。

「那我們就馬上開始吧。」

我拉了一張凳子來坐在閔先生旁邊。韓彬現在也已經很熟悉這個流程，便主動來到相機後面準備按下錄影鍵。

我看了看他們兩人，便拍一下手示意開始錄影。

「喔拉，給打？（Hola, ¿qué tal?／嗨，大家好嗎？）今天的沉桑丘依照預告的內容，帶著大獨家回來了。各位阿米哥，我們尋尋覓覓，終於邀請到最後跟唐吉叔一起工作的那位製作人。你好，閔柱英製作人。」

「大家好，我叫閔柱英。」

「請跟我們的阿米哥打個招呼吧。大聲喊一句『喔拉，給打？』，再跟大家揮個手吧。」

「喔、喔拉，給打？」

「很好！各位阿米哥，大家都很清楚，我沉桑丘跟元斌騎士過去幾個月來，都在訪問記得唐吉叔的人，透過他們分享的故事來更認識唐吉叔，並從中發現唐吉叔行蹤的線索。只可惜在訪問完主流製作公司 F 的 S 總監之後，我們就走進了死巷，正苦惱該怎麼辦的時候，閔製作人竟然主動跟我聯絡，並親自來到工作室參與錄影，這似乎是唐吉訶德、塞萬提斯、羅西南多與杜爾西內亞的庇佑，我要再一次感謝他願意接受採訪。」

「不客氣。」

「S總監曾說：『二〇一三年左右，唐吉叔跟他手下的製作人看對眼，兩個人一起跑了。』那位製作人就是閔先生。他說『看對眼』，我還以為製作人是個女的，沒想到是位相當健壯的男士。S總監為何要這樣講你們呢？」

「我不太滿意他的用詞。尤其我們都是男人，這樣講眞的很低級。」

「影片才剛開始，講話就這麼不留情面，這樣眞的沒關係嗎？」

「我之所以會來這裡，就是為了把所有事情都講出來。最重要的是，唐吉叔，也就是張英壽編劇這個人的本質，被S總監給扭曲了。S總監在跟沉桑丘的訪談裡，刻意只說了一些很膚淺的事，這讓我覺得很遺憾。也正是因此，我才想站出來說說我認識的張先生。」

「好，光是願意親自來到這，我就能相信你是認眞的。那就正式來聊聊你跟唐吉叔的故事吧。兩位是什麼時候認識的？」

「我是在二〇一〇年左右進入F公司的前身H電影，在負責《憤怒的法庭》時認識了張先生。當時他的劇本已經寫到第十六版，品質眞的非常好。但因為編劇年紀大，這個專案本身又一直被推遲，大家都不太願意接手。也是因為這樣，這部作品才會交到我手上。」

「果然跟我想的一樣。那麼唐吉叔花費長時間寫出來的《憤怒的法庭》，是一部怎樣的作品呢？」

「是對司法部門的判決感到憤怒的人，戴上了唐吉訶德的面具，武裝起來到法院挾持人質的內容。挾持人質的同時，他們也在法庭裡穿上法官袍，審判貪汙的政治人物跟腐敗的法律人。」

「劇情好激烈啊。那結局呢？故事是怎樣的結局？」

「在我加入之前，這個作品有個悲傷的結局，但後來重新修改成喜劇結局了。」

「怎樣的喜劇結局？」

「因爲不當判決而苦不堪言的人，最後得到了適當的判決，活著離開了法庭。」

「唐吉叔接受了這樣的修改要求嗎？」

「寫電影劇本的時候，他就做過無數次修改，所以那時他已經寫過好幾個版本的喜劇結局，我提出的更動對他來說根本不是問題。只是 S 總監不滿意這個結局，於是我們又開始不停繞圈圈。」

「繞圈圈的意思是……」

「例如推託說找不到演員、找不到投資者，要張先生繼續去改劇本。」

「他爲什麼要這樣？對製作人來說，能把作品拍成電影，應該對他也比較好吧？」

「因爲能吸引到電影投資的 A 咖演員其實不多。而製作人的工作，就是把劇本送到那些能吸引投資的演員手上，讓他們選擇我們的劇本。這很需要手腕與能力，但 S 總監沒有這樣的力量。」

「原來如此。」

「幸運的是，他因爲《奇蹟的孩子》大獲成功，公司規模得以擴大，S 總監也決定跨足戲劇圈，於是我提議把《憤怒的法庭》拍成連續劇，因爲我覺得這樣 S 總監才會跟張編劇好好簽約。」

「所以二〇一二年簽了把劇本拍成連續劇的合約之後，張編劇又花了一年的時間寫了四集的劇本，可是 S 總監仍舊沒有成功把劇本推給電視台。」

「他沒有讓電視台買下來。」閔先生補充說。

「你剛才這句話，聽起來似乎有點內情。」

「簡單來說，是因爲內部審查的關係。我認爲這種對政治圈與司法部門來說極爲挑釁的作品，S 總監沒有勇氣眞的拍出來。所以他不情不願地跟張編劇簽約，卻一點都不打算推動專案進行。」

「你說什麼？那爲什麼要花這麼多時間在這件事上？從木亘電影，不，從 H 電影時期開始……他就跟唐吉叔一起開發劇本了吧？」

「因爲當時他還很渴望成名。當時 S 總監自己也沒沒無聞，當然需要能引起話題或爭議的作品。可是《奇蹟的孩子》爆紅之後公司規模變大，他當然會開始害怕失去自己的地位，也就更沒理由去做這些極可能引發爭議的作品。」

「雖然是攻擊政治圈跟司法部門的內容，但這只是一部電影，會有什麼問題嗎？會有人因爲不喜歡而讓電影拍不出來嗎？」

「妳記得嗎？之前的政府，還搞出藝文界的黑名單。」

「記得……」

「黑名單上的人被排除在圈子之外，也蒙受了一些損失。」

「是……」

「這讓我很生氣、很不是滋味，張編劇決定不要繼續跟 S 總監合作，我也趁機辭職。後來 S 總監就把責任推到我身上，好像是我把張編劇搶走一樣，但這不是眞的。我只是想幫忙張編劇，再加上我也受不了 S 總監的嘴臉，所以才辭職。」

「你這個人眞的很誠實耶。所以最後你們兩位就離開，一起出來創作新劇本？」

「對。辭職之後，我跟張編劇一起討論新劇本。我拿我在創作的劇本給他看，跟他提議說一起做。沒想到他居然從背包裡拿出八疊厚厚的紙放在桌上。我一看才知道，那是八部不同電影的劇本。」

「什麼？八部劇本？」

「對，當時我的反應也跟妳一樣。簡直嚇壞了！編劇說，那是他這些日子以來寫的作品，要我都讀一讀，然後人就不見了。我花了四小時把那些作品看完，然後打電話給他，他說他在附近的黑膠唱片酒吧聽音樂。」

「那些作品怎麼樣？」

「每一個劇本的完成度都超越一般水準。類型也很多元，有法律、驚悚、恐怖、動作等，眞不敢相信全都是他寫的！我去酒吧找他，問他是什麼時候寫的，結果他說……」

「他說什麼？」

「他說：『閔製作，如果我十年來都只寫《憤怒的法庭》，肯定撐不到現在。我除了一邊寫那個之外，每年也都會挑戰一部不同類型的作品。我曾經很想當電影導演，希望能拍出自己的作品。所以從不太擅長的恐怖電影，到熟悉的律政劇，我全都寫了一遍。只是我不太想跟 S 總監分享，一直傻傻地等著何時能接觸新的夥伴。』」

「啊……」

「然後他又補充，問我要不要一起開發這些作品。我說，雖然這些作品我都很喜歡，但現在也給不了簽約金，實在有點困難。他就說先一起開發，想辦法把作品賣出去，賣掉的錢就由我們兩個分，編劇七、製作人三。但最讓我驚訝的部分是……」

「不要停頓，請繼續說。」

「他說他已經不想再當導演了。老實說，賣劇本的時候，如果要加上讓新人當導演這個條件，那眞的是很難賣。所以編劇就說，先把導演的條件拿掉，集中火力把劇本賣出去。爲了當電影導演，他奉獻了自己人生最精華的時光，現在卻要放棄這個夢想，我想那眞的是很痛苦的決定。」

「那種心情……我想我似乎也多少能了解。我也是奉獻了六年的青春，只希望能成爲節目的主製作人，最後還是不得不離開。現在是爲了繼續自己的夢想，才會在這裡拍YouTube。」

「沒錯。妳反倒是透過 YouTube 讓夢想延續下去。」

「這是稱讚嗎？謝謝。」

「是稱讚啊。妳的熱情和這節目的魅力大大影響了我，讓我決定來這裡錄影。其實我現在在當宅配司機。跟張編劇失聯後，沒過多久我也放棄了電影夢，到現在都沒勇氣重拾夢想。但我還是希望張編劇、沉桑丘還有韓彬先生的夢想可以延續，我是認眞的。」

「你眞是太會說話了，我都要哭了。」

我假裝平復心情，作勢擦了擦眼淚，但心裡其實眞的在哭。剛才我們的情緒一陣激動，現在突然安靜了下來，似乎讓閔先生有些尷尬。只見他拿起桌上的杯子，一口氣把水喝光。

「那劇本賣掉了嗎？」

在鏡頭後面的韓彬問道，而我看著閔先生。

「劇本賣掉多少部？」

韓彬語帶催促地問道。

「剛剛元斌騎士提問劇本有沒有賣掉？那……那八部劇本裡面，總共賣掉幾部？」

「當然有賣掉啊。我們花三年的時間一起修改劇本，最後賣掉其中六部，總共賺了兩億六千萬韓元，我們依照約定七比三分掉了。」

「哇！很多錢耶！」

「元斌騎士，請你冷靜。我現在想到，唐吉叔會消失，會不會是這一大筆錢帶來的影響？你覺得呢？」

「我認爲有這個可能性。可能是因爲他需要一大筆錢，所以才會放棄當電影導演，專注把劇本賣出去。」

「我爸怎麼會需要一大筆錢？他怎麼都沒想到要用那筆錢來幫助兒子？」

「元斌騎士，請你不要一直插嘴。好，閔製作人，感謝你今天帶來這麼有幫助的分享。唐吉叔會需要這筆錢肯定是有原因的，接下來我們得想想，爲什麼他會需要這筆錢？」

「還需要想什麼？我爸肯定是賺了錢就跑，肯定是有了錢就拋妻棄子，一個人跑去長灘島之類的地方享受了！不，他說自己是唐吉訶德，會不會是跑去西班牙？竟然這樣丟下我？幹！」

說完，韓彬就氣急敗壞離開工作室，我甚至來不及攔住他。

「這裡原本是錄影帶店吧？」

「對。這面牆的書櫃有兩層，放滿了錄影帶跟書。既然你以前是電影製作人，應該經常跑錄影帶店吧？」

「我以前眞的很愛去錄影帶店。當年就是看了錄影帶才開始愛上電影，又讀了電影學校。後來還會蒐集ＤＶＤ，也讀一些影評來增廣見聞。那是許多人願意投資電影圈，市場非常活絡的年代。但到了二〇〇〇年代後半，我踏入電影圈那時，新人就已經很難出頭了。而現在又是網路串流時代……我也算是經歷了這個業界的盛衰呢。」

「是啊，以前有段時間電影跟錄影帶是最受歡迎的，但現在的小孩都已經不知道錄影帶是什麼了。我怎麼像個大叔一樣在緬懷過去啊？」

「是因爲妳身旁有個大叔吧，哈哈哈。」

閔先生淡淡的微笑，看起來很迷人。我本來還想說點什麼，尚恩卻在這時送了我點的飲料和馬芬進來。她說那是新開發的黑芝麻馬芬，要我們吃完給個感想。

我發現她在我的拿鐵上用拉花畫了「ㄎㄎ」，像在偷偷笑我。我立刻轉頭，她快速躲到架子後面，躲避我的眼神掃射。

「這個拉花好特別。」閔先生說。

「這是因爲我跟樓上咖啡廳的老闆很熟，她才這樣鬧我，平常對客人不會這樣的。」

我跟閔先生一邊分享馬芬，一邊問他是否有哪些內容要在剪接過程中剪掉。他說沒關係，就算這影片播出去會造成任何後續的影響，他也都不在乎，反倒是把話都說出來了，他覺得心裡很舒坦。

「那就好，這樣我剪接起來輕鬆多了。」

「我也是製作人，當然不希望讓人在剪接時很困擾。」

「眞的是很有緣耶，我們都是製作人。雖然我現在已經轉行當影片創作者了。」

「我也已經是宅配司機啦。」

「好的，那我們兩個前製作人，就一起來創造美好的畫面吧。」

「好。」

老天，這畫面也太美……我到底在想什麼，怎麼會講出這種話……爲了掩飾自己的尷尬，我趕緊提問轉移注意。

「除了當編劇的唐吉叔之外，你對日常生活中的他有沒有其他印象？」

「這個嘛……我發現他一向獨來獨往。他說，寫作的本質就是孤單，所以才會一直躲在地下室裡寫作。能說得上興趣的……啊，他很愛喝酒，只喝燒酒。每次開完會去吃晚餐，我叫他吃點白飯，他卻只是喝酒配小菜。」

「他應該沒有生病什麼的吧？」

「他看起來不太健康，而且胖了很多。」

「胖很多？以前唐吉叔瘦得就像條鯷魚……但也是啦，那已經是我國中時的事了……等等，你有照片嗎？」

我開口詢問之前，閔先生早已拿出手機開始找照片。沒過多久，他就得意地推了推眼鏡，把手機遞過來。我屏住呼吸，接過手機一看。

老天，居然……

唐吉叔成了胖大叔，還留著不適合他的長髮跟鬍鬚，讓人忍不住聯想到電影裡的乞丐老大。照片是在昏暗的酒館裡拍的，面前放著燒酒瓶跟一個大碗的唐吉叔，滿臉醉意對著閔先生咧嘴露出笑容。這照片帶給我很大的衝擊，我甚至覺得要是現在見到唐吉叔，肯定認不出他。

我把手機還回去，試著掩飾自己的慌張。

「妳好像有點吃驚。」

「對，有點。」

說完，我們都沉默了，然後我又想起剛才要問的問題。

「唐吉叔有沒有提起唐吉訶德的事情？例如想把《唐吉訶德》的手抄筆記帶去西班牙之類的。」

閔先生想了想，點點頭說：

「他沒有特別說過要去西班牙，也沒提什麼手抄筆記，但確實提過唐吉訶德。他說他的作品起源都是《唐吉訶德》。《憤怒的法庭》跟正在準備的新作品，全都融入了唐吉訶德的精神。」

「那他消失會不會是為了準備新作品？」

「這我就不清楚了。不過他說《唐吉訶德》是他作品的起源，我說我看得出來，因為他在電影圈真的就活得像唐吉訶德。誰知他竟搖頭否認，說他已經不是唐吉訶德了。」

閔先生說完這句話，我突然心頭一驚，瞪大眼睛看著閔先生。

「他說他再也不是唐吉訶德，而是桑丘，是誤把自己當唐吉訶德的桑丘。」

「真的嗎？」

「對。雖然我說他真的是唐吉訶德，他卻說哪有這麼肥的唐吉訶德？還笑著說體型會變得像桑丘應該不是偶然。」

「剛才那張照片可以再讓我看一下嗎？」

我仔細端詳著閔先生手機裡的那張照片。

照片中的唐吉叔真的很像桑丘。消瘦又聰明的模樣已消失得無影無蹤，照片裡的人徹底是一個矮胖且世故的笨重中年男子。

唐吉叔是爲了成爲眞正的桑丘，才暴飲暴食嗎？還是脫下了名爲唐吉訶德的笨重鎧甲，釋放了內心的桑丘呢？

無論是哪一個原因，我都失去了我的唐吉訶德。我想找唐吉叔，結果唐吉訶德卻已經不在了，只剩下桑丘？如果這是唐吉訶德錄影帶頻道的結局，那我眞的無法接受。

唐吉叔，你在哪裡？現在過得怎麼樣？能不能把桑丘裡的唐吉訶德再次呼喚出來，重新出現在我面前呢？

無數的疑問在我心裡盤旋，揮之不去。

31.
環顧四周……

送走閔杜英先生之後，我倒在沙發上，好一陣子動也不想動。我覺得自己追逐的目標好像消失了。閔先生轉述唐吉叔的那番話，帶給我不小的打擊，衝擊度不亞於看到他外貌的改變。我一直以來所想像、所尋找的唐吉訶德張英壽，未免也變得太多了。

唐吉叔變了。

他說自己是桑丘，否定自己是唐吉訶德，就已經證明了他的改變。透過這不算短的三十年人生資歷，讓我認定了人是不會改變的。但唐吉叔這種稱不上轉變的轉變，卻讓我覺得被背叛了。原本我是要找唐吉訶德……結果他竟成了桑丘，還說自己是「誤以爲自己是唐吉訶德的桑丘」，這點我眞的無法接受。

最重要的是，我不知道該怎麼把這個消息告訴頻道的阿米哥們。靠演算法加持而訂閱頻道的大家，幾乎都沉浸在「尋找唐吉訶德」這個故事當中。我跟韓彬利用追蹤「唐吉叔」的過程抓住他們的心，現在我開始擔心這個眞相會不會讓他們感到錯愕。

手機響了，是老媽。我這才想起來，今天跟老媽約好要一起吃晚餐。

過去一個半月，我忙著追逐唐吉叔的蹤跡，就連衣服都是拿到附近的洗衣店去處理。算一算我已經一個月沒回過家、沒看到老媽的臉。

我打起精神，從沙發上起身，帶著早已經清空、洗乾淨的小菜保鮮盒回家去。

「妳又不是在首爾，就住在家對面而已，怎麼連個人影都看不到啊？」

在老媽的責怪之下吃著家常菜，真是美味極了。我再一次深刻體會到，要配著老媽的碎碎唸，才會是最美味的家常菜。我夾起一塊老媽牌煎蛋捲，沾了一大坨番茄醬再塞進嘴裡。

「天氣很熱，炸雞店很忙吧？」

「擔心這個幹麼？妳又沒有要幫忙。」

「等頻道發展再好一點，我就可以給妳零用錢了，妳等著。」

「YouTube 又不是什麼電視熱門節目，是有多少人看？要有業配才能賺錢吧？」

「妳懂的還真多耶。雖然是還沒有業配，但光靠訂閱人數看系統廣告，已經能讓我打平每個月的月租跟生活費了。」

「那就該去接業配，才好賺錢給我啊，不是嗎？叫那個明星朱慧成來上一次節目啦，他不是跟妳很好嗎？有藝人出來露個臉，才能賺到錢。」

「媽，要先拿出錢才能叫得動藝人啦。藝人只會出現在藝人的頻道，或是紅到跟藝人差不多的 YouTuber 才能請得到他們。」

「但妳還是可以傳個簡訊，說我是陳製作人，請看一下我的頻道，有機會來玩一玩啊。這樣不行嗎？連個招呼都不會打喔？」

「媽，妳眞的很敢衝耶。妳要是來當YouTuber，肯定會賺大錢！去申請一個帳號啦。」

「我是看不下去！妳一天到晚找那個錄影帶店的人，到底是能賺多少？」

一瞬間，我吃進嘴裡的飯差點從鼻子噴出來。我從來沒跟老媽講過頻道內容是什麼，她說這些話，不就代表她看過我的頻道？

看我一臉驚訝，老媽主動解釋：

「我就是很好奇妳到底都在做什麼。總得要知道妳是不是在做什麼沒用的事，還是有沒有被誰亂罵之類的？」

「所以呢？」

「所以我去問了那個咖啡廳的小姐，她就把妳的頻道告訴我，我不時會用手機進去看一看。」

老媽拿起自己的手機秀給我看。瞧她得意的樣子，好像手上拿的是什麼絕世武器一樣。

「有件事情老媽也看不懂，那個做事很莽撞的錄影帶店老闆，到底有什麼好找的？還有這到底能不能賺錢？妳跟那傢伙的兒子又是什麼關係？哎呀，趕快講給我聽，到底妳是在做什麼？」

「工作啊。」

「能賺錢的就都是工作嗎？要有點價值才算是工作吧？找那個傢伙是妳人生的價值嗎？花這麼多時間在那邊，也不來找妳媽？妳都不好奇我過得怎樣？」

這想法眞的很有老媽的風格。我調整了一下呼吸，試著平復心情。透過深呼吸，我能感覺自己的心情漸漸平靜下來。看我沒說話，老媽也不再多說什麼，跟著深呼吸了起來。

「妳說的沒錯，能賺錢的也不全都是工作，工作要有價值、有回報。在我的人生裡，找到那個叔叔就是回報、就是價值。妳可能無法理解，但我國中最孤單的時候，是那個叔叔陪我一起看電影、一起聊心得、一起看書，我才能撐過來。就算到了首爾，我也是靠著當時培養的興趣活到現在，最後也進入這方面的職場工作。我當上電視節目製作人，妳不也很開心嗎？」

「這是沒錯啦……但這都是因爲他的問題嗎？」

「不是他的『問題』，是多虧了他的幫助。我最紅的節目是《城市探險隊》，我在做YouTube的時候仔細想過，《城市探險隊》其實是唐吉叔給我的靈感。因爲唐吉叔帶我們去公州參觀公山城、去釜山逛了南浦洞。那就是《城市探險隊》的起點。當時的那些回憶一直沉睡在我心裡，不知不覺成了節目的發想靈感，這是眞的。」

「哎呀……所以妳是因爲感謝他才想找他嗎？好啦，去找吧，但找到他之後妳就要放棄囉，因爲我怕妳也會活得像唐吉訶德。」

「如果找到了頻道也沒變『夯』，那我再來考慮。」

「沒變什麼？」

「沒變『夯』。『夯』就是訂閱人數、點閱數暴增，是讓我能以YouTuber的身分賺錢給妳零用錢的意思。如果不行，那我就放棄，跟妳一起經營炸雞店，把這個內容做成影片。記錄一對母女在逐漸沒落的連鎖炸雞店裡，每天持續炸雞的故事。」

我這番話講得很豪邁，老媽卻沒有任何反應，只是靜靜看著我，然後嘆了口氣。

「我是沒辦法幫妳什麼，但妳如果想找他，就去問一下方奶奶吧。」

「方奶奶？」

「去世的腳踏車店爺爺的老婆啊。那個唐吉訶德跟腳踏車店的爺爺奶奶都很好，奶奶可能會知道什麼。」

聽到這句話的瞬間，我精神都來了。

我這才意識到，老媽就是爲了講這件事而特地把我叫來。我猛然站起身，隔著餐桌一把抱住她。老媽害羞地罵我是不是瘋了，這樣很熱，要我趕快放開。但我不理她，只是不停蹭著她的臉，就差沒給她一個親親，畢竟我們母女都不太擅長表達感情。

隔天，我提著一盒豆漿去方奶奶工作的刀削麵店。因爲已經過了午餐時間，餐廳非常悠閒。一到店裡，我就看見方奶奶拉了張椅子，坐在廚房入口，正跟同事們一起喝著三合一咖啡。我立刻想起過去在腳踏車店裡，奶奶跟羅西南多爺爺一起吃便當的模樣。

老媽說，方奶奶偶爾會跟朋友們一起，到她的炸雞店去吃炸雞喝生啤酒，也是因爲聽到他們聊天的內容，才會知道唐吉叔跟羅西南多爺爺和方奶奶很要好。老媽還說，奶奶也很擔心唐吉叔失蹤的事。

我上前跟奶奶打招呼，說我是炸雞店老闆的女兒。她雖然沒認出我，但還是熱情地叫我坐下，然後拆了我買的豆漿，硬是塞了一瓶給我。

我跟奶奶一起喝著豆漿，拿出手機來取得拍攝同意之後，便立刻請她接受我的訪問。奶奶一一回答我的問題，但我沒獲得什麼有用的情報。她只說唐吉叔前幾年一聲不吭就消失了，她很好奇爲什麼，也很心疼唐吉叔。還說她雖然跟房東奶奶討論過，卻想不到唐吉叔會去哪。

正式訪問結束後，方奶奶胡亂地開始跟我講起人生道理。無奈之下，我只能陪她說話。她問我結婚了沒，我說我才三十歲，結婚還太早。趁著她問下一個問題之前，我趕緊問奶奶餐廳的工作她是否做得來。奶奶說現在剩下她一個人過活，她反而得出來工作，但也因此有了朋友、有了零用錢，這讓她很開心。不過最後還是補了一句，說人都是孤單的。

「那個人也很孤單啊。我老公走的時候，他哭得可慘囉。畢竟是酒友啊，整場告別式他都沒有離開，後來還幫忙抬棺呢。」

「奶奶，妳說的他是張英壽先生對吧？經營那間叫唐吉訶德的錄影帶店。」

「對，唐吉訶老師。」

「唐吉訶？」

「我們家那個老頭總是叫他唐吉訶老師。說是知名大學畢業的，在首爾又是有名的老師，一直很稱讚他呢。雖然附近的人都不怎麼喜歡他。」

「原來如此。」

「唐吉訶」？也對，以羅西南多爺爺的年紀，很可能會習慣替外國人取一個比較在地化的名字，所以他會這樣稱呼唐吉叔也很正常。

「上個月老頭的忌日，我去靈骨塔看他，發現他也去了那。」

什麼?!我剛剛聽到什麼?我不禁懷疑起自己的耳朵，正想要追問，奶奶卻沒給我時間，喝了口豆漿，咂了咂嘴又接著講下去。

「畢竟是有唸書的老師，都過這麼久了，還是沒忘記跟我老公的友情呢。我當然很感激他。」

「奶奶，妳怎麼知道唐吉叔，不是，唐吉訶老師去了爺爺的靈骨塔?他真的有去嗎?」

「我不會胡說八道。他在那個塔位的玻璃上，貼了一小束乾燥花還有一張紙條。」

「妳有拿下來嗎?還是現在也貼在那裡?」

「那是人家的心意啊，拿下來也不好意思，就擺著了。他應該是覺得孤單才會去的，但既然他還活著就好了。」

「奶奶。」

「嗯?」

「我想去爺爺的靈骨塔祭拜追思一下，可以告訴我在哪裡嗎?」

「妳去做什麼?妳還記得我們家老頭嗎?」

「當然囉。我們都叫他羅西南多爺爺。他會免費幫我們修腳踏車，還會開貨車載我們出去玩。我應該早點來探望他的，實在來得太晚了。我希望今天就能立刻出發，請告訴我靈骨塔在哪吧。」

方奶奶到廚房後面拿出一個老舊的黑色手提包。我緊張得坐立難安，看著奶奶從手提包裡頭拿出一本小簿子，慢慢翻了起來，我的視線也自然被那本小簿子吸引。

32.
成爲桑丘的唐吉訶德

羅西南多爺爺長眠在大田追思公園。我住在大田的時間很短，老爸又葬在京畿道烏山的家族墓園，所以這地方我也是第一次去。

從中央路搭乘六一五號公車，到都馬三岔路口下車，再換搭二十一號公車才到達追思公園。公園乾淨整潔，莊嚴肅穆的氣氛讓我連打開相機都覺得有些緊張。但今天的旅程非常重要，因此我沒有放棄錄影。

雖然已是初夏，墓園裡依舊散發著有些陰冷的氣息。在這樣清冷的氛圍之下，我往第三納骨堂走去。進到裡面，一排排塔位有如上百戶的死者公寓。唉，人活著的時候住在四四方方的公寓、四四方方的房間，死了之後也得受困在這層層堆疊的四方空間中。我拿相機拍了幾段內部的影片後，便往方奶奶給我的編號走去。

「我來到供奉羅西南多爺爺的塔位。首先，我會哀悼、追思爺爺。」

我讓相機持續運作，並低頭追思爺爺。爺爺在二〇一三年去世，不知不覺也已過了六年，我卻從沒想到要來探望他。想起他免費幫我修了三次腳踏車，我就忍不住難過。過去騎著爺爺幫我修好的腳踏車，經過河堤到大波斯菊盛開的大田川邊，點滴回憶歷歷在目。我也想起去釜山時，爺爺看到我們受暈車所苦，便跟我們分享嚼口香糖能緩解暈車。

「羅西南多爺爺，對不起，這麼晚才來看你。像爺爺這樣的好人，應該已經上天堂了吧？希望你在那裡也過得很好，一直守護我們跟唐吉叔。」

追思完後，我緩緩睜開眼，並用相機對準了爺爺的塔位。開始追思之前我就注意到，玻璃上面有一束乾燥花，還有一張便利貼。我用鏡頭特寫這兩樣東西。不知是冷氣開得不強，還是因爲我太緊張，不知不覺，我的後頸開始冒汗。

「大家可以看到，這是唐吉叔最近來放的乾燥花。黃色迷你繡球，看起來還沒枯掉。」對著鏡頭說完話之後，我調整一下呼吸，用特寫鏡頭向下拍攝，對準那張便利貼，好讓觀眾清清楚楚看見唐吉叔的字跡。

便利貼是唐吉叔工整的字跡：

哥，唐吉訶來了。天國的草原怎麼樣啊？

你應該像羅西南多一樣，開心地到處奔跑吧？

下次上陸會再來看你，阿迪歐斯（Adiós／再見）。

關掉相機，我低聲嘆了口氣。向羅西南多爺爺道別之後，我離開了納骨堂，就像任務完成後迅速撤退的情報員那樣快速離開追思公園。但我的腦袋卻像進行核分裂，情報與情報不斷爆炸、融合、重組。

唐吉叔只有在跟羅西南多爺爺說話的時候，會模仿忠清道人的口氣，證據就是那張便利貼。但重點不在忠清道方言，而是別的。

下次上陸會再來看你。

那是住島上的人才會說的話，於是我馬上想到那座島。唐吉叔就在那座島上的直覺閃過腦海，接著我想到故事裡的桑丘。唐吉叔現在說自己是桑丘，那他是否跟桑丘一樣，也跑到島上去了？

《唐吉訶德》第二卷中段有提過桑丘去的島。桑丘是前往唐吉訶德分封他統治的島。幾個月前，我還在頻道裡朗讀過這一段。我努力回想島的名字，卻怎麼也想不起來。我立刻攔了輛計程車，衝回工作室。

一進工作室，我趕忙拿出唐吉叔的手抄本，很快找到了桑丘抵達島上的段落。

言歸正傳，桑丘與所有隨從一起，抵達人口約一千人，在公爵領地中最爲出色的村莊。人們告訴他，那座島叫做「巴拉塔里亞」。這可能是因爲這地方眞叫做巴拉塔里亞，也可能是指他像分豬肉一樣，分得了這裡的統治權。來到城牆環繞的村莊入口，村裡的官員出來迎接他。鐘聲響起，村人個個喜形於色。他們列隊盛大歡迎，護送桑丘來到教堂。在那裡向神獻上感謝，又進行幾個可笑的儀式之後，村莊的鑰匙便交到桑丘手上，表示奉他為巴拉塔里亞島永遠的統治者。[1]

那島的名字是巴拉塔里亞。

唐吉叔的巴拉塔里亞，肯定就是濟州島。

不用問，絕對是濟州島。

我打開手機，搜尋「濟州」與「巴拉塔里亞」兩個詞，找到幾篇最近才發布的文章。其中一篇寫到，他最近去濟州旅行發現一個特別的地方，還附上了幾張照片。

在一塊明顯是手作的木招牌上，粗糙地刻著「巴拉塔里亞」幾個字，我直覺認為那是唐吉叔的字跡。果然不是我的錯覺。作者在一張照片下寫道，「濟州半山腰上，竟然有這樣充滿異國風情的地方！」照片中可以看到坐擁寬大庭院與石頭房子的「巴拉塔里亞」。往屋後山丘望去，還能看見巨大的風力發電機。一看到那些風車，我覺得自己彷彿親眼目睹拉曼查的風車怪物，渾身起了雞皮疙瘩。

另一篇文章裡，分享了一對情侶以「巴拉塔里亞」為背景拍的照片。同一篇文章裡的另一張照片下，寫著：「本以為是咖啡廳，進來才發現不是。雖不是咖啡廳，但有提供飲

1 原書註：《唐吉訶德》第二卷，塞萬提斯著。

料。眞是個神奇的地方，還有個神奇的老闆。桑丘先生眞的很酷呢。」

在小說裡面，唐吉訶德出發冒險之前，許諾說會把南方島嶼的領主之位封給桑丘。桑丘便因此受了迷惑，答應以隨從身分跟唐吉訶德一起踏上旅程。而到了第二卷後半段，他也眞的成了巴拉塔里亞這座島的領主。意外的是，他統治島嶼的方式相當賢明，也因而獲得人們的讚頌。

唐吉叔說不定是在《唐吉訶德》這本書裡旅行。起初，他是帶著唐吉訶德的靈魂，現在則是成了桑丘的肉身。他也許是親身體驗著這個故事，最終抵達了濟州島。

爲了再次確認，我連上Instagram，搜尋標籤「#濟州巴拉塔里亞」，確實也找到了幾張最近張貼的照片。點開其中一張來看，是一對夫妻跟兩個孩子，他們中間還站了笑得非常開朗的唐吉叔。他現在眞的就像書裡插畫的桑丘，挺個肥胖身姿站在那裡。唐吉叔穿著濟州傳統的葛衣，就像觀光景點的吉祥物，跟那一家人一起對著鏡頭做出手指愛心。

照片下方寫著：

偶然發現善屹里的隱藏景點巴拉塔里亞。

桑丘・潘薩的款待，我們感激涕零。

沒想到我竟然只要在工作室裡，用手機花個五分鐘就能查出唐吉叔所在的位置！我尋尋覓覓，終於找到了唐吉叔的行蹤。就這麼簡單！如果我早一點去問老媽、去問社區裡的長輩，還需要繞這麼大一圈嗎？童話書裡說，青鳥就在我們身旁。而尋找唐吉叔的關鍵，就在我們社區！

我立刻查起飛往濟州島的機票。

第三部

República Libre

（自由共和國）

33.
登島

走出機場，我呼吸到清新空氣的同時，也感覺到一陣潮濕。隨風搖曳的椰子樹像是在揮手歡迎。巨大的石頭爺爺帶著神祕的笑容，提醒著每一個人，這裡就是濟州。

每一次來濟州都讓人充滿期待。雖然才六月中，宛如汗蒸幕裡的濕熱空氣已撲面而來，馬上讓人忘了什麼心動不心動，只想趕緊退回有冷氣的機場裡。該死，這還是我頭一次夏天來濟州，真沒想到會這麼潮濕。

我總共來過濟州兩次，大學時跟朋友來過一次、做《城市探險隊》西歸浦篇時又來一次。兩次都是在春天，雖然不時會下雨，但天氣都還算能接受。頭一次在夏天來，感覺真的很不一樣。可能是天氣的影響，我隱約覺得若想完成最後的這段旅程，可得要好好調整自己的狀態。

終於，即將踏上去見唐吉叔的最後一段旅程了。

上週查出巴拉塔里亞之後，我立刻打電話給韓彬。他一接起電話，就開始跟我抱怨，說他爸當年賣劇本讓閔先生抽的佣金太多了，還吵著說應該至少要他再吐回三千萬元才對。我說那是閔先生跟唐吉叔之間的問題，原則上應該要交給他們自己去處理。但被錢沖昏了頭的韓彬，卻堅持說現在他爸下落不明，應該由他來出面去跟閔先生討回這筆錢。我大聲喝斥他，要他廢話少說，趕緊準備去見他爸。

韓彬在電話那頭沉默不語，而我一字一句說得很慢，就是要他聽清楚。

「我找到唐吉叔，找到你爸了，他現在人在濟州島。」

韓彬沉默了，不知是不是嚇到。但沒多久他回過神來，連珠炮似的問了一堆。我斷然拒絕回答，只問他要不要加入尋找唐吉叔的最後旅程。韓彬說不准我自己一個人去，一定要帶上他。

於是，我有機會能拍到韓彬跟他爸重逢的畫面了！當然，也得拍沉桑丘跟唐吉叔重逢的畫面，所以我們需要一個會取景的新成員。我打電話給閔先生，告訴他唐吉叔現在去濟州島開了一個叫巴拉塔里亞的空間。他一聲驚呼，說：

「眞是太好了，辛苦妳了。眞希望可以盡快在唐吉訶德錄影帶頻道，看到張編劇跟兩位重逢的影片。」

我頓了一頓，然後才說：

「你不想親眼見證嗎？如果有空的話，要不要跟我們一起去？」

這提議來得突然，他有些遲疑。我鼓勵他，說既然他讀的是電影，那應該知道怎麼操作機器，希望他可以幫忙拍下這個重要時刻。我不想他覺得勉強，但眞心希望他能一起去。這份迫切，讓我放下了面子，開口邀請他。

「可以嗎？其實我也很想趕快見到張編劇。」

就這樣，「濟州遠征隊」正式成立。

隔天，我花了一整天剪接，完成出發前的最後一支影片。內容從方奶奶的訪問開始，包括造訪羅西南多爺爺靈骨塔的畫面、查出唐吉叔在濟州巴拉塔里亞的過程，最後再加上為了尋找唐吉叔，我們組成濟州遠征隊的經過。

週末將影片上傳後，獲得很大的迴響。阿米哥們都像是自己找到唐吉叔一樣，興奮地留言表示恭喜。還有不少住在濟州島的阿米哥說，善屹里就在他們家附近，他們很想先過去看看，但為了遠征隊願意忍耐。此外，還有八名阿米哥說要提供遠征基金，送上了金額不等的超級感謝留言。這一刻，讓我覺得持續上傳尋找唐吉叔的旅程眞的很値得。

我是從清州機場飛到濟洲，韓彬跟閔先生則從金浦機場飛來，他們還要再過三十五分鐘才會抵達。我坐在機場大廳等他們，一邊喝著漢拿柑果汁，心情挺不賴的。突然，人群有些騷動，往外一看，原來外頭下起了雨。見到一些旅客收傘，拖著行李箱進到機場的樣子，我深刻感受到濟洲的天氣，簡直就跟變化無常的前男友一樣。看著外頭的雨，我的煩惱突然像是烏雲罩頂。

唐吉叔眞的會歡迎我們嗎？他會有多歡迎？他跟所有人斷絕聯繫，獨自一人隱居在濟州的半山腰上，我們跑來找他，會不會給他帶來壓力？還有，未經同意的拍攝眞的沒問題嗎？

找到唐吉叔的成就感、終於能見到他的期待感，讓我完全沒預先設想見面時可能發生的具體情況。我不覺得唐吉叔會不想見兒子、不想見曾經和睦相處的工作夥伴以及曾經愛護的心腹桑丘。但從另一個角度來看，唐吉叔確實也跟大家斷了聯繫，自己一人跑來島上隱居。

我可以製作跟唐吉叔有關的影片，但他要不要在影片裡露臉，還是必須由他自己決定。我打算嚴肅看待這件事，並等著跟夥伴們討論。

很快的，他們搭的飛機落地。有句話叫做「時尚就是生活態度」，想必韓彬就是奉行這話的人。他穿著非常適合濟州島的夏威夷衫配寬短褲跟拖鞋，生怕別人不知道他要來濟州島。閔先生則穿著卡其色工作褲，搭配一件合身的黑色短袖，讓人聯想到準備接受軍事訓練的特攻隊。本以爲他倆一起出發可能會很尷尬，沒想到相處和樂，像是很要好的朋友一樣，有說有笑地朝我走來。我想，若非韓彬在路上已經跟閔先生討論過錢的事情，就是爲了大局，韓彬決定暫時把錢的事情放一邊。

「姊姊您好 yo～歡迎光臨喇～我們兩個一起來的喔～」

韓彬走過來，嘴上講著不流利的濟州方言。我先瞥了他一眼，再換上歡迎的表情看著閔先生，接著便朝停車場方向走去。兩人愣了一愣，才趕緊跟上，似乎終於想起遠征隊的隊長是我。

「等開到沿海公路之後，就應該把車頂打開，一邊吹風一邊大開喇叭唱歌，這才叫兜風啊，對吧？」

坐在駕駛座上，韓彬莫名興奮。也許是因爲想到就要與他爸重逢，他既興奮又有些不安吧。當初在申請租車時，他選了最便宜的車，但現在覺得島上的風只要再大一點，這輛小車好像隨時都會翻覆。

我已經透過Instagram，傳訊息給上傳照片的人詢問巴拉塔里亞的地址。我們其實可以立刻從機場過去，但我決定還是先討論一下剛剛在機場想到的問題。

我們來到閔先生推薦的咸德知名醒酒湯店，吃了非常飽足的一餐。一開始韓彬還抱怨說都來濟洲了，爲何要吃根本不加海鮮的醒酒湯，後來卻吃得碗底朝天。這醒酒湯也確實美味，我甚至覺得前一天沒喝酒，不能眞正體會醒酒湯的魅力，實在可惜。閔先生說，濟州本就是個會讓人不自覺喝很多酒的地方，無論是當地人還是觀光客都一樣，所以醒酒湯文化相當發達。我點頭認同，並問他是不是常來濟州；他說自己曾以工作人員的身分，參與在濟州拍攝的獨立電影，因而喜歡上這座島，每年都會來一次。然後他又自責說，眞沒想到張編劇竟然也在濟州。

接著，在他的引介之下，我們來到一間位於咸德海水浴場的咖啡廳。咖啡廳就坐落在延伸至大海中央的陸地盡頭，能坐在窗邊欣賞湛藍海水。韓彬邊喝著冰美式，邊叨唸說他跟女友就是想開一間這樣的咖啡廳。我啜了一口冰拿鐵，開始把剛想到的問題提出來討論。

「我剛在機場突然想到，萬一唐吉叔不見我們，該怎麼辦……」

「唉唷，姊，妳是因爲這個，才從剛剛開始就一直板著臉喔？只要我爸沒失憶，就不會認不出我們，妳還有什麼好擔心？」

「要眞是這樣，你爸爲什麼不跟你聯絡？明明有這麼一個好地方安居樂業了。難道不是因爲不想見你，所以才不聯絡？閔先生跟他合作多年，他也沒聯絡。」

「應該是因爲很忙吧。」

「我仔細一想，覺得實在不太有把握。這樣貿然跑去，會不會很沒禮貌？唐吉叔如果不想見我們，那我們就不該跑去拍他。」

「唉唷，眞是的！一開始是妳慫恿我去找我爸，現在怎麼又怕了？幹麼突然這樣？而且妳不是說阿米哥還有贊助嗎？要是沒見到我爸，那頻道怎麼辦？」

韓彬氣沖沖地罵了我一頓，說完就拿起手中的咖啡，咕嘟咕嘟喝了起來。

一股不知名的感受在我心中醞釀，我卻完全不知道該如何形容。就要見到唐吉叔了，我卻失掉了信心。已經成了桑丘的唐吉叔，他會記得我嗎？看到我在頻道上連載的影片，他會有什麼反應？我突然害怕起來。

「哎呀，陳率小姐，妳不要想的太嚴重啦。」

我抬頭看著閔先生。只見他瞇起了眼，極力露出溫柔的笑容安撫我。

「張編劇如果不想見你們，那你們只要鞠個躬，轉身離開就好啦。我會遠遠的把這一切拍下來，這會是個像藝術電影一樣的結尾。不過我覺得應該不會是這樣。我們合作時，他寫的劇本通常都有明確的結局，而不是開放式結局。比起悲傷的結尾，他更喜歡喜劇收場。」

怪了，這人怎麼這麼會說話？他的幾句話，一下子讓我的心平靜了下來。

「閔製作人，你還眞會說話耶。姊，都來到這裡了，在怕什麼啦？最怕的應該是我才對，妳這樣不行啦。」

「好吧。」

見我的態度鬆動，兩人鬆了口氣。

「謝謝你鼓勵我。」

我向閔先生道謝，起身準備離開咖啡廳。心中那股比任何人都渴望再見到唐吉叔的心情，也再度沸騰。

34.
從咸德到屹善

走出咖啡廳，我們跳上車，把地址輸入導航，路徑很快就跳出來：開車過去只要二十三分鐘。韓彬發動車子，我們立刻啓程。

「姊，妳不覺得這眞的很像是唐吉訶德的冒險要邁向尾聲嗎？」

韓彬說完還不忘對我使個眼神，他肯定是意識到閔先生正在拍我們，才會故意這麼問。看他得意洋洋的樣子，像是以爲自己說出什麼很了不起的台詞。我想了一想，並沒有回答他。沿著山路往上，濟州的森林逐漸在眼前展開。我突然有點茫然。這裡算是拉曼查平原？還是安達盧西亞的高原？唐吉訶德與桑丘的旅程，與眼前濟州半山腰的林中道路逐漸重疊，彷彿隨時就要看見牧童與山羊、風車與摩爾人。

「故事說不定根本不會有尾聲。」我說。

「爲什麼？對妳來說，唐吉訶德不就是我爸嗎？見到分開已久的唐吉訶德，桑丘的旅程也算結束了吧？」

「《唐吉訶德》比我們想像中還要長，超厚的書，而且有兩卷耶。」

「但我們也走了很遠啊。從首爾到大田，回到首爾後又經過統營、釜山，最後來到濟州……我這輩子還是第一次這樣到處跑。」

「我在做節目的時候已經跑遍全國各地了，這段路對我來說並不長。雖然路途不遠，但卻是很蜿蜒曲折的路。」

「沉桑丘大人，妳是在寫詩喔？講這話是在顧慮訂閱戶的感受嗎？話說回來，這車上坡力道不太夠耶。」

空調一關，韓彬的額際開始冒汗。他開了窗，我則把手伸出窗外。不知名的樹緊鄰路旁，幾乎伸手可及，我們正逐漸被吸入一個充滿綠蔭的世界裡。

來到上坡路的盡頭，視野瞬間開闊，我們三人同時驚呼。白色的巨杜矗立在山峰之間，每一根柱子的纖細扇葉都隨著風緩慢轉動。

就像天神的風車，就像唐吉訶德的風車。

「張編劇會不會是因為覺得那就是風車，所以才選擇在這裡落腳？」閔先生一邊拍一邊問。

「也許吧。但我想，他應該不會跟風車打架了，畢竟他現在認為自己是桑丘。」我回答。

通過巨大的風車群，我們轉進通往屹善的路。這時，突然一陣喇叭聲傳來，我們驚嚇地回頭看，發現後頭跟了一輛一噸重的群青色卡車。

「趕時間就繞過去啊！現在是要欺負小車，不對，是要欺負我們租車嗎？」

韓彬氣沖沖地加足了馬力，那輛一噸重的卡車卻依舊按著喇叭，充滿威脅性地逼近我們。

「乾脆讓他過吧。」

韓彬雖然不太喜歡我的提議，但還是無奈地嘆口氣開往路肩，把路讓出來。那一噸重的卡車如願以償地超越我們。不管到哪，都有這種自以為是的駕駛，跟這種人硬碰硬一點好處也沒有。

但沒過多久，我就發現那輛卡車竟然也在路肩停了下來。

我們詫異地對望了一眼。

「幹麼？他要找麻煩喔？」

「趕快開車走了啦。」

這時，卡車駕駛座的門打開，一個穿著短褲背心，頭戴帽子的男人走下來。

「姊，怎麼辦？」

韓彬著急發問，但我哪有什麼辦法？

這名個子矮小，身材卻精實的男子，轉身朝我們走來……帽子底下那張臉露出來的瞬間，我嚇得叫出聲來。

「是叔叔！是唐吉叔！」

我都還沒說完，韓彬就立刻開門下車。唐吉叔走到我們的車子前面，雙手大張不知對韓彬說了什麼。兩人就像老友久別重逢一樣，相互擁抱，好一陣子沒有說話。

我回頭看閔先生，他也已經下車，拿著相機記錄父子重逢的畫面。稍後兩人放開彼此，唐吉叔注意到一旁的閔先生，張著大嘴走過來一把抱住他。拿著相機的閔先生彎下腰，回應了他的擁抱。

韓彬看著我，一臉尷尬地比手勢要我下車。我先安撫自己激動的心情，隨後才開門下車。

唐吉叔看到我，先是愣了一愣，然後一臉疑惑。

「唐吉叔……」

我很激動，低聲喊了他，他卻像是不認識我一樣問：

「妳是誰？」

我一時之間不知該說什麼。韓彬大喊：「爸！她是你的心腹，桑丘姊姊啊！」我感覺到閔先生再度拿起相機，唐吉叔也往我靠近一步。

我難掩失望，好不容易才開口說：

「唐吉叔，我是小卒啊，陳卒。」

唐吉叔脫下帽子，兩眼盯著我看。他微張的嘴、圓睜的眼，如實傳達出他此刻的心情。終於，他開口了。

「對耶！眞是小卒！居然這麼大了！哇，小卒！妳這孩子，這是怎麼回事啊？」

唐吉叔一把牽起我的手，感受他手心的溫度，讓我好一陣子說不出話來。

唐吉叔說，他正要從巴拉塔里亞去咸德採購，看到我們的車從對向車道經過，仔細一看發現開車的竟是韓彬。正巧是剛剛上坡路段，韓彬關掉空調又把窗戶打開，唐吉叔才會注意對向車道的駕駛是兒子，並趕緊迴轉加速追上我們，促成了這段意外的街頭重逢。

跟著那輛一噸重的卡車，我們開進一條沒鋪柏油的小路。那條路窄到要是有車從對面開過來，整條路就會塞滿。意識到這條路的盡頭就是唐吉叔的領土，我一下子緊張了起來。稍後，卡車停在林中一塊空地，我們也跟著把車停到一旁。

那是一條幾乎像是沒有人跡的路，我清楚看見立在盡頭的牌子。

巴拉塔里亞，自由共和國

BARATARIA, República Libre.

下了卡車，唐吉叔咧嘴一笑指了指牌子，接著往入口走去。我們在牌子前停下腳步，韓彬噘著嘴，我則面露驚訝。閔先生拿著相機，鏡頭來回拍我們跟牌子。前方的視線被蔓生的樹枝遮蔽，已經看不見唐吉叔的身影了。我們趕緊跟上。小路通向房子，路面十分乾淨，沒什麼雜草。在濟州方言裡，這種小徑稱之爲「偶來」。道路範圍之外，草就生得十分茂密，路邊有畫了蛇的警示牌。那條蛇很可愛，肯定是出自唐吉叔之手。韓彬擔心地問，濟州島有很多蛇嗎？我反問他，不然幹麼要放小心有蛇的警示牌？

小路的盡頭，巴拉塔里亞終於出現在眼前。入口處，三根圓木斜斜躺在地上。閔先生說，這是傳統濟州建築的大門，稱爲「三柵欄門」。

進入那道門之後的空間，是由不同種類的樹木自然形成的圍牆所包圍。足足兩百坪大的土地上，有一間石頭屋和黑色的溫室，院子裡全是我在 Instagram 上看過的雕塑：有將唐吉訶德形象化的木雕；用回收物拼接成不知是駱駝還是馬的東西；院子口還有一尊濟州島石頭爺爺坐鎮，頭戴頭盔的造型也很像唐吉訶德，生動逗趣得令人讚嘆。

我們站在門口，爲眼前的風景而驚訝。唐吉叔走上前來，張開雙手對我們說：

「歡迎來到巴拉塔里亞！」

我差點就要鼓起掌。韓彬率先穿過三柵欄門入內，我緊跟在他身後。採用平板屋頂的狹長型石頭屋，一個人住未免也太大。

我們跟著唐吉叔一起進入屋內。

石頭屋的高度不高，我跟閔先生稍微一踮腳就能碰到屋頂。寬敞的客廳空蕩蕩的，只放了一張長桌，上頭擺著筆記型電腦。唐吉叔不知何時進到廚房，一邊哼著歌一邊準備著什麼。我環顧屋內，廚房旁邊有個門，右邊的角落還有兩個門。我想應該是兩間臥房跟一間廁所。

屋內雖然什麼都沒有，卻不覺得簡陋，是個相當簡樸的空間。

「你們怎麼會一起來？」

唐吉叔端著托盤從廚房裡走出來。

「我想見的人一下子都跑來了，今天應該是個好日子吧。小率，抱歉，剛剛沒認出妳。」

唐吉叔把托盤放在長桌上，隨後又走進廚房。

「叔叔不需要抱歉啦。錯的是我，現在我已經長得比你高，又變得太漂亮了。」

我扯開喉嚨大聲說，要讓廚房裡的唐吉叔也能聽清楚，而他則更大聲回答：

「小率，妳現在是在嘲笑我矮嗎？」

這時韓彬突然喝斥，說我們如果要吵就出去外面吵！於是我跟唐吉叔都沒再說話。我們在長桌旁坐下，唐吉叔端出的托盤上擺了形狀各異，看起來像是從不同地方撿來的四個杯子，還有一盤豐盛的點心。

「這是濟州的傳統點心。」

對濟州島還算有點認識的閔先生說，這些點心是用麥子或糯米油炸之後，再裹上柑橘糖漿製成的濟州傳統點心。閔先生話都還沒說完，韓彬就拿了一個往嘴裡塞，三兩下便吃得乾乾淨淨。

「好吃吧？這是我從新孝洞買來的，是那邊的大嬸親手做的。」

唐吉叔不知何時又從廚房拿來一個裝滿乳白色液體的一公升寶特瓶放在桌上，然後在我對面坐了下來。韓彬好奇地問：

「爸，你在這裡賣這個嗎？」

「也不是賣，只是接待客人需要點心，所以我就做了些準備。你們快吃吧。」

唐吉叔替我們各倒了一杯白色的飲料。閔先生聞了聞，發現那並不像馬格利，便問唐吉叔這是什麼飲料。

「你們聽過酒釀吧？這其實是濟州傳統的乳酸飲料喔，快喝喝看。我本來就在想有一天要找你們來，沒想到你們自己跑來了。」

這種叫做酒釀的飲料，介於馬格利與優酪乳之間，是經過發酵而生出酒精。唐吉叔說明了起來，那種誇大的口氣就跟以前一樣，這反倒讓我覺得安心。

「爸，你是靠賣這個有餿味的東西賺錢嗎？眞的嗎？」

「我不是爲了賺錢，是爲了吸引人來。」

「你連兒子都不管，還跟大家切斷聯繫，是還想吸引什麼人？」

「我認爲這個空間呢，以後會是大家需要的空間。渴望自由的人，未來都會聚集到巴拉塔里亞。」

「你還眞的是跟以前一樣老派耶。你就把賣劇本的錢都拿來買這塊地跟這間房子嗎？連一點都不分給兒子？」

「韓彬，巴拉塔里亞是你的，最後還是要由你來負責經營啊，不是嗎？」

「那你趕快把印章給我，把這裡登記到我名下。然後把這裡變成一個很自由的地方，我再來賣那個自由。」

「好唷。」

「謝啦，爸。」

「但要等十年，因爲等你能理解巴拉塔里亞，大概要等個十年吧。」

「你說的也是沒錯。」

「我希望你能先讀完《唐吉訶德》第一、二卷。想成爲巴拉塔里亞共和國的國民，就一定要讀完這兩本書。」

「爸，我看你是爲了讓我放棄才開出這種條件吧？但我絕對不會放棄。我看這裡很不錯，只要好好經營應該會紅。賣賣咖啡跟鬆餅什麼的，把院子裡面那些破銅爛鐵換成可以上傳到 Instagram 的造景，肯定能賺錢。我女友在準備開咖啡廳，這她很懂。」

「我印象中，你上一任女友好像是幼稚園老師……」

「早就分手了，還講那個人幹麼？你有認眞在聽我說話嗎？」

「要再喝杯酒釀嗎？」

「爸，要有錢才能享受自由啊。想讓來這裡的人感受自由，難道不需要資金？所以就讓我在這裡賣咖啡吧，賺來的錢會分給你，OK？」

「兒子啊，我們這麼久沒見面，你不要這樣逼我，也讓我想一下。」

「眞是的！你是眞的歡迎我嗎？你是眞的想見我嗎？怎麼都不答應我的要求？」

「當然想啊，我不是一眼就認出你了嗎？車速那麼快，我還一下子就認出來了呢。這不就代表爸爸這些年一直都沒有忘記你。」

「騙人。」

「是眞的。」

兩人你一言我一語的吵著，非常幼稚。雖然很久沒見面，卻跟其他的父子一樣，以自由和金錢、父愛與孝道爲武器相互攻擊，氣氛莫名有些緊張。閔先生早已放下相機，我也在旁默默喝著酒釀，準備找個好時機打斷這場戰爭。

「叔叔，我知道你跟兒子應該有很多話要說，但我也有很多事情想問你。」

我假裝瞥了韓彬一眼，然後才對唐吉叔開口。唐吉叔則迫不及待地轉頭看我。

「雖然叔叔沒認出我，但其實我第一眼看到你也嚇了一跳。你的手跟肩膀都變得很粗壯……你在濟州島都過著怎樣的生活啊？爲了打造這個空間，應該吃了不少苦吧？」

唐吉叔拚命點頭，像是故意要點給韓彬看一樣。

「眞不愧是小峯，還是我記憶中的樣子。跟某人不一樣，小峯一下子就看出我的辛苦。」

唐吉叔笑了笑，得意地看了韓彬一眼。然後又看了看我們，隨後開始講起我們最好奇的故事，也就是他這段日子的經歷。他從來到濟州開始一路講到最近，我們聽得認眞，他也似乎陷入了回憶中。

35.
自由共和國

四年前，成爲桑丘的唐吉叔就像《唐吉訶德》故事裡說的一樣，需要一個島來讓他統治，最後他決定到濟洲島找一個地方。唐吉叔認爲打造一個空間，讓那些受盡世間折磨的人能來這邊交流、照顧這些人的心，才是最像桑丘的統治方法。

第一年他一邊工作一邊繞濟州一圈。從西歸浦到城山，從朝天到涯月、從板浦到猊來，他跟著建築工地的工作四處跑，每到一處便會看看周遭的環境。冬天，他到爲美村的橘子園採橘，繼續他對巴拉塔里亞的構想。

這一年的勞動讓他賺到了更多的錢，原本虛弱的身體也變得強健。熟悉了各種勞動技巧，還能在未來打造巴拉塔里亞時派上用場。他的酒量練起來了，也開始熟悉濟州方言，跟當地人建立起交情，這些都大大有助於他在善屹成功取得土地。

「濟州人對陸地上的人很有戒心，但我已經決定成爲桑丘了，所以就跟眞正的桑丘一樣，平易近人又有自信。我用眞心跟濟州人來往，就像桑丘服侍唐吉訶德那樣，最後他們也明白了我的心意。要不是有這些大叔的幫助，我根本找不到這塊地，也不可能把這塊地買下來。」

登島的第二年，唐吉叔便開始開墾這塊地，把這裡變成自己的領土。他買了一噸的卡車跟各種工具，開始整地、翻修石屋，還找來駕駛重機具的司機，整理出院子、田和聯外道路，並蓋起了圍籬養雞跟山羊。

第三年，他就像農夫桑丘一樣，在家後面開墾農地。同時，他也開著卡車到處拜訪濟州的骨董商和報廢廠，尋找能用來做工藝品的材料。他利用那些二手骨董、雕刻木頭，把他所喜歡的、書裡的那些故事與人物實際做出來，擺放在院子裡。

「怎麼樣？就業餘的手藝來說，還不錯吧？」

閔先生稱讚說，實在不敢相信這些都是他自己做的。韓彬依然不高興地嘟著嘴，我則說對那個有唐吉訶德感覺的石頭爺爺印象深刻。

「他是唐吉爺。」

「唐吉爺？」

「對。其實那不是我做的，是委託一個會石雕的大叔做的。聽到妳說喜歡，我覺得很開心，哈哈。」

唐吉叔繼續從登島第四年，也就是最近的事情開始說起。他覺得現在是時候要公開巴拉塔里亞，召集需要這個空間的人、召募自由共和國的市民了。所以他在上個月立了指示牌，吸引遊客來訪，並用酒釀和傳統點心招待訪客，並講述唐吉訶德的故事給他們聽。訪客大多都是迷路的遊客，不然就是跟他有交情的山下居民，或是那些居民的客人。他說自己還有很長一段路要走。家旁邊的那個溫室裡，放了好幾張野戰床。他補充說，訪客有意願的話，他也可以提供床位。

韓彬突然大大嘆了一口氣，讓原本興致勃勃的唐吉叔停了下來。只見韓彬正怒瞪著唐吉叔。

「你是要免費招待那些人嗎？你是什麼大慈善家嗎？兒子背了一堆債，你還只顧著對別人好，是嗎？」

唐吉叔轉身指著客廳的角落，那裡放著一個蓋上的甕。

「兒子，我有收捐款，那是巴拉塔里亞的建國基金。基本上來說，只有捐款的人才有資格住在這裡。你們今天如果想住，也得要捐款。」

韓彬又嘆了一口氣。

「那你是爲了專注打造巴拉塔里亞，所以才沒跟我們聯絡嗎？」

爲了轉換氣氛，我趕緊提出其他問題。

「……對，沒錯。」

「叔叔你可能不敢相信，但我眞的找你找了好久。」

「是嗎？」

「我會跟韓彬聯絡、會認識閔先生，也都是爲了找你。」

「哈哈，這眞是不敢當啊。」

「還有，你不要嚇到喔。我現在就住在你以前住的地方，就是宣化洞的錄影帶店地下室。」

「嗯？那裡很簡陋，像妳這樣的孩子不該住在那，妳還不如來巴拉塔里亞，人就是該沐浴在陽光下，那裡太濕太黑了。」

「沒關係，我喜歡那裡，從以前還是唐吉訶德錄影帶店的時候就很喜歡了。」

「唐吉訶德錄影帶店啊……妳居然還記得這件事，連我都不太記得了。」

「我就是因為那段回憶、為了見你，才能走到這裡的。」

「哈哈哈，哈哈哈。」

「叔叔，你是唐吉叔啊，我們的唐吉訶德叔叔！所以我為了找唐吉訶德來到這裡……可是你突然變成了桑丘，那我該怎麼辦？」

我不自覺激動了起來，語氣裡滿是埋怨。說到最後，甚至還有些哽咽。

唐吉叔想了想，然後露出了微笑，對我說出他彷彿早就準備好的答案。

「小率，人的一生就是個了解自己的旅程。沒錯，我一直以來都自稱是唐吉訶德。但越是抄寫《唐吉訶德》、越是對抗這個世界、越是寫下我自己的故事，我就越清楚體認到自己不是唐吉訶德。如果我是唐吉訶德，不就早該為了對抗一切的不公義與腐敗挺身而出嗎？可是我從來沒有完全犧牲自己，我只是在模仿他，我只是追隨著不容冒犯的唐吉訶德，一路在模仿他的桑丘。」

「那曾經是桑丘的我呢？我又算什麼？」

「在我看來，小率才是唐吉訶德。我記得妳以前常在錄影帶店看著電視節目哈哈大笑，整個人沉浸在映像管播出的畫面裡。後來聽說妳真的成了製作那些電視節目的人，把我嚇了一大跳。我心想，小率終於實現了自己的夢想啊。那時，我就已經覺得妳才是唐吉訶德了。」

「少來了！」

「閔製作人對我來說也是唐吉訶德。他是我在電影圈遇到的人當中，最有毅力的一個。他很正直，不行的事他會很乾脆地說不行，絕對不會哄騙人。我受到不當待遇時，他也會站出來試圖糾正，甚至不惜蒙受損失。對電影的熱情更是不用說。」

「您眞是過譽了。」閔先生有些尷尬。

「還有我的兒子。我知道兒子總是把獲得經濟上的穩定視爲目標，爲了讓人生能更加安穩而努力。雖然蒙受過損失，也有過一些失敗，但你從來沒有停下腳步，一直都非常努力，這也是一種唐吉訶德式的人生。」

唐吉叔靜靜看著他的兒子，韓彬卻對他的回答很不滿，激動地站了起來。

「爸，我是只追求金錢的唐吉訶德。現在還是個無業遊民，是靠女友養的廢物。閔先生呢？他現在在做物流，就是宅配司機的工作，早就不搞電影了。至於小率姊，她現在也不是製作人，只是個 YouTuber！啊，YouTuber 應該也算一種電視人？那她還算是在做跟原本的工作有關的事啦。哈，小率姐才是眞的唐吉訶德。我認同，可以。那你們就把唐吉訶德跟桑丘角色互換，再好好把這齣戲演下去！」

說完，韓彬便粗魯地轉身離開，椅子被他撞得應聲倒地。他往屋外走去，閔先生也跟在後頭出去了。

我小心翼翼地觀察唐吉叔的反應，他呆呆看著韓彬離開的方向，臉上滿是疑惑。

「是今天的酒釀太烈了嗎？他不是會發酒瘋的人啊……」

「叔叔。」

「嗯？」

「雖然這不是我該說的話……但還是請你多多關心韓彬吧。別看他態度這麼強硬，其實他最近一直很不安。」

「我、我當然會啊，我最近本來就想要聯絡他，他突然跑來，我也嚇了一跳。原來是因爲心情上不太平靜，才會一直這麼暴躁啊。」

唐吉叔撥開他飄逸的長髮，擦了擦額頭上的汗。

「叔叔，你知道嗎？你開錄影帶店的時候講話都很慢，但現在口氣卻很急躁，眞的好像桑丘喔。」

「是喔？」

「我現在都在地下室拍影片，影片中會提一些以前錄影帶店的事情，經營得算很順利。收益比韓彬知道的要好很多，要是我跟他講實際賺到多少錢，他肯定會吃醋，所以我沒有講太細。我可以這樣做節目，其實都是多虧了你。」

「嗯？怎麼可能……但如果眞是這樣就太好了，哈哈。」

「所以啊，我可以把巴拉塔里亞跟你的事情傳到 YouTube 上嗎？你剛剛有看到閔先生拿相機在拍吧？只要你答應，我可以再拍一些這地方的畫面，聽你聊院子裡的那些作品，還有溫室跟農場的事，最後可以再跟我一起做個訪問。」

「啊！」

「其實我們 YouTube 的訂閱戶，我都叫他們阿米哥，他們也都很想見見你。」

「阿米哥……是妳的朋友嗎？」

「其實是一群朋友，現在有超過五萬人訂閱了。」

「哇，眞了不起，這樣對宣傳巴拉塔里亞也很有幫助。」

「那你願意跟我一起拍影片嗎？」

「當然願意啊。我都讓其他人拍了，沒道理不答應妳的請求啊。」

「等等？你說什麼……讓其他人拍？」

「前幾天有一家電視台來這邊拍節目，我想說是個宣傳巴拉塔里亞的好機會，所以就立刻答應了，應該很快會播出。妳的是 YouTube，應該可以拍得更有特色一點。我這個桑丘叔叔願意全力配合，妳不要擔心……」

唐吉叔說的話我一個字都聽不進去。腦海中一片空白，一下子也不知道我究竟該先問他什麼，才能解答我心中的疑惑。回頭一看，發現閔先生跟韓彬都不在。唐吉叔興奮地開始提供意見，告訴我節目要怎麼拍會比較好。到底是誰先跑來拍這個地方了？

難道是有在看我節目的人嗎？是他們看準了時機，先把我的唐吉叔給拍走了？我此刻的狀況，難道就是人家口中所說的「腦子變漿糊」嗎？我冷汗直流，背脊發麻，疑問與混亂湧上心頭，腦袋一陣熱燙，好像有一把火掉到我頭上。突然間，我只覺得一陣反胃。

我甚至沒來得及問唐吉叔廁所在哪，只能立刻往廚房衝去，對著水槽吐了起來。

唐吉叔跟進來拍著我的背。我幾乎要把內臟都嘔出來了，卻還是覺得頭暈腦脹。唐吉叔扶著我來到一個地方讓我躺下，後面的事我就沒有印象了。

36.
對食物是眞心的

睜開眼睛，發現四周一片漆黑。我在一個小房間裡，躺在一張草蓆上。轉頭看向窗外，外頭是一片火紅的晚霞。

我似乎睡了兩、三個小時，身上蓋著一件應該是唐吉叔替我蓋上的涼被。起身的時候，我嚇了一大跳，因爲另一邊的牆上就掛著一大塊肉。走近一看，我發現那塊黑褐色的肉應該是醃漬的豬後腿肉，是西班牙的乾醃火腿。

湊上去聞了聞，一股嗆鼻氣味撲面而來，肉正在好好地發酵中。唐吉叔是想用濟州黑豬肉做成乾醃火腿，分給巴拉塔里亞的市民吃嗎？掛在牆上的三塊乾醃火腿非常巨大，實在很有存在感。我看得出唐吉叔想研發乾醃火腿的堅定決心。

客廳裡，閔先生跟韓彬正在看手機，卻不見唐吉叔的身影。我一出現，兩人便一起抬起頭。閔先生問我還好嗎，我覺得有些丟臉，點了點頭就在他對面坐下來。韓彬默默起身去廚房，替我倒了杯水回來，然後又繼續看手機。

「你們在看什麼？那麼認眞？」

雖然聽見了我的問題，韓彬卻沒有回答。我看著閔先生，他一臉爲難，好像遇到了什麼棘手的問題。

「今天播出了『濟州島桑丘的巴拉塔里亞建國記』。」

這時，昏迷前的記憶才重新在我腦海中浮現。

「是最後一集，對吧？GBS的《在地探險隊》。」

閔先生點頭。《在地探險隊》是我離開公司之後，由原本的城市探險隊團隊所做的節目。辭職之後，我的企畫也被搶走了，顯然是節目主製作人跟他的手下幹的。

想起這些噁心的傢伙，我就開始想吐。我大口大口喝下韓彬倒來的水。

「眞是群噁心的混蛋，他們一直在追蹤妳的頻道，一找到線索就立刻衝到濟州島來。張編劇當然不知道這件事，自然就答應讓他們拍節目了。」

閔先生代為說出我的想法，但我想說的其實是別的。

我才是傻子，只顧著沉浸在找到唐吉叔的喜悅當中，讓他們逮到機會搶占先機。

「電影圈有很多這種無恥的傢伙，沒想到電視圈也不少。」

閔先生繼續說著，像是想安慰我，但我什麼都聽不進去，就像隻生病的雞一樣垂頭喪氣。

「節目拍得很不錯！」

韓彬感嘆著站了起來。我們驚訝地看著他，他得意洋洋地咧嘴笑了。

「我看了幾個片段還有留言，反應超棒的！大家都超好奇我爸，好像把他當成沒有被社會影響的『原始人』。」

我跟閔先生呆看著韓彬。

「雖然是原始人，卻是一個有格調的原始人。而且他把這裡取名叫做巴拉塔里亞，感覺好像挺有那麼一回事的，大家都說夏天來濟州時要來這裡走走呢！」

我跟閔先生依然回不出任何一句話。眼看氣氛越來越詭異，韓彬提高音量繼續說。

「節目剪接得很好，就算花錢去請人來拍，都拍不出這麼好的宣傳效果！你們知道製作人說什麼嗎？說看到外面那些古董，覺得很有機會成爲熱門拍照景點，大力讚賞呢！那些東西上了鏡頭眞的很好看，感覺就像什麼藝術品。電視節目就是厲害！接下來要怎樣？在這裡賣咖啡跟鬆餅的話，肯定能大賺錢。」

「韓彬先生，先別再說了吧。」閔先生神色凝重地制止。

韓彬一臉不解，視線轉到我身上，希望我能附和他。

「姊，妳要看遠一點啊。妳的頻道有沒有先曝光不重要，等這裡紅了，到時再說是妳找到這個地方的不就行了？而且妳可以另外邀我爸受訪啊。先讓這裡紅起來，然後再幫我們自己創造一些好處，這樣不是更好。簡單來說，要是妳的頻道先曝光，搞不好還不會引起這麼大的討論。電視果然就是不一樣。」

我沉默地看著他，他本想說點什麼，最後還是閉上嘴，氣鼓鼓地坐下了。

我直盯著韓彬說：

「韓彬，你跟我是一起來這裡找你爸、找唐吉訶德的。但最後找到他本人的畫面，卻被電視台那些人搶走了，你還有心情去講什麼紅了、什麼電視的力量？你只要能在這裡做生意賺錢就夠了嗎？我們一起吃了這麼多苦，好不容易來到這裡的感動呢？那些故事的最後高潮被搶走了沒關係，只要能賺錢你就好了，是嗎？你到底有沒有在動腦？」

不知是眞的在反省還是覺得委屈，韓彬的臉沉了下來。我一陣情緒上來，再也忍不住了。

「抱歉，這不是你的錯。是我搞砸了，都是我害的。」

我起身衝了出去。

夜裡，巴拉塔里亞籠罩在漆黑的寂靜之中。中央的那棵大樹上綁了一圈白色的燈泡，像聖誕節裝飾一樣在黑夜裡閃閃發亮。穿著短褲露出小腿的我不停被蚊子叮咬，但我深陷在失望與茫然之中，一點也不在乎蚊子對我的攻擊。我忍著眼淚坐在樹旁的椅子上，把蚊蟲攻擊當成是給我的懲罰。

有人從屋子裡走了出來。是閔先生。我決定要假裝平靜，叮嚀自己「絕對不能哭」。沉重的腳步聲逐漸靠近，他來到我身旁坐下，查看我的狀況。我抹了抹臉，轉頭看向他。掛在樹上如累累果實的燈泡照亮了他的臉，他的下巴長出了一些鬍碴子，爲他增添了一絲男子氣概。他上下打量我，像是在觀察我的心情。我也點點頭回應他的擔心。

他把一個東西塞到我手裡，那是相機。

「可以的話就看一下吧。」

我看著相機的螢幕，影片開始播放。

影片拍到了在下午的陽光照耀之下，巴拉塔里亞平靜和諧的風景。仿照鳥瞰低空飛行視角，鏡頭繞著巴拉塔里亞的院子拍了一圈，隨後拍到樹旁邊戴著神似唐吉訶德頭盔、手裡拿著一把長槍的石頭爺爺，接著再轉入石頭屋與溫室，最後停在農場。下一個畫面，是農場的圍欄裡，咕咕對話的雞與不停咀嚼的羊。最後，畫面上出現一個男人蹲坐田裡工作的背影。閔先生出聲一喊，唐吉叔便轉過身來注視鏡頭，隨後露出開朗笑容，朝鏡頭揮了揮手。

就像一部預告片一樣，是巴拉塔里亞共和國的側寫。我覺得有些鼻酸。

「是無人機嗎？」

「電視台那些人好像來得很急，連無人機都沒帶。」

「你好會拍這些景色喔。」

「我在學校是主修攝影啊。」

「眞棒。」

「陳率，這些畫面就拿去我們頻道用吧，再加上妳的旁白跟唐吉叔的訪問，肯定可以把電視台的節目比下去。」

我努力想忍住眼淚，但這男人總是能讓我感動。跟有好感的男人一起來濟州，他還這樣鼓勵我，我實在不能再沒有作爲了。

我一把抱住了他。

閔先生雙手張開，不知該如何是好……接著他慢慢地、慢慢地拍著我的背。可是我覺得不夠。

「抱抱我。」

「……好啊。」

我們抱了一下，享受夜晚的巴拉塔里亞。蚊子也享用了一頓大餐，但我們並沒有鬆開彼此。

「嘰咿咿咿咿——」

一輛高速的卡車猛然停了下來，刺眼的燈光照亮了院子。

我們趕緊放開彼此，還來不及尷尬，便往巴拉塔里亞的入口跑去，想查看是什麼狀況。唐吉叔兩手各拿著一個塑膠袋，從停在入口處的卡車上下來，然後發現了我們。

「小率？妳沒事吧？我買了海螺粥回來。」

唐吉叔晃了晃手上裝著海螺粥的塑膠袋，臉上露出爽朗的笑容，顯然就是我記憶中那個經營錄影帶店的大叔。他現在的樣子就像去外送完別人租的錄影帶之後，順便帶了麻花捲回來。

初夏的溫室很有情調。乍看之下有如黑色牆壁的塑膠布被捲了起來，露出裡面的蚊帳，溫室也因爲沒了塑膠布的遮擋，變得非常通風。裡頭放著野戰床、磚頭堆的小火爐和露營設備，讓人聯想到戶外用品的廣告拍攝現場。

我們拉了幾張野戰床圍坐在一起，中間放了一張桌子，上頭擺著唐吉叔從金寧生魚片店買回來的食物。專程爲了我去買的海螺粥裡還加了鮑魚，簡直就是最上等的補品。唐吉叔也爲喜歡甲殼類的韓彬買了生海鰲蝦，爲了喜歡頭足類的閔先生買了生小魷魚。另外還有一個豐盛的塑膠盤，上面擺滿了三線雞魚跟棘螺肉，眞是令人食指大動。

「哇，要在首爾吃到這些，得花多少錢啊？」

看著眼前的食物，韓彬的心情似乎改善不少，還開始炒熱氣氛了。

「我也常吃生魚片，但還是第一次看到用三線雞魚做生魚片。聽說島民們都是吃這種頂級生魚片。」

似乎是想展現自己對濟州的了解，閔先生說。

唐吉叔點點頭，接著又拿出裝了漢拏山燒酒的白色瓶子晃了幾下。

「桑丘是眞心愛著美食。唐吉訶德總是爲了正義而不停抗爭，全然不管民間疾苦。在兩人的旅程當中，負責張羅糧食和做料理的人，一直都是桑丘。」

嘎啦一聲，唐吉叔打開燒酒瓶，替隔壁的韓彬倒一杯、替坐在對面的閔先生倒一杯，然後迅速幫自己也倒了一杯。接著他們三個自己乾杯，我只能乾笑。

「那我呢？」

「妳人不舒服啊，先趕快吃點粥吧。」

我拿起湯匙喝了一口海螺粥。

「怎麼樣？好吃吧？」

「好像粥喔。」

「『好像粥』？這個形容有點那個耶。」

「是嗎？那就『嗯，是粥耶』。」

叔叔笑了笑，拿起酒瓶，我把杯中的水喝光，看著他在我的杯子裡倒滿漢拏山的燒酒，我才想到這是我頭一回跟唐吉叔一起喝酒。

「以前幫忙顧錄影帶店的時候，我曾想過要趕快長大，跟叔叔一起去酒館，一邊喝酒一邊罵人。」

「是喔？」

「今天終於有機會跟叔叔一起喝酒罵人，眞是太好了。」

我拿起手裡的酒杯，唐吉叔舉杯跟我碰了一下，韓彬跟閔先生也趕緊跟上。一杯微帶著苦味的酒下肚，那還沒能釋懷的慘痛回憶再度湧上心頭。人們爲何會拿酒淋在傷口上呢？是因爲酒精有消毒效果嗎？可是酒並不是醫學用酒精，不僅無法消毒，還會使傷口變大。不過傷口變大，也就更容易看到裡面了吧？人們之所以喝酒，或許是爲了好好檢視自己的挫敗，把該留的留下，不該留的徹底忘記？

我、閔先生還有韓彬很快喝光了酒。唐吉叔欣慰地看著我們，好像在說我們都長大了。接著他拿起筷子，熟練地把棘螺的肉跟殼分開。

「濟州的棘螺沒有唾腺，所以沒有毒，可以做成生魚片來吃。」

我們就像等著松果配給的松鼠一樣，每人都拿到一個唐吉叔剝好殼的棘螺肉。我們沾著醋醬吃下肚，香甜爽口的生棘螺肉配上醋醬，實在太美味了。

我們吃著、喝著，聽著唰唰的海浪聲，消化今天一天的衝擊與驚喜。有時比起對話，一起享用食物更能達到有效的溝通。

「唐吉叔，話說回來，巴拉塔里亞爲什麼是自由共和國？」

我問出了一個自從來到這裡後便很好奇的問題。聽我這麼一問，唐吉叔帶著醉意的眼睛突然瞪大。那股魄力，讓我們不得不專注在他身上。他清了清喉嚨，定睛看著我們。

「有人說過，《唐吉訶德》裡最常出現的單字是『libre』，也就是Liberty，自由，所以我才會決定取名為自由共和國。」

「啊……」

「不是因為老爸你想自由，所以才取這個名字？」

「當然一方面也是因為這樣，但這只說對了一半。我不是只求自己的自由，也是希望來到巴拉塔里亞的人都能夠過得自由，哈哈。」

唐吉叔露出欣慰的笑容，剝了一隻蝦塞進嘴後，又喝了一杯燒酒。成為桑丘的唐吉叔，似乎是為了忠於自己的角色，而成了一個道地的愛吃鬼。現在的他個子比我矮又有點胖，經營錄影帶店那時的瘦削身材早已無影無蹤，教導我英文現在完成式時態的知性模樣，也已經不復見。

但無論他怎麼變，對我來說，他永遠都是唐吉訶德叔叔。

37.
農夫桑丘

醒來的時候我頭痛欲裂。一睜開眼，就看到一隻逐漸失去水分的醃豬腿在我眼前。因爲我躺的方向跟昨天不一樣，現在離醃豬腿更近了。昨晚我們放開來又吃又喝，聊著往日的回憶，並在相互安慰之中逐漸失去了意識。有別於在韓國本土，在島上的這個覺睡得十分香甜。不知是因爲空氣清新，還是海產很新鮮，再不然就是因爲昨晚的氣氛開心又融洽，總之，我很快克服了頭痛，坐起身來。

屋內一個人也沒有。我來到外頭，雖然還只是上午，但有如汗蒸幕的蒸騰熱氣籠罩著院子。我雖然不太會流汗，卻能感覺到脖子上逐漸滲出一層薄薄的水氣。

大家都去哪了？我疑惑地往院子中央的大樹走去。

那是朴仔。

濟州人用「朴仔」來稱呼朴樹，這也是閔先生告訴我的。這棵樹大的讓人想躺在它的懷裡，難怪昨晚在樹下時，我會想跟閔先生擁抱。坐到樹旁椅子上，回想昨天的情景，我不禁覺得這棵樹的力量非常神奇，同時又覺得自己太主動實在有些害羞。

堅決不再跟職場同事談戀愛的信念，在這棵樹下碎了一地。不，反正也不知道之後會不會繼續合作嘛，他只是這次遠征隊的臨時成員，可能也只是我在這個險峻世界裡短暫需要的拋棄式抱枕啊。

爲了甩開浮躁的心情，我假裝是巴拉塔里亞的統治者，緩慢巡視起領土。昨晚在溫室裡喝酒的痕跡已清理得乾乾淨淨。嗯，眞是群勤奮的人民。昨晚曾在閔先生拍的影片裡看到的雞舍跟山羊圍籬，此刻也十分平靜，似乎沒有被野狗襲擊，顯然是圍籬發揮了功效。

山羊圍籬後面似乎有一些動靜，我上前一看，發現眞正的統治者早已在那裡辛勤工作，揮著鏟子在一塊地旁邊挖水溝。果然，想讓共和國好好運作，領袖就得身先士卒。我來到唐吉叔身後，大喊了一聲「哈囉」。

唐吉叔轉頭看我，沾著泥土的臉上帶著笑容。

「你在做什麼？」

「在整理豬圈要用的地。」

「你還要養豬？」

「要能穩定供給肉跟糧食給居民，還有提供工作機會，這些都是統治者的義務。濟州有黑豬，可以提供非常優質的肉。」

「你也自己做醃火腿嗎？我看到房間裡面掛了幾條豬腿……」

「那就是黑豬肉醃火腿啊。我正在學怎麼做，今岳里那邊有人會。小率，妳要保密喔，濟州的黑豬肉比西班牙的伊比利豬更適合做醃火腿。所以等濟州黑豬醃火腿商業化之後，肯定能在醃火腿評比拿到比塞拉諾和伊比利更高的評價。我打算逆輸出到西班牙，妳覺得會不會紅？」

我冷笑了一聲。

「叔叔，你這樣跟韓彬好像。賺錢要是有這麼容易，肯定早就有人做來賣了啦。」

被我這麼一說，唐吉叔露出恍然大悟的神情，隨後尷尬地笑了笑。

「這只是一個夢想啦。雖然我沒能去西班牙，但要是我做的醃火腿可以進軍西班牙啊……就是一個希望，有夢最美啊。」

「你眞是一天到晚在講夢與希望耶。」

唐吉叔笑著看我。

「妳記得嗎？妳以前問過我說：『叔叔，爲什麼你總是講一些大人不會講的話？』那時的妳好像在追究什麼錯誤，一直問我爲什麼老把夢想、希望、正義、自由之類的話掛在嘴邊。」

「我不記得了。」

「那妳應該也不記得我反問妳的問題了吧？『小率，妳想成爲一個習慣怎麼說話的大人？』我當時這樣問妳，妳還記得自己回答了什麼嗎？」

「這我也不記得了。」

「不記得也沒關係。現在妳是大人了，妳現在使用的語言，應該就是那時候的答案。」

「是嗎？」

「是啊。」

跟唐吉叔一來一往，聊些無關緊要的事，感覺就像搭上時光機。巴拉塔里亞變成了錄影帶店，我們分別是劣等生與低附加價值的人類，在沒客人上門的店裡聊著天。談論著夢想、希望、正義與自由。

唐吉叔說，既然我來了，那他要趁機休息一下，隨後便往樹蔭下走。他拿起放在樹蔭下大石頭上的水瓶，咕嘟咕嘟喝了起來，那模樣確實更像桑丘，而不是唐吉訶德。

我坐到他身旁。

「爲了找你，我見了很多人。你的大學同學、補習班同事、出版社朋友，還有電影公司的老闆。」

唐吉叔一點都不驚訝，這反應倒是讓我很訝異。他咧嘴一笑，好像是看出了我的訝異。

「那妳也見到大俊了吧？他在釜山賣唐炒年糕，我覺得很欣慰。」

「咦？你有看到嗎？」

「昨天我趕忙找了妳的節目來看。一直看到凌晨四點，眼睛因爲熬夜都充血了。」

「不是因爲朋友講的事情害你哭嗎？」

「當然是會感動的啦。到了這年紀，人就會變得很愛哭。但妳把我們以前在錄影帶店分享的事情講得很有趣，我也笑得很開心。又哭又笑呢。」

我突然有些哽咽。受造物得到造物主的稱讚，就是這種心情嗎？我接過唐吉叔遞來的水瓶喝了一口，心情稍稍平復了。

「唐吉叔。」

「我現在是桑丘了。」

「你爲什麼這麼努力想要改變世界？是因爲受不了獨裁政權嗎？是因爲著迷於《唐吉訶德》嗎？還是因爲沉迷於電影？雖然跟你以前的朋友見過面，但我還是不太明白你爲什麼會這麼渴望改變世界？」

聽完我的話，唐吉叔看向遠方，凝視著低矮的稜線看了好一陣子。我沒有催促他。

「這個嘛……」

幸好他已經是桑丘了，現在不會再用不知道來打迷糊仗了。等待的時候，我能感受到自己耳際流下了汗水。唐吉叔迴避我的視線，搔了搔頭，然後深吸一口氣，開口說：

「我只是不喜歡看到弱小的人受苦。從小我就不能忍受爸爸打媽媽，也不能忍受某些人因爲有錢有勢，就欺負家境貧窮的人。我想讓人知道，別看我這樣瘦弱，我也可以很凶狠。就是因爲這樣的想法，上了大學之後才會去參加學生運動。」

「啊……」

「出獄之後發現獨裁政權消失了，本以爲能迎接一個新的世界，沒想到依然是有權有勢的人在作威作福。我當時眞的在想，就算要再去坐牢，我也想消滅這些可惡到極點的政客、任意操弄法律的法官、只顧自己賺錢的財閥，還有腐敗到骨子裡的高階公務員。」

「嗯……」

「可是現實就是現實。我跟持續來探我監的女人結婚，還生了孩子，發現自己必須適應這樣的社會。原本在街頭高喊民主主義萬歲的我，得改到教室裡面教導學生怎麼使用 to 不定詞。」

「我有聽說你曾經是很受歡迎的補習班講師。」

「我的確曾經是很頂尖的英語補教名師，但那只是一套不合身的衣服。我壓抑不住心裡那股憤世嫉俗的天性。講好聽是很有正義感，講難聽點就是個不切實際的夢想家。然後就在那時，我遇見了《唐吉訶德》這本書。」

講到這裡，唐吉叔似乎是口渴了，便把瓶中剩下的水喝光。像是一直在等我開口問他一樣，唐吉叔開始講起了自己的想法。

「我讀的《唐吉訶德》，代表了當時被西班牙權力壓抑的人民，是塞萬提斯激烈的呼喊。他透過瘋癲的唐吉訶德痛斥當時的國家體系，那是一種躲避審查的戰鬥方式。唐吉訶德裡面有把風車誤以爲是巨人，朝著風車衝刺的經典場景，那就是對權力這個巨人的挑戰，也象徵著民眾爲了自由所做的抗爭。」

「啊……所以你才會決心要用類似《唐吉訶德》的故事來改變世界啊？」

「沒錯，就是這樣。在我完全走投無路，人生最苦的時候，我都在錄影帶店裡面看電影，那是爲了忘記現實。可是我發現電影裡有眞正的現實，也有改變世界的力量。有些電影把我徹底打昏，隨後又潑了一桶水讓我清醒過來。那些電影就像在問我，要在這裡躺到什麼時候？高喊著要我趕緊擺脫挫折，在現實中繼續做夢。」

「所以你才會決定要當電影導演嗎？」

「我想把我體會到的《唐吉訶德》精神拍成電影，讓人們看一看。我想讓大家知道，在這個充斥謊言的社會，活得正直是多麼棒的一件事。我希望能拍出優雅斥責這個世界的電影……但妳也知道，我必須承認後來連這也成了遙不可及的夢想。不知不覺中變得肥胖的身軀，讓我意識到我不是唐吉訶德，而是桑丘。對，我得像農夫桑丘一樣，去島上種紅蘿蔔、養豬，爲受盡世間折磨的人分擔他們的重擔。我認爲這樣才適合我。」

「聽唐吉叔這麼說，總覺得有點可惜。我其實很想看你的作品拍成的電影。你老是窩在錄影帶店，坐在書桌前對著電腦敲敲打打，一個人又笑又怒的樣子，我到現在都還記得清清楚楚。」

「我有嗎？」

「我那時候還說，要是唐吉叔寫的劇本拍成電影，我要看十次。當然，我可以理解你放棄當電影導演的夢想。如果是我，也會因爲太辛苦而放棄，但還是覺得好可惜。」

「……抱歉。」

「你不需要抱歉。只要當個幾年桑丘，之後再像唐吉訶德那樣去挑戰當電影導演就好。」

「哈哈，唐吉訶德或許能成爲桑丘，但桑丘無法成爲唐吉訶德。」

「爲什麼？」

「因爲熱情消失了啊。熱情會使人瘋狂，瘋狂才能讓人衝破現實。我的熱情已經枯竭，現在的我成了活在現實裡的桑丘，在這裡蓋豬圈、醃火腿。我相信小率現在長大了，可以理解我了。」

「理解個屁，我超失望的。」

「以後再來找我吃醃火腿吧，至少醃火腿這部分不會讓妳失望。」

要是醃火腿就在旁邊，我眞想當場拿起來狠狠敲唐吉叔。但「小卒現在長大了」這句話實在很有影響力，讓我只是抱怨了幾句，沒有繼續追究下去。

接近午餐時間，韓彬跟閔先生才帶著一種叫做豬胸骨湯的醒酒湯回來。閔先生說濟州島的醒酒湯很厲害，種類十分多元。

這似乎是眞的，因爲我是頭一次聽到用豬胸骨熬的醒酒湯。店家用加了蕎麥後變黏稠的湯，費時熬煮豬肉，一入口就幾乎要化開來。

吃完飯後，兩人便拿出從濟州市區買回來的「濾滴式咖啡綜合手沖咖啡組」。韓彬用事先請店家磨好的咖啡豆，親手沖了咖啡給我們喝，還挺有模有樣的。閔先生也豎起大拇指稱讚，說這個程度已經可以販售了。

只有已經戒了咖啡的唐吉叔懷疑韓彬的實力。他不太情願地說，迎賓飲料只需要酒釀就好，似乎對兒子有意在巴拉塔里亞賣咖啡的事充滿戒心。我覺得自己親眼目睹了巴拉塔里亞統治者與繼承人的衝突。

手沖咖啡獲得大家好評後，韓彬跑到石屋找出一本素描本，開始構思起菜單，並規畫咖啡、酒釀、傳統點心該賣多少錢。跟我在外頭跑的時候，他凡事都很消極，現在竟如此認眞，我眞是又氣又覺得他有點可愛。

不知不覺，也到了我們該離開的時候了。

閔先生負責開車，我坐在副駕駛座。韓彬把菜單掛在樹上，站在樹旁跟我們揮手道別。唐吉叔則走到車旁，拿了一包點心要我們在路上吃，臉上的表情看起來有些抱歉。

「小率，很抱歉，昨天沒跟妳說……我眞的是沒臉見妳。」

「什麼事？」

「上電視節目的事啊。要是知道妳在拍節目，我絕對不會答應電視台，讓妳這麼失望，眞是抱歉。」

「這怎麼會是你的錯？我不在意，你不需要道歉。」

「總之，是我太大意了。應該先邀請你們來，然後再上電視也不遲。」

「哎呀，不要這樣啦！比起那個，叔叔你沒認出我更讓我生氣！」

「好啦，那個我也覺得很抱歉。」

看著笑得有些尷尬的唐吉叔，我伸出了手，跟他握握手表示接受他的道歉。

「我會再來的。」我抬頭看著唐吉叔黝黑的臉說。

「帶大家一起來吧。」他露出大大的笑容。

前往機場的路是一段安靜的路程。閔先生不知是在意我的反應，還是爲了專注開車，我一直無法解讀他的情緒。回想過去二十四小時發生的事，我也沉浸在自己的世界中。

我們一邊等飛機，一邊分吃唐吉叔給的點心。閔先生說，在巴拉塔里亞拍的幾個風景畫面，等他回到首爾處理完再傳給我。我則說等收到檔案就把這幾天的費用給他。我們講的都是跟工作有關的內容。

往金浦的飛機先來了。我揮了揮手，閔先生帶著淡淡的微笑走進登機口。

我一個人等著往清州的飛機，繼續沉浸在思緒中。

38.
返回大田

回到大田後又過了三天。我整個人陷入無力感之中，不知該做些什麼才好，也什麼都做不了。雖然我跟唐吉叔說沒關係，但確實受到不小的打擊。回大田後，我立刻找了《在地探險隊》來看，巴拉塔里亞的這集給了我致命的打擊。這些人簡直像會通靈，把我想介紹的部分全拍了出來，唐吉叔也把自己怪異的那一面演得非常生動。不，他不是演的，那就是他原本的樣子，就是我一直以來在找的人。

製作團隊非常精準地把唐吉叔的魅力，那無厘頭卻充滿希望的說話方式、不太酷卻意志堅定的眉眼與皺紋、笑的時候不會往上而是下垂的神奇嘴角，甚至是忠實呈現小說人物的肢體動作全都拍了出來。

每一次想到是因爲我大意才被他們搶得先機，我就悔恨交加。就算用上閔先生拍的影片和特別錄製的訪問，似乎也無法完全滿足訂閱者。沒能好好守護自己的節目，讓人搶走內容的失落感，讓我逐漸瀕臨崩潰。

可能也是因爲這樣，我根本不想打開自己的頻道頁面。爲什麼沒更新？電視上那個濟州巴拉塔里亞的桑丘，是否就是唐吉叔？濟州遠征隊怎麼樣了？阿米哥們的問題逐一在我耳邊響起、在我心中迴盪。我只能無力地癱倒在沙發上，什麼事也做不了。

砰砰砰砰。

聽見有人敲門的聲音，我才爬了起來。開門一看，原來是尙恩。

「姊，妳有去濟州吧？」

尙恩拿著瑪芬跟咖啡進來，劈頭就問我是不是去了濟州。我跟她說，從濟州回來讓我累得好幾天都動彈不得。她一臉擔憂地坐到我旁邊，要我吃點她拿來的東西。喝了尙恩的招牌咖啡，我感覺一股暖流流進心底，身體也沒那麼緊繃了。果然，熟悉的東西總能帶給我力量。

「我去妳的頻道看了一下……很多人在等妳更新。」

「嗯，我想也是，所以都不敢看。我覺得很抱歉，又很害怕。」

「唉唷，大家不只是等，是等到快要發瘋耶！訂閱數增加了很多喔……妳要趕快上傳濟州行的影片。」

「什麼啦？妳是我的經紀人喔？比起感謝大家，我更強烈感受到的是壓力。」

「咖啡廳的生意眞的爛透了，我倒希望妳的頻道趕快紅起來，找我去當妳經紀人什麼的。來，快點！訂閱人數都增加了，妳還在幹麼？會怕嗎？怕的話那我跟妳一起看。」

我被尙恩拉到電腦前坐下，她打開我的筆電，督促我趕快看。我勉強連上YouTube，打開唐吉訶德錄影帶頻道。

我驚訝地摀住了嘴。以前連續劇要是出現這種摀嘴的畫面，我都會覺得演員演得太誇張，沒想到此刻我眞的是摀著嘴、瞪大眼睛看螢幕。

現在訂閱人數有九萬四千兩百三十九人。

「天啊，又增加了耶，哇哇哇！」

尙恩的歡呼聲迴盪在我耳邊。

去濟州之前訂閱數才五萬多而已，現在幾乎是增加成兩倍。我愣在那裡，實在想不通爲什麼會這樣，尙恩催促我趕快看留言。

最後一部濟州遠征隊出差影片的留言，怎麼滑都滑不到盡頭。我的呼吸不知不覺變得急促。我調整著呼吸，找到了看似是引發這陣騷動的原因。

看了《在地探險隊》節目的一位阿米哥提問，說節目裡出現的人是否就是沉桑丘在找的唐吉叔。接著其他阿米哥開始拿我從巴拉塔里亞訪客取得授權的照片，跟節目影片做比對，接下來就是許多討論的留言。阿米哥們發揮了集體智慧，釐清了事情的脈絡。大家開始討論起沉桑丘找了很久的唐吉叔近況，又推測出兩人重逢前一天，電視台搶先播出節目很可能並非偶然。

昨天，另一位阿米哥查出了我之前是《城市探險隊》的製作人。他推測，《在地探險隊》是《城市探險隊》的姊妹作，製作團隊肯定知道我的事情，一直在關注我的頻道，然後搶先一步拍走了節目素材。

阿米哥的調查仔細且深入，傳播力也很強大。一開始提出疑問的阿米哥，把這些內容整理出圖片懶人包，然後大家就自發性地轉貼到網路各大討論區，接著獲得廣大的迴響。

我一直沒有更新濟州遠征隊，讓網友更加群情激憤了。聽到傳聞而跑來的人像在簽到一樣，紛紛按讚、訂閱等我更新。

在我了解事情發展時，訂閱人數仍持續增加，也一直有新的加油留言。我好不容易忍住想哭的衝動，尙恩一把抱住了發抖的我。

「其實我下來之前已經知道是這個情況了，妳就是應該要被鼓勵。」

這句話讓我好不容易忍住的眼淚爆發了出來。

朋友就是支持我、與我一起奮鬥的人，尙恩是我的朋友。收看頻道的阿米哥也正如其名，全都是我的朋友。唐吉訶德錄影帶頻道是這些朋友的堡壘，瞬間增加了這麼多朋友，讓我一下子忘掉所有矜持，忍不住大哭起來。

但驚喜還不只於此。那天晚上，韓彬打電話來說，巴拉塔里亞的負荷量也爆表了。一天有五十個人到訪，連他女友都決定辭掉工作去濟州幫忙經營咖啡廳。我問他唐吉叔如何，韓彬先是用他那高亢的笑聲回應，然後說：

「一開始好像不太習慣接待客人，他連錢都不太會收，結果現在簡直是待客之神。他說要趕快賺錢買黑豬肉回來，所以超級用心在增加營收。」

唐吉叔？不會吧？這是桑丘才做得到的事啊。雖然覺得有些難過，但我再次意識到，唐吉叔眞的已經不再是唐吉訶德了。

「但我爸每天晚上都忙著看妳的頻道，看過的還重複一直看，他簡直是想把內容背起來。」

「是喔？他跟我講的時候，沒什麼特別的反應啊。」

「他超瘋狂的，看大學朋友篇的時候還哭了耶。我爸眞的變得好像大嬸喔。他一直說很後悔先上了電視節目，也對妳很抱歉，一天到晚跟我講這件事……眞的聽得有夠累。」

「韓彬，你跟叔叔說，如果他眞覺得抱歉，就找時間來大田一趟吧。他得在節目上露個臉啊。」

「唉唷，拜託！姊，巴拉塔里亞現在超紅的，我爸是吉祥物耶，他不能離開啦，我會很困擾。」

「你眞的要這麼小氣嗎？」

「妳來濟州啦，跟那個製作人大哥一起帶相機來，我會好好協助你們拍片。」

「呼，好啦，下次我再過去。」

跟韓彬的通話，在我心裡留下一種難以言喻的感受。韓彬跟爸爸一起經營巴拉塔里亞，兩人關係變得比較親近，我覺得這樣很好。唐吉叔一再重複觀看我頻道上的影片，也讓我很欣慰。只是我卻莫名覺得，我好像跟唐吉叔疏遠了。現在唐吉叔能以桑丘的姿態適應巴拉塔里亞，一方面讓我感到慶幸，同時又有些糾結。

或許是因爲這樣吧，韓彬要我去濟州拍唐吉叔的事，並沒有特別吸引我。巴拉塔里亞才剛在電視上曝光沒多久，我不想再拿來當成影片素材，也不想要勉強唐吉叔來大田。

唐吉叔如果要上唐吉訶德錄影帶頻道的節目，那必須是完全出自他本人的意願。我覺得似乎這還需要一些時間才有可能達成。我決定先繼續自己的影片創作生涯，再多等他一些時間。

隔天晚上，有一個暱稱叫甜甜公主的訂閱者傳私訊給我。

——沉桑丘，我的火力支援怎麼樣？

從新加入的阿米哥留言來看，很多人都是從她提供的連結過來的。她本人是位非常有名的網路小說家，在知名網路小說連載平台上發表的作品《只有女主角不知道她自己很漂亮》，累積觀看數超過四千萬次，而且過去七年她發表了很多相當受歡迎的作品。繼續查下去我才發現，甜甜公主最近在自己的粉絲專頁，以及連載作品的〈作者的話〉當中，發表了一篇文章叫做〈請爲我最近唯一收看的 YouTube 頻道加油！〉，裡面還附上了我的頻道連結。現在她甚至主動來跟我聯絡了。

我先向她表達感謝，謝謝她爲我的頻道帶來了大量的訂閱人數。

——姊，妳還不知道我是誰嗎？太讓人難過了！

我呆看著她的回覆想了一下，不管怎麼想，會叫我姊的人似乎都只有尙恩。做節目時認識的後輩已經沒聯絡了，大學跟高中時期的學妹似乎也沒有會寫網路小說的高手。那就是國中時期的……那應該是大田好壽敦女中的學妹囉？這樣就只剩一個可能了。

不，不是好壽敦女中的學妹，是唐吉訶德錄影帶店的學妹，拉曼查小隊的老么，可愛又喜歡讀小說的……

思綸!!!

思綸，是妳吧？抱歉，我太遲鈍了，眞的不知道是妳。我完全找不到妳，妳也沒跟我聯絡，所以我就忘記了。

——唉唷，講到甜甜公主就應該要想到啊！就是杜爾西內亞嘛！膜拜我都來不及了，居然還認不出我，眞是太令人失望了！

抱歉，我一直在搜尋妳以前的暱稱「獵奇公主」。

——吼！妳到底要以爲是獵奇到什麼時候？唐吉叔講過好多遍了，杜爾西內亞的意思是「甜蜜的」啊。所以我才會一直說我是杜爾西內亞，還都跟唐吉叔要甜食吃啊。

啊，這我倒是記得。沒想到思綸妳眞的變成網路小說家了，怎麼不早點跟我說？唐吉叔、韓彬跟大俊都不知道妳的近況。

——因爲都沒有人來讀我偉大的小說啊。只要讀過一次，肯定就會知道是我寫的。總之呢，妳要告訴大家，我是拉曼查小隊裡發展最好的人，你們卻沒認出我，我太生氣了。

原諒我們吧，大家都忙著找唐吉叔。本來想找到唐吉叔之後就要找妳，謝謝妳先主動來找我。

——確實很值得感謝我吧？我看妳好像有困難了，就來幫妳一點忙，有看到嗎？光是我的書迷，應該就有一萬人去訂閱妳吧。妳要趕快成爲超紅的 YouTuber，到時候報答我喔。

心癢難耐的我再也按捺不住，問了思綸的電話號碼之後立刻撥過去。我們很快打開話匣子。思綸在首爾養了兩隻貓，一天也不停歇地寫著小說。她夢想三十五歲就退休，現在正不停累積作品量，如今已是人氣作家的她，是老早就訂閱我頻道的忠實阿米哥。思綸的口氣還是充滿稚氣，變化多端的情緒也依然沒改，就像我們當年在店裡聊天時一樣。

我把到濟州見了唐吉叔的事情告訴她。還補充說，很感謝思綸的幫忙，身爲姊姊的我沒能好好照顧她，眞的很抱歉。想找一個機會跟她見面，但現在實在是沒那個臉。

思綸問我，記不記得二〇〇三年春天，跟她一起去超人氣網路作家可愛淘的簽名會。我們搭火車轉地鐵，從大田到首爾，甚至還前進首爾江南鬧區的教保文庫書店，一路上全都是我帶著她。我才比她大一歲，但只因爲自己曾住過首爾，就大膽地跟她兩個人一起去那裡見偶像、簽書，她問我還記不記得這事。

隔年我轉學到首爾，留下她一個人，她很想念我，就開始在錄影帶店寫起網路小說。當時她就心想，要靠著寫小說成爲像超人氣網路作家可愛淘那樣厲害的作家，讓我爲她感到驕傲。還說現在能夠這樣幫我，她覺得非常開心。

這話讓我有了勇氣，提議明天就要去首爾找她，因爲我眞的很想念思綸。但思綸說她正在連載中，要等這次的作品完結，大概得等到年底才有機會見面。她還語帶炫耀地說，專業人士就該這樣。

我回說既然如此，那我也要像個專業人士一樣，在她的作品完結之前，好好壯大我的頻道。

39.
巴拉塔里亞的自由

歐拉！阿米哥們，大家都過得好嗎？我是沉桑丘。好久沒來問候大家了。首先，我要針對過去一週沒能遵守更新兩次的約定表達歉意。「重質更要重量」是我的信念，而我居然自己違背了信念，真的非常自責。這一個星期，我不得不停更。但我還是要對因此感到失望、擔心的阿米哥們，致上我深深的歉意。對不起！

濟州遠征隊回來之後，我的身心都病了。雖然總是以鋼鐵般的體力為傲，但過去三個月尋找唐吉叔的冒險接近尾聲，我的精神繃到最緊，身體似乎也超出負荷。

在各位阿米哥的加油與支持當中前往濟州的遠征隊，最後終於見到了唐吉叔。我很想讓大家看看唐吉叔變成桑丘之後的新面貌，以及巴拉塔里亞連言語都難以形容的美麗。但如大家所知，其他節目搶先公開了……所以我們便開始想，應該要用怎樣不同的方式，讓阿米哥們看看唐吉叔跟巴拉塔里亞。

唐吉叔先答應讓其他節目拍攝，絕對不是他的錯。在大家的贊助之下，急切尋找唐吉叔的過程中，是我太操之過急，沒能謹慎行事。應該要讓大家好好看到這系列影片最精采的橋段，最後卻出了意外，實在是我的失職。我很心痛，也很崩潰，心想著也許再也無法出現在大家面前，讓我晚上都睡不好。

上星期我鼓起勇氣打開頻道，卻收到了意想不到的支持。我沒有更新，大家反而擔心我，並且深入調查我的遭遇，介紹了更多阿米哥加入我們。留言跟訂閱暴增，讓我忍不住渾身顫抖，心也暖了起來。如大家所知，阿米哥就是西班牙語「朋友」的意思。各位支持我、跟我一起戰鬥，就是我沉桑丘真正的朋友。

昨天我把地址傳給YouTube，現在等著他們寄銀色獎牌來。我甚至很後悔，早知道我能獲得銀色獎牌，就該早早辭掉工作來當YouTuber才對。我既開心、感激又後悔，也決心要用更好的內容來回饋大家，成為大家心中最好的十萬訂閱創作者沉桑丘，絕對不讓自己後悔。

濟州遠征隊見到唐吉叔之後，在他的巴拉塔里亞共和國住了一晚，聊了很多事情。元斌騎士跟爸爸敘了舊，大談他的發財夢。負責攝影的閔先生，則聊起了跟張編劇一起創作劇本的時期。我沉桑丘跟唐吉叔，回憶了十五年前在錄影帶店裡的對話。就像用倒帶機倒帶，把當年的我們拿出來重播。

我們還吃了很多東西。成了桑丘的唐吉叔，就像《唐吉訶德》裡的老饕桑丘，用各式各樣的濟州美食招待我們。有一種叫酒釀的發酵飲料、濟州的傳統點心、生蝦、海螺粥跟三線雞魚生魚片，都是我難以忘懷的美味。啊，也不能忘記漢拏山燒酒。我們在島上喝到很晚，隔天就靠一種叫豬胸骨湯的神奇醒酒湯平安度過宿醉。

沒想到我會先以口頭轉述來跟大家分享這些。雖然很想像個YouTube頻道，用影片來把那天的氣氛傳達給大家。但實在沒辦法，只能用我的煙嗓說給大家聽，真是可惜。

說到這裡，我想要整理一下過去三個月的冒險。

雖然我有許多不足，但幸好閔先生盡了自己該盡的責任，一有機會就記錄巴拉塔里亞的風景。他以專家的手法完成了後製作業，產出一部短短的影片。我想把《自由的巴拉塔里亞》這部短片送給各位阿米哥，我們濟州遠征隊也在此告一段落。我很快會帶著下一部影片回來，

阿迪歐斯，阿米哥（Adiós amigos／再見，朋友們）！

閔先生動用他畢生所學，剪出長度約三分鐘的《自由的巴拉塔里亞》，獲得了非常廣大的迴響。流暢的無人機操作跟精心的剪接，超水準的品質令人不敢相信這竟是YouTube影片。內容則是從我跟韓彬在濟州機場會合，一直到前往巴拉塔里亞的路程。畫面非常美麗，風力發電機出現時，他還把拉曼查的風車也剪進去，兩個畫面交錯，強調了與《唐吉訶德》的連結。

抵達巴拉塔里亞後，就是無人機真正發威的時候。無人機瞬間化身濟州上空的小鳥，俯瞰巴拉塔里亞的視角裡，我、韓彬跟唐吉叔都成了背景的一部分。蒙太奇的剪接手法，穿插了我們吃的各種美食，完美透過影片呈現當天的氣氛。真好奇他究竟是何時拍了這些。

最後一個畫面是從共和國中心，守護巴拉塔里亞的朴樹開始，鏡頭慢慢拉遠直到結束。搭配平靜又帶點節奏感的音樂，感覺就像看了一部抒情音樂錄影帶。這部「不是作品的作品」紅到YouTube之外的世界，成了濟洲旅行必去景點介紹影片，還大量被分享到部

落格、Instagram、Facebook。客人源源不絕湧入巴拉塔里亞，我彷彿能看見韓彬笑到合不攏嘴的模樣。

後來我變得非常忙。首先，在唐吉叔的請託之下，我把一整箱的《唐吉訶德》手抄本寄到濟州。可能是因爲我已經看完了手抄本，所以寄出的時候，總覺得好像要跟一個知心好友道別。爲了塡補那份空虛，我立刻到雞龍文庫買了《唐吉訶德》第一、二卷。

收到YouTube總公司寄來的銀色獎牌後，工作室也有了新擺設。現在還得規畫新內容，因此我開始思考合適的題材。

在閔先生的介紹之下，我認識了一位拍攝獨立電影的導演。他的作品即將上映，我邀請他來分享新作，以及跟錄影帶店有關的回憶。雖然反應不熱烈，但多少能爲韓國獨立電影帶來一些幫助，我覺得很欣慰。

然後我規畫了跟尚恩一起探訪大邱美食的新內容。但反應比預期還要差，因此只拍了三集就放棄了。如果想跟別人做一樣的東西，那主持人的風格或是節目拍攝的技巧就得有些變化，只是不管怎麼做好像都不對，所以不得不放棄。

想來想去，我決定訪問那些跟唐吉叔一樣不放棄夢想的人，但這也只拍了兩集就作罷。最關鍵的原因，還是因爲有人評論說這內容就像節目《生活的達人》跟《世上竟有這種事》的綜合版。我不會因爲毫無依據的批評和惡意留言就退縮，但這種一語中的的評論，我也不得不臣服。

「尋找唐吉訶德」這個主題本就很有吸引力，因此要找到能替代的題材實在不容易。訂閱人數像沙漏一樣逐漸減少，我的收入持續低迷，每一次把頻道現況整理到 Excel 檔案時，都忍不住嘆氣。

不知不覺，去濟州島見唐吉叔已經是兩個月前的事了。我回到最一開始的主題，專注發表書評跟介紹電影，卻還是擋不住頻道訂閱走下坡。阿米哥們經常會問唐吉叔何時要上節目，我則說這要看唐吉叔的決定，我也不清楚。當然，我多少也是希望唐吉叔看了影片之後，可以自己主動來找我。

如果唐吉叔願意來上節目，訂閱的觀眾肯定會有熱烈的迴響。要是能夠成爲固定嘉賓，說不定能再度帶起頻道的人氣；如果能跟唐吉叔一起回憶過去經營錄影帶店的事；如果能跟他一起閱讀討論《唐吉訶德》；如果唐吉叔去拜訪在「尋找唐吉訶德」當中出現的人；如果能邀請阿米哥來跟唐吉叔進行特別會面……光用想的就讓人期待萬分。但我也同時升起挫敗感，懷疑自己可能是一個沒有唐吉叔就無法成功的影片創作者？

唐吉叔必須待在巴拉塔里亞，他不能再繼續待在唐吉訶德錄影帶了。因爲他已經不是唐吉訶德，現在的他是桑丘。我一再提醒自己，像是要堅定決心。

韓彬打電話給我的時候，我正在讀一位經營獨立出版社的阿米哥寄給我的新書。因爲這是一本有點平淡的散文，要登上「本日推薦」似乎很勉強，所以我有些煩惱。就在這時，手機震動起來，我的心也跟著起了波瀾。難道是唐吉叔願意來拍節目了嗎？雖然不是他直接打電話給我，我卻覺得緊張，這是爲什麼？沒想到我竟然會因爲韓彬的電話而興奮，眞是做夢也沒想到。

我深吸了口氣，按下通話鍵。

「姊，我爸有跟妳聯絡嗎？」

不知是著急還是生氣，韓彬的聲音聽起來很慌亂。

「他應該不知道我的手機號碼吧，我們從來沒有傳過簡訊或通過電話。」

「眞是的！那他到底跑哪去了？妳眞的不知道嗎？他沒跑去大田找妳？」

「你在說什麼啊？我要是有見到他的話就會跟你說啊。」

「他不見了，神不知鬼不覺地消失了。」

「什麼？他難道不是暫時去了什麼地方嗎？」

「他已經兩天不見人影了，電話也打不通。現在是最多遊客的暑假期間，他到底是在幹麼啊？姊，妳眞的不知道嗎？不會是跟我爸串通了要去拍什麼吧？」

「喂！你說話小心點！還有，你難道都不擔心嗎？他是你爸耶！你去報警了嗎？」

「我不知道啦！他就是根本不聽我的話啊！」

「不聽話的人是你！到底是怎麼回事？你跟他吵架了嗎？」

「哪有吵……我只是碎唸了一下啦。就他最近都不管店裡的事，一天到晚跑去釣魚啊。客人都問桑丘叔叔在哪裡，想要來跟他拍照，但他人都不在，妳說我是不是該生氣？嗯？」

「我看不是一下，是大大唸了他一頓吧？」

「也不能說是沒有啦，畢竟我女友也有跟我抱怨了一些啊。不管了啦！總之，要是他跟妳聯絡，就趕快通知我。一定要喔！記得跟他說我已經有反省了。」

「這你該自己去講吧？爲什麼要讓別人來幫你轉達說你有反省？」

「煩耶！幫忙一下啦！拜託！妳知道我很尊敬妳吧？」

這傢伙，話一說完就像在逃命一樣，立刻把電話掛了。

唐吉叔消失了。

聽到韓彬這麼說的時候，我有那麼一瞬間，就那麼短暫的一瞬間，開始想像自己拿著相機再度開始尋找唐吉叔的畫面。但我不會這麼做。電視圈經常會把受歡迎的節目拿出來拍第二、第三季，但我不想在我的頻道做這種事。

除此之外，我倒是很擔心唐吉叔。其實我很想他，聽說他失蹤的消息我才明白，從濟州回來之後，我一直都很想他。即便他現在已經不是唐吉叔，而是桑丘叔。但對我來說，他永遠都是唐吉叔。只是他到底又跑哪去了呢？

第四部

太陽之國

40.
新版拉曼查小隊

韓彬來電告訴我唐吉叔離家出走的三星期之後，我收到唐吉叔從西班牙寄來的明信片。老天！難道他眞帶著黑豬肉醃火腿跑去西班牙了？在這個社群至上的網路時代，唐吉叔的明信片宛如古董一般。明信片正面是穿著披風、手裡拿劍的唐吉訶德銅像，背面則是熟悉的字體寫著：

拉曼查小隊最後的聚會
地點：故事誕生地的慶典上
指定服裝：韓服

Forsi altro centera con miglior plectio.

我快速解讀這段訊息。唐吉叔安排了拉曼查小隊的最後聚會，要我們去他寄出這張明信片的西班牙集合。那故事的誕生地是指哪裡？慶典又是什麼？我用「唐吉訶德」與「慶典」當關鍵字搜尋，只找到在日本參加完慶典之後，去逛雜貨店唐吉訶德的遊記。

只靠這幾句話，實在查不出唐吉叔說的慶典是什麼。我看了看明信片正面，難道是指在這座銅像所在地舉辦的慶典？可是上頭完全沒寫地名。

抱著抓住浮木的心情，我仔細觀察那尊瘦巴巴的唐吉訶德銅像，卻發現銅像跟過去戴頭盔、穿鎧甲、手拿長槍的唐吉訶德不同，這位是穿披風、一手拿劍，另一手不知抓著什麼……仔細一看，原來是羽毛筆。一瞬間我明白了，那尊銅像不是唐吉訶德。

是塞萬提斯！

我在搜尋欄位裡輸入「塞萬提斯」與「慶典」，結果顯示在十月九日塞萬提斯生日前後，他的出生地「埃納雷斯堡」會舉辦慶典。

明信片上的最後一行字，是我在唐吉叔手抄本裡看過的內容。**Forsi altro centera con miglior plectio.**「或許別人會以更好的方式來演唱。」這是《唐吉訶德》第一卷的最後一句話。

唐吉叔想爲自己的故事畫下句點，說不定正是因此，他才邀請拉曼查小隊到西班牙去。但除了叫我們穿韓服去之外，他沒說我們該以什麼方式、從怎樣的路徑前往目的地。看著這張明信片，我拚命思考。但坐在這裡空想也不是辦法。況且，也不想想我是誰？我可是跑遍全國，大小慶典都瞭若指掌的前電視節目製作人兼現任 YouTube 影片創作者。我瞬間燃起了堅定的意志與慾望，再度發揮搜尋能力，開始查找前往埃納雷斯堡的方法。

當天下午，一間旅行社打電話來，承辦人說張英壽先生購買了套裝行程，指定我爲領取人。這個行程是十月八日從仁川飛往馬德里的五張機票，以及三間埃納雷斯堡飯店的雙床房。聽到這消息，我就停下手邊的搜尋工作。沒想到唐吉叔如此慷慨細心，連我經濟上的困難都考慮到了。

掛上電話，我深吸一口氣，隨後坐正身子，盤點眼前狀況：唐吉叔給我一個任務，要在一個月後，帶著五名拉曼查小隊成員前往西班牙埃納雷斯堡！他是在邀請我們去完成那趟在釜山沒能畫下句點的旅程，也就是那場眞正屬於拉曼查小隊的最後冒險。

韓彬聽了劈頭就痛罵，吵著要我取消套裝行程，立刻把錢退給他，還一直抱怨他爸很不負責任，一聲不響就跑去西班牙。

「那西班牙你到底是去還是不去？」

「姊，妳瘋了嗎？我爸不在，做生意都很辛苦了耶！要不是萬不得已，我會跑去找山下的叔叔來假扮桑丘嗎？每天還要付那位大叔薪水，眞是快氣死我了！煩耶！」

韓彬「瘋了嗎」跟「煩耶」連發，我實在聽不下去，於是掛斷電話，接著打給下一個拉曼查小隊的成員。

聽完我的說明，大俊興奮地說「好」。他還說，他本來就想要研究西班牙吉拿棒，當作DJ's廚房的新菜色。

「那你會去吧？」我問。

「這個嘛……能去當然是好……但我也不太能隨便離開店裡……這是個很好的機會……可是店裡又不能沒有我……」

「好啦，我知道了。」

優柔寡斷的大俊似乎會說個沒完沒了，我打斷他並掛了電話。

我沒有聯絡成敏。

最後我打給思綸，她說她在連載中，別說是西班牙了，連離開家門都有困難。現在拉曼查小隊每個成員的狀況，都不適合出門冒險。該怎麼解決唐吉叔的任務？我一片茫然，只能用盡全身的力氣發洩我的灰心與焦躁——我在工作室裡咬著指甲，不斷來回踱步。我突然想到：

一、唐吉叔訂了五張來回機票。

二、他沒有指定成員。

領取套裝行程的人是我，陳率。也就是說，由我負責把同行者的資訊提供給旅行社。

我立刻停止踱步。

這不就代表，我可以指定成員？

「所以唐吉叔要招待我去西班牙？我真的可以參加這趟行程？」

閔先生驚訝地問道。

「你是以拉曼查小隊新成員的身分去，但到時你得幫忙做一件事。還有，時間允許的話，我也希望你能一起去。」

我跟閔先生說明他在西班牙的任務，然後靜靜等他回覆。他需要一點時間思考，畢竟前往西班牙可不比出門到家附近喝酒。終於，他開口了。

「我知道了，一起去吧。」

說不定唐吉叔是想幫我一把。被電視節目搶先公開巴拉塔里亞，他天天都在後悔，也一直在找補救的機會，而且一天到晚聽兒子發牢騷，他很想出去透透氣，就跑去西班牙了。接著他想到一個好點子，那就是透過小率的頻道公開拉曼查小隊的最後冒險。他心想，要趕快叫小率來。

我不自覺笑了出來。偏偏我剛好在這時抬頭，眼睛對上面前的鏡子。看著鏡中的自己，我像是大夢初醒。反正，攝影鬼才閔先生是這次西班牙之行當中，絕對不可或缺的必要人力兼核心成員，我來找他去絕對不是有什麼私心。

尚恩也毫不猶豫地爽快答應。她充滿鬥志，說要走訪西班牙咖啡廳文化，幫自己這間蚊子比客人多的店注入新鮮活力。取得思綸的同意之後，我任命尚恩爲拉曼查小隊新一代的杜爾西內亞。

不久後，韓彬跟我聯絡，他說他也得去一趟西班牙。我問他爲何改變心意，他的理由有夠彆腳，說是要去西班牙買一些唐吉訶德的東西回來放在巴拉塔里亞。這傢伙不說我也知道他在想什麼，肯定是要想盡辦法把他爸帶回韓國。

我決定再給大俊一次機會。我打給他，說拉曼查小隊的新成員和韓彬都加入了，希望剩下這張機票可以塡上他的名字。幾天後，大俊雀躍地告訴我，說他取得了太太的同意。我也興奮地說，眞高興他能跟我們同行。

新一代的拉曼查小隊於是誕生。

在跟閔先生準備接下來的冒險與拍攝工作的同時，我的心又再度充滿活力。

41.
仁川→馬德里

從仁川直飛馬德里的班機於上午十一點起飛。在唐吉叔送來機票的一個月又兩天之後，我朝著目的地前進。

喜歡靠窗的我，在飛行途中幾乎沒喝飲料，因爲我超討厭爲了跑廁所而麻煩鄰座。我頭靠著窗，動也不動地看著窗外景色，欣賞洶湧如波浪的綿延山脈。出現廣袤黃褐色大地時，便猜猜哪裡是戈壁沙漠，哪裡又是塔克拉瑪干沙漠。飛行時間越長、高度越高，我就越開心，甚至幻想在通過人跡罕至的地方，我能背著愛心形狀的降落傘跳下去。

我的隔壁是尙恩。她一直拿著平板電腦，查看馬德里的咖啡廳與餐廳情報。她剛才還熱情地介紹，有一種叫「告爾多」的咖啡，是在義式濃縮咖啡裡加入少量牛奶，並約我到時一起喝喝看。但……我眞不曉得時間夠不夠，實在不敢爽快答應。

尙恩的旁邊是韓彬，他戴著耳機不停按著眼前的螢幕。這傢伙眞是散漫到不行。他聽說馬德里近郊的托雷多很適合買紀念品，打算就算沒人陪也要自己去一趟。對他跟他女友來說，巴拉塔里亞不過是拿來賣咖啡跟鬆餅的店而已。什麼夢想與希望、正義與自由都是他爸在搞的東西。對他們來說，最重要的就是如何大大提高收益。

大俊隔著一條走道坐在另一側，他憋屈地塞在窄小座位上讀著旅遊書。身材很有份量的大俊加入之後，讓我對這趟充滿不確定性的旅程，感覺踏實不少。大俊以調查吉拿棒等西班牙點心爲由說服老婆，強調這趟旅程的目的是要開發新菜色。其實這麼短的旅程，哪有可能開發出什麼新菜色？不過，大俊的老婆心思細膩，很願意睜隻眼閉隻眼，讓老公完成這趟友情之旅。我內心對她充滿了感激。

大俊旁邊是閔柱英先生。再說一次，我絕不是因爲個人私心或有任何其他意圖才拉他加入。他的攝影跟剪接能力都很出色，也深入理解唐吉叔的故事，非常適合擔任拍攝拉曼查小隊最後冒險的工作。他身穿工作褲與黑色短袖 T 恤，像極了幕後工作人員。此刻的他不知在手冊上寫些什麼，那張側臉看起來眞不錯。他稜角分明的下巴有著稀疏的鬍子，更顯出他不修邊幅與率性自由的氣質。以這次西班牙旅行爲契機，他索性辭去宅配司機的工作。我問他之後要做什麼？他說希望在旅程的最後能找到答案，同時還不忘露出他那從容的招牌微笑。

飛機預計在下午六點抵達馬德里。經過十二小時的飛行，迎接我們的不是漆黑的夜晚，而是明亮的白天。根據我調查，十月初的馬德里直到下午六點天都還是亮的。

等飛機降落之後，我們就要立刻租車前往位於馬德里東北方的城市——埃納雷斯堡。埃納雷斯堡市有世上最古老的大學之一。市區也被聯合國教科文組織指定爲世界文化遺產，是最能代表西班牙的作家誕生的地方。爲了紀念那位作家，每年都會在他生日，也就是十月九號這天前後舉辦慶典。

我在準備這趟旅程的時候，曾讀過參與這場慶典的觀光客遊記。網頁每往下捲一次，我就忍不住驚呼一聲。因爲慶典市集的每個攤位，都擺滿了豐盛的食物。塞萬提斯出生的地方，現在成了博物館。廣場上的市集與遊樂器材都擠滿了人，劇場裡有市民們也能參與的《唐吉訶德》朗讀活動。慶典的高潮是《唐吉訶德》裡的角色搭配著歌舞在城市裡遊行。

唐吉叔爲什麼會知道這個慶典？他怎麼有辦法立刻適應異國，一口氣融入別人的世界？難道他上輩子是西班牙人？說不定他在抄寫《唐吉訶德》時，已經被徹底同化成西班牙人了。

飛機即將著陸，機長開始機上廣播。

42.
塞萬提斯之城

馬德里的巴拉哈斯機場出口處，擠滿了韓國人跟當地人要來迎接搭乘大韓航空抵達的乘客。我們每個人都拖著笨重的行李箱，像軍人行軍一樣，整整齊齊地往租車的地方走。背著背包的閔先生，是我們之中唯一沒拖行李的人。他用空出來的雙手拿著相機，忙碌地前後走動，完成我交付他的拍攝任務。

我們把行李放上六人座ＳＵＶ大車，並依照事先講好的，由大俊負責駕駛。

「其實我從以前就一直很想當『羅西南多』，不覺得這名字很帥嗎？」

繫上安全帶後，大俊說。

我坐到副駕駛座，把目的地輸入導航。終於要出發了。

離開機場，在可能是高速公路的道路上所見的西班牙風景，既陌生又熟悉。烈日照耀金黃大地，每隔一段距離出現幾棟集合住宅，那外觀就像我們家住的公寓跟老舊華廈的混合物。高速公路旁的防護牆，每隔一段就出現花俏的塗鴉，更增添了異國風情。每一次有韓國車從我們旁邊開過，我就像遇到同胞一樣驚喜。

機場位於馬德里與埃納雷斯堡之間，也就是從機場出發，比從馬德里過去要近得多。也因此，我們才只開三十分鐘就進入了這座城市。

大俊是很好的駕駛，即使在陌生國度開著陌生的車，他仍駕輕就熟地帶我們抵達目的地。看看時間，才剛過晚上七點，豔陽依舊高掛，眞不愧是太陽之國。

「現在到底幾點？天怎麼還這麼亮？」

在車上小睡了一下的韓彬抱怨。

「大家把墨鏡拿出來。旅遊書上說，來西班牙另一半可以忘了帶，但墨鏡一定要戴。」

下了車，站在唐吉叔幫忙預訂的「帕拉多」（parador）旅館正門口，我們簡直看呆了。帕拉多是國營旅館，專門開設在西班牙歷史建築、古城或教堂裡，是以古色古香與美麗的裝潢而聞名。這座城的帕拉多旅館也印證了這點，果眞名不虛傳。

辦理完入住手續後，我發給大家房卡，並商量好先回房整理行李，然後再去慶典會場找唐吉叔。

尙恩跟我一起進入我們的雙床房。這房間超乎預期的大，裡頭擺滿了現代感十足的深褐色家具，完全正中我的喜好。進入浴室的尙恩突然大叫，我衝進去看，發現玻璃窗下有個不規則的白色浴缸，擺放角度非常巧妙，只有站在浴室裡能看見，從外頭完全看不到這個浴缸的存在。

「姊，謝謝妳帶我來。眞的。妳說是冒險，我還以爲會很克難，沒想到如此豪華。」尙恩感激地說。

「在《唐吉訶德》裡，唐吉訶德跟桑丘也是在完成艱苦旅程，遇見公爵夫婦之後享受了奢華的待遇。現在故事就是進行到這裡。尙恩啊，妳眞的很好運。」

我開玩笑地摸了摸尚恩的頭，回到房間裡，一頭倒在鬆軟的床上。搭了十二小時的飛機，身體疲憊到彷彿一躺下就會立刻睡著。但我得在眼皮徹底投降之前趕緊找到唐吉叔才行。我馬上在群組裡留言，要大家十分鐘後大廳集合。

換上輕便服裝的我們在大廳集合後，立刻前往廣場。老天，慶典已經開始了。穿西班牙傳統服飾的商人們，早已擺好攤位開始攬客，出來享受慶典的人潮絡繹不絕，大家都興致勃勃地瀏覽路邊商品。

看到廣場中央矗立的銅像，我忍不住驚嘆。那就是唐吉叔明信片上的塞萬提斯銅像，他手握一把刀，正低頭看著自己的後代。我張大嘴仰望銅像的模樣，閔先生全拍了下來。

本打算移動到下個地點，韓彬卻不見人影。我們在人潮裡四處尋找韓彬，最後在廣場盡頭一個類似中世紀鐵匠鋪的地方找到了他。用廢鐵拼成的龍、騎士的鎧甲、影集《冰與火之歌：權力遊戲》裡面才會出現的刀、槍、盾牌等，大把大把地陳列在店裡。

「感覺這個可以掛在巴拉塔里亞的朴樹旁邊。」韓彬摸著廢鐵龍說。

「可是你要怎麼帶走？」

「可以宅配吧？」

「擺在院子裡感覺會在網路上爆紅。」

男生一看到這東西就瞬間退化成小學生，你來我往地講起一些沒建設性的廢話。

「有必要把這種古董帶回巴拉塔里亞嗎？你還不了解濟州的海風嗎？半年後肯定就生鏽了。」

大家點頭，也同意我的意見，便離開了這間古董店。

回到擠滿攤販的廣場後，我們往塞萬提斯市場前進。市場入口處有許多攤販，在無數的美食與商品誘惑之下，大夥的腳步又慢了下來。每一次有誰停下腳步，我都會提醒，現在最重要的是找到唐吉叔。

令人感激的是，閔先生始終不忘走在最前面進行他的拍攝。我則將注意力擺在人潮上，希望從中找出唐吉叔的身影。神奇的是，我覺得這裡的人都像《唐吉訶德》裡的登場人物：高聳鼻梁的女人，就跟塞萬提斯一樣也同是猶太裔西班牙人；身材壯碩又多毛的男人，像極了巴斯克地區的武士；跟我們同樣有著褐色瞳孔的年輕男人，很像拉曼查平原上那些天真牧童；而搭肩逛街的古銅色肌膚情侶則像是摩爾人的後裔。

穿越人群讓我們沒有餘力注意其他的事，但這時一個長長的排隊隊伍出現，那方向正是塞萬提斯故居。在唐吉訶德與桑丘銅像所在的長椅邊，人們排隊等著跟銅像拍照。但是，另一邊還有一排隊伍。我憑著直覺向閔先生使了個眼色，接著趕緊往那裡走去。

「啊……」

隊伍的盡頭是一間餐廳，我們在露天座位區，發現了穿白色長衫、戴著紗帽、腰上插著一把刀，手裡拿著毛筆的唐吉叔。他正低著頭，用毛筆不知在為人們寫著什麼。

「唐吉叔！」

聽到我大喊，唐吉叔抬起頭來。紗帽下的那張臉留著長度適中的鬍子，一個彷彿在朝鮮時代捕盜廳服務的男人，對我露出了爽朗的微笑。

跟我在錄影帶店裡看到的一模一樣，是屬於唐吉訶德的微笑，也像是在巴拉塔里亞遇見的桑丘的笑容。

「小卒，妳來啦！」

我衝到唐吉叔面前。

43.

¡Vamos!

（我們走吧）

「叔叔，你怎麼穿成這樣？為什麼要戴紗帽？刀又是從哪來的？」

「因為我聽說塞萬提斯是個文武兼備的男人啊。刀是在托雷多買的，紗帽是塞在行李箱裡帶來，所以有點皺了，不過應該還挺像個樣子的吧？等等，其他人呢？哦，大家都來啦！」

韓彬跟大俊這時才來到唐吉叔面前。尙恩似乎有點害羞，站在他們後面，遠遠向唐吉叔點了個頭問好。

「哇！叔叔，好久不見了！」大俊大喊。

「你準備的還眞是齊全啊。丟下好好的店自己一個人跑來這裡，開心嗎？」韓彬抱怨。

「您好，我是這次的杜爾西內亞，鄭尙恩，在原本唐吉訶德錄影帶店的一樓開咖啡廳。」

「哎呀，很高興認識妳，謝謝妳來。」唐吉叔對尙恩揮手。

「你們等我一下，我把這裡的事情做完。這麼受歡迎眞是讓人困擾，都沒有休息的時間了，哈哈。」

唐吉叔指著一旁排隊的人潮，並要等在一旁的人上前。

一名當地女子上前，唐吉叔詢問她名字，並用毛筆在她帶來的東西上以韓文寫下她名字，最後再蓋一個刻有「塞萬提斯」的韓文印章。她很自然地拿起自己的東西站到唐吉叔旁，我這時才看清楚她手上拿的東西。

那是唐吉叔《唐吉訶德》手抄筆記的其中一本。

這名當地女子的友人拿相機幫他倆拍照，唐吉叔對拿著手抄筆記的女子表達謝意，並大聲說，「Muchas gracias（非常感謝）！」

我一看桌上還堆了好幾十本《唐吉訶德》手抄筆記，一旁則立了一個牌子寫著：

DON QUIXOTE written in Corean：FREE!!（韓文版唐吉訶德：免費領取！）

唐吉叔竟把自己花費大把時間精力翻譯的《唐吉訶德》，分送給西班牙人。看到他這麼做，我莫名有些難過。唐吉叔非常投入其中，像是他耗費龐大心力做這一切，就是爲了把手抄本送出去。他認眞在手抄本上用韓文寫下每一個西班牙人的名字，然後用最開朗的表情跟他們一起拍照，努力融入慶典。

「爸，你都不收錢嗎？每本收十歐元也可以賺很多耶！」韓彬又開始講錢的事了。

「叔叔好受歡迎喔，我們明天穿韓服來也會這麼受歡迎嗎？」大俊有些洩氣地說。

「但看他這個模樣，好像眞的有韓國塞萬提斯的感覺耶。」尙恩拿出手機，一邊拍唐吉叔一邊說。

唐吉叔又變身了。扮演唐吉訶德跟桑丘似乎還不滿足，他這下又成了創作故事的人。看著把《唐吉訶德》翻譯成韓文的唐吉叔，被當地人看成是韓國塞萬提斯的光景，我不禁佩服起他來。

唐吉叔是否已完成了屬於他自己的故事，如今正在把這個故事分送給大家？

直到手抄本分送完畢，人群才逐漸散去。唐吉叔問我們餓不餓，然後指了指後面的餐廳：

「Hola! Buenas!（哈囉，你好！）」

走進店裡，唐吉叔豪爽地大聲問候，店員也開心上前迎接。他似乎跟這間餐廳很熟，或許正是因此他選在這邊的露天座位辦活動。

我們併了兩張桌子坐下，唐吉叔根本沒看菜單，就用英文點了好多菜。他雖然是用英文講，但菜名都是西班牙語，所以我完全猜不出他點了什麼。餐前麵包籃很快上桌，每個人也分到一個玻璃杯，接著裝在冰桶的香檳上了桌。

「爸！香檳不是很貴嗎？」

「不，這叫『卡瓦』（Cava），是西班牙的氣泡酒，不會很貴。晚上睡前喝一杯剛剛好。」

服務生開了酒，先替尚恩倒了一杯。尚恩拿起杯子湊近一聞，然後裝模作樣地喝了一小口。

「好好喝！不會很甜，很開胃。」

尚恩清脆的聲音配上開朗的表情，讓所有人都笑了。

很快的，大家的杯子裡都有了酒。

似乎是注意到閔先生正在拍攝，唐吉叔舉杯後清了清喉嚨，然後再一一掃視我們，原本正在撕麵包的大俊也停下了動作。

「很好，拉曼查小隊又重新聚首了。本以爲沒辦法再跟大家一起冒險……很謝謝你們來。大家都是第一次來西班牙吧？我也是。來了之後我才明白，過去三十年來，我的心一直都在這片土地上。」

唐吉叔這番話實在說得太眞摯，我們都不自覺專注了起來。閔先生拿著相機起身，往唐吉叔走近了一些。

「明天是塞萬提斯的生日。我們也會穿上韓服，加入遊行的行列，成爲其中的一分子，讓大家看看來自韓國的拉曼查小隊有多棒。」

話說完，唐吉叔便舉杯高喊：

「¡Vamos!（我們走吧！）」

大家也跟著唐吉叔喊。

「這句話是西班牙語的『我們走吧』，類似韓語的『加油！』。來，大家一起……巴穆斯（¡Vamos!）！」

跟著唐吉叔喊完，我們也互相碰杯喝酒。這個叫卡瓦的酒，口感眞是清爽俐落，就像喝下非常美味的消化飲料，胃非常舒服，再多喝一口，甚至就開始打起小小的嗝。配一口剛上桌的起司丁，再啜一口酒，眞是絕佳的組合。

接著上的是馬鈴薯烘蛋、鹹鱈魚、辣茄醬馬鈴薯、伊比利火腿、西班牙香腸和西班牙血腸[1]等菜色，譜出一場美食的饗宴。吃著西班牙的食物，感覺自己好像眞的回到小時候，回到參觀完公山城去吃公州湯飯、在海雲臺踩完水之後去吃小麥麵的時光。

唐吉叔又像是當年的錄影帶店大叔，對我們十分照顧，逐一介紹每一道料理。這時，我才終於明白他找我們來的原因。

《唐吉訶德》裡，不光只有唐吉訶德跟桑丘兩個人，還有馬兒羅西南多、杜爾西內亞女士、牧童與旅館老闆，以及理髮師、新娘、女僕與公爵夫人。在這個宏偉的故事裡有許多人與美食，唐吉叔是全心去擁抱這故事，甚至還化身成爲寫出故事的塞萬提斯。

原來，唐吉叔的故事還沒結束。

1 原書註：依序分別是——用雞蛋、馬鈴薯煎成的厚實西班牙式蛋捲；鱈魚料理；搭配布拉瓦醬（Brava Sauce）製成的馬鈴薯料理；將豬後腿大塊部位切下，用鹽醃漬、乾燥、熟成的西班牙經典生火腿；加入辣椒等食材的西班牙式半乾燥香腸；加入動物的血、洋蔥、香料和米等製成的血腸。

44.
冒險與友情的遊行

尚恩嚷著說帕拉多旅館的早餐一定要吃，一直纏著我一起去吃，無奈之下我只好早早起床。早餐是自助式，尚恩不斷到處走動、拍照、記錄，我一邊讚嘆著她的職業精神，一邊慵懶地享用西班牙式咖啡牛奶。其他人似乎還在睡，都不見人影。

吃完早餐，我跟尚恩去散步，卻收到韓彬傳的群組訊息，說要我們穿上韓服，十一點到唐吉叔房間集合。回飯店後，我們輪流梳洗完畢，拿出小心翼翼收在行李箱裡的韓服換上，前往唐吉叔房間集合。敲敲門入內一看，我們都嚇了一跳，因爲眼前是戴著橡膠製巨大馬面具的大俊。

「別怕，我是羅西南多大俊。」

穿著古銅色韓服，身材非常壯碩的大俊戴上馬面具，既詭異又有些好笑。

唐吉叔穿著昨天那襲白色長衫坐在房間中央，另外還有穿著淡綠色韓服的閔先生、穿著橘色濟州葛衣的韓彬在等我們。

「哇，太酷了！」

「眞的很酷，妳們兩個穿的也太華麗了吧？」

我們身上的韓服讓所有人都大爲驚嘆。只有韓彬挖苦我說：「小姀這樣看起來變得好大隻。」尚恩穿著黃色短上衣配紅裙子，讓人聯想到西班牙國旗。她看起來很漂亮，但穿著粉紅短上衣配天藍色裙子的我也不差。我隱約有些期待，不知道穿這套衣服去參加遊行的我們，在鏡頭下會是什麼樣子。

「Que bueno!（眞好看！）」

唐吉叔站起身來，用西班牙語稱讚。

「這句話是很好的意思。好，既然大家都到了，就來打扮一下吧。」

唐吉叔走到床邊，打開行李箱拉鍊。那是韓彬的行李箱。出發時我還在想，不過是四天三夜的行程，他爲何帶了一個像要移民的大箱子？這下謎底終於揭曉。

唐吉叔跟韓彬一起把行李箱打開。

老天，裡面放滿了各種配件，簡直是民俗村的道具倉庫。有綁著紅色盔纓的大頭盔、鑲滿青色鱗片的厚重鎧甲、假髮、鬍鬚、葫蘆瓶、小荷包袋、斗笠、扇子等。

「這些是什麼啊？」我問。難道這些都是韓彬準備的嗎？不會吧？

「還會是什麼？就是我們要用的東西啊。」

韓彬挑出一頂假髮戴在頭上，對我咧嘴一笑。唐吉叔也拿起頭盔遞給我，那通常是歷史劇裡將軍戴的頭盔。見我有些訝異，唐吉叔便動手替我戴上。

大小尺寸完全合適的帽子穩穩戴在我頭上。我有些尷尬地伸手摸了摸，又碰一下繫在頭盔尖端的盔纓。

「姊，這帽子超適合妳的。」尚恩說。

戴著馬頭面具的大俊也對我豎起大拇指。我有些困惑，搞不清楚現在的狀況，也不知道該做些什麼，下意識回頭看了閔先生一眼。只見他那張稜角分明的臉朝下點了點，並靠上前來把相機的畫面拿給我看。

相機螢幕上是戴著頭盔的我，可能是因爲個子高的關係，頭盔非常合適，我看起來很威風。

我望一眼唐吉叔。不知何時戴上斗笠的他看著我，露出欣慰的笑容。

「今天的遊行，小率就是唐吉訶德，妳要戴頭盔、拿長槍。」

「叔、叔叔，這也太突然了……」

「別怕，我這個塞萬提斯會在旁邊陪妳。」

這時韓彬上前來，把一個東西塞到我手裡，也不知他何時組好了塑膠長槍。已經戴好假髮與斗笠、裝上假鬍鬚的他，還趾高氣昂地扯了扯嘴角。

「怎麼樣？我像不像桑丘？過去一年，我都一直在服侍妳，所以我當然是桑丘囉。」

這時，我腦海中所有的拼圖才終於湊在一起。唐吉叔跟韓彬互看了一眼，然後大笑出來。

「……這全是你計畫的嗎？你跟叔叔一起計畫的？」

「唉唷，眞是的，陳率小姐，妳未免也太遲鈍了？現在才發現喔？我說我爸離家出走的時候，妳就應該要立刻猜到啦。我爸是先來準備，我在後面負責把這些東西帶來。怎麼樣？我們不是要幫唐吉訶德錄影帶頻道再創高峰嗎？妳要先成功，巴拉塔里亞也才能分一杯羹啊！」

我不禁流下了淚。眞不敢相信，韓彬跟唐吉叔竟爲我策畫了這些。尙恩遞上手帕，韓彬則是更加驕傲地挺起胸膛，大俊跟閔先生在旁露出淺淺微笑看著我。至於我，既驚喜又尷尬、既羞愧又感動，渾身也止不住地顫抖。

我跑回我跟尙恩的房間，站在全身鏡前，嘴巴張得老大。

眞的好大，我頭盔頂上有一根三叉戟造型的盔槍，讓我顯得更高大。雖然我不喜歡自己這麼大隻，但可喜的是，這頂頭盔眞的很酷。紅色盔槍裝飾與青色頭盔形成絕妙搭配，金色帽簷與護額也氣派十足。

盔甲的紅底金飾十分華麗，雙肩雕有小小的龍，讓我寬大的肩膀看起來更寬。胸口貼滿了羅紋材質的褐色與青色鱗片，讓盔甲看起來更堅固。戴上頭盔的這張臉，相當精明幹練，向來不足的自信也大大增加。但這眞的是唐吉訶德嗎？是我一直嚮往的那個唐吉訶德嗎？

這時，我在鏡中看到在我身後的尙恩露出笑容。

我轉過身去，她迫不及待地拿起手機拍我。喀嚓、喀嚓、喀嚓，接連拍了十幾張，然後讓我看畫面。

「看起來會不會太大隻？沒關係嗎？」

「姊，妳酷斃了，一定要穿！」

「妳……眞的是杜爾西內亞，給了我勇氣。」

我調皮地在尚恩面前單膝跪下，恭恭敬敬低下了頭。尚恩噗哧一笑，接著被我認真的態度感染，便拿起道具扇子，像是在祝福騎士一般，輕輕拍了我的肩膀幾下。

我們在帕拉多旅館大廳集合，櫃檯的員工很新奇地看著我們交頭接耳，還不時能聽到驚呼聲。戴紗帽、穿長衫的塞萬提斯自然是不在話下，戴著馬面具的大俊也可以說就是羅西南多。尚恩本身就很可愛亮眼，韓彬則毫無疑問就是桑丘的樣子。他像是被角色附身一般，挺個肚子大搖大擺走著，不時還拿起葫蘆來模仿喝酒的動作。我知道他是爲了鼓勵我而這麼誇張，但我卻是更加緊張了。

我鼓起勇氣，舉起手中長槍，所有人一時間都看向我。

「我們走吧！」

我高喊一聲，便帶頭走出帕拉多旅館。在門口等待的閔先生，一看到我們出來便立刻拿起手持攝影機。

快到廣場時，群眾看到我們一行人立刻有了反應。大家很快把我們當成是作品裡的角色，並爲我們的服裝與道具而驚嘆。我們也有模有樣地演起韓國版唐吉訶德與他的夥伴。最重要的是，我華麗的盔甲與頭盔引來路人爭相討論。大家紛紛湊上前，也不管認不認識我，都搶著跟我拍照。我像是被粉絲包圍的藝人，唐吉叔、尚恩、韓彬與大俊也都立刻被想拍照的群眾圍住。

不知過了多久，我們聽見輕快宏亮的音樂聲。回頭一看，發現是樂隊在廣場四周演奏。樂手們不分男女，都穿著白上衣、黑背心與黑色寬褲，一邊行進一邊演奏。長笛、小提琴、小喇叭、八弦琴、小鼓與響板的合奏，吸引人群聚攏過來。

慶典正式開始。

樂隊熟練地引導人潮往市場方向前進。我們像是著了迷一樣跟在後面，加入等待出發的遊行隊伍。

然後我們看見遊行隊伍最前端，是穿著銀盔甲、戴頭盔的唐吉訶德，他手拿長槍與盾，面無表情地騎在一匹白馬上。那因高溫而泛紅的疲憊神色與纖瘦身材，活像是從書裡走出來的唐吉訶德。不同於像是被迫來遊行，一臉不情願的唐吉訶德，一旁牽著灰驢子的桑丘，就跟小說描述的一樣矮小肥胖，他戴著斗笠和像是棒球手套的皮袋，邊喝著袋子裡的酒，邊替大家拍照。

兩人身後浩浩蕩蕩的隊伍，同樣令人大開眼界。一名阿拉伯裔男子打扮成魔術師，還讓鸚鵡站他肩上；有個身高約有兩公尺的壯碩光頭巨人；還有包頭巾的男子在肩上盤了一條蛇；裸上身的雜耍藝人控制巨大圓形輪環，隨著隊伍滾動前進，場面實在精采極了。

閔先生提議我們從隊伍的最前方往後走，一邊跟遊行的人打招呼，這樣拍起來應該會是不錯的畫面。於是唐吉叔便二話不說帶著我到最前頭去，找這座城市的唐吉訶德。

我站在白馬面前，伸出自己的長槍。那名一臉疲態、垂垂老矣的唐吉訶德，一看到我便立刻換上嚴肅的神情。他低頭看了看我，並以自己的槍與我的槍互碰。那表情像是在說，他願意與我決鬥。我與他對看了一下，交換了一個眼神之後，便收回了自己的槍。

韓彬拿起自己的葫蘆瓶，跟那位桑丘的皮袋碰了一下表示乾杯。我逆向往隊伍的後頭走時，一一跟遊行的參與者打招呼。魔術師給我一個迷人的笑容；光頭巨人不停左右抖動胸肌；肩上盤了條蛇的男子則露出雪白牙齒，還把蛇湊近我們面前；至於在圓形滾輪裡的雜耍藝人，一面努力維持重心，一面試著伸手來與我們碰拳。我極力避免去看他只穿著一條貼身三角褲的身體，趕忙伸出拳頭與他相碰。

這時，有人拉了我的頭盔，把我嚇得尖叫了一聲，抬頭往上看，發現是一棵高度相當於兩個成年人的綠色大樹，正伸出像手一樣的樹枝抓我的頭盔。那儼然是《魔戒》裡的樹人正打算對我們一行人伸手，要跟我們擊掌。

接著我們又遇到許多戴著動物、怪物頭套的遊行群眾，我們開心地互相擁抱。這座城的居民不分你我，都很歡迎我們這幾個外國人重新詮釋他們祖先作品裡的角色，加入遊行的隊伍。

最後，我們來到合唱團前。披著褐色披肩、穿傳統服飾的合唱團，退了兩步把空間讓出來。我們點了個頭表達感謝，便加入遊行隊伍了。

音樂聲漸漸來到高潮。慶典當中的所有人，都開心合唱。樂聲在不知不覺間停止，很快又恢復演奏，遊行終於要正式展開。

「前——進。」

移動步伐，唐吉叔高喊：

「前——進。」

唐吉叔再一次高喊，我這時才發現他是在唱歌。

「我們要前——進。」

唐吉叔在我身後，扯開嗓門大唱〈前進〉[1]。雜耍藝人操控滾輪緩緩向前，男人肩上的蛇像是暈了過去，魔術師肩上的鸚鵡也不知飛哪去，更前面在馬上的唐吉訶德打著瞌睡，桑丘則是喝醉了，腳步踉踉蹌蹌。看來即便樂團不演奏了，唐吉叔也要繼續放聲高唱〈前進〉，繼續前進。

我跟唐吉叔並肩走著，高高舉起手中的長槍。

塞萬提斯市場因為來自韓國的塞萬提斯與唐吉訶德而變得不一樣了。相信《唐吉訶德》的群眾讓遊行變得無比精采。今天在埃雷納斯堡的所有人，都是《唐吉訶德》裡的每一個字、每一句話、每一個角色、每一個背景。這一切都渾然天成，彷彿是四百年前出生在這座城的天才作家早已精心策畫好了。

遊行會結束，但我們會繼續前進，進入故事裡、進入古老作品的書頁裡，就跟過去拉曼查小隊的夥伴們一樣。

在夜幕降臨前，我們朝馬德里前進。

1　原書註：《野菊花輯一》第一首歌，一九八五年發行。

45.
馬德之家

位在馬德里市區北邊，由韓國人經營的民宿「馬德之家」，感覺溫馨又親切。說好聽點是這樣，要是說難聽點，那就是既狹窄又簡樸。每個家庭房都放了上下鋪，但是爲了賺錢，也只能這樣。

老闆是一名留著長髮的中年男子，跟唐吉叔看起來很要好。這是因爲唐吉叔一到西班牙，就立刻入住這間民宿，老闆也跟他分享了所有西班牙生活的情報。

「我是馬德里的唐吉訶德老闆，然後他一來就自稱是塞萬提斯。故事主角碰上作者，我只好認輸，更何況他年紀也比我大，哈哈。」

親切的老闆話匣子大開，說他因爲喜歡西班牙，已經來這裡十二年，住在馬德里七年了。我們跟他問候完，就分別回到女生房跟男生房，唐吉叔則被老闆拉往客廳的餐桌去聊天。

聽說男生房已有兩名旅客，我跟尙恩則是幸運地獨占女生房，都可以睡雙層床的下鋪。進房後，我們便拿著衣服準備去梳洗。尙恩提到，明天上午要去做咖啡廳巡禮，下午則一定要去一趟普拉多博物館。我們這趟的拍攝工作，就以塞萬提斯慶典的遊行畫下句點，明天將是完整的自由時間。

我一邊梳洗一邊想，西班牙除了塞萬提斯和唐吉訶德之外，還有很多觀光資源，也有生火腿、西班牙蒜蝦、紅酒和啤酒等美食，此外，還有教堂跟清眞寺共存，以及佛朗明哥舞跟鬥牛舞等精采表演；藝術方面也有高第、畢卡索、哥雅與達利等大師可看。至於，代表國家兩大城市的足球隊——FC巴塞隆納與皇家馬德里之間號稱「西班牙德比」的經典大戰，是連我這個沒在看足球的人都知道的超級比賽。

但是，明天我要去哪才好？其他成員都興奮地在安排行程，而專注於拍影片的我跟閔先生，卻始終無法決定該做什麼。

洗好出來，發現韓彬跟大俊因爲肚子餓，正在煮民宿提供的免費泡麵。唐吉叔、老闆跟閔先生坐在桌旁喝紅酒配洋芋片。一看到我，唐吉叔立刻招手要我坐下，並把尚恩也叫出來。

我們圍著桌子坐成一圈。

「我知道明天大家都很忙，有很多想去的地方，也有很多想吃的東西。」

「爸，我絕對不會放棄自由時間喔。」

韓彬立刻發難，唐吉叔舉起手要他安靜，溫柔地看了我們每人一眼。

「所以啊，明天我打算去一趟塞維亞，當日來回。塞維亞是安達魯西亞地區的主要城市，也是塔帕斯文化跟佛朗明哥舞的發源地。有非常雄偉的大教堂、廣場，還有拍攝《冰與火之歌：權力遊戲》影集的塞維亞王宮，同時也是眞正孕育《唐吉訶德》這部作品的地方。怎麼樣？我打算一大早出發，晚上回來。有誰要一起去？」

「去那裡要多久啊？」尚恩問。

「搭高鐵大概三小時。」民宿老闆迫不及待地回答。

「天啊，來回要六小時耶。我要去普拉多博物館，就先不去了。」尚恩立刻放棄。

「爸，我早上就跟你說我要去托雷多了。我要是沒到托雷多買些裝飾品回去，書允會生氣的。」韓彬拒絕。

「嗯……好，那你們兩個就不去。大俊如果想鑽研料理，去塞維亞應該很不錯喔。」

雖然唐吉叔這麼說，但大俊似乎有些遲疑。

「叔叔，其實我晚上要去看足……足球。剛好明天有皇家馬德里的比賽，我在韓國已經先買好票了。」

「什麼？」唐吉叔大吃一驚。

「欸，足球明星C羅都離開皇家馬德里了，有什麼好看呢。除了當過三次世界足球先生的教練席丹很有名，其他人都普普通通。」老闆補充。

「但我都來西班牙了，還是很想看一下皇家馬德里的比賽。」大俊笑著拒絕。

「我也要去皇家馬德里的主場伯納烏球場……我訂了明天比賽的票。」閔先生像在告解一樣小聲說。

「咦？」

這次換我忍不住驚呼了一聲。本以爲閔先生會跟我一起去玩，沒想到他跟大俊一樣都是足球迷。仔細觀察才發現，他們好像都知道對方買了球賽門票。韓彬吵吵鬧鬧地說，他也要立刻買票，跟他們兩個一起去。我只能無奈苦笑。

「哎呀，你們這些傢伙，這趟是拉曼查小隊的最後冒險耶，竟然把皇家馬德里看得比《唐吉訶德》更重要?!好，小琗，妳會跟我一起去吧？」

唐吉叔抱著最後一線希望看向我。我只好舉起一隻手投降，唐吉叔開心地跟我擊掌。

「叔叔，我們明天逛不完整個塞維亞吧？孕育《唐吉訶德》的地方到底是哪裡呢？」

「監獄。」

「什麼？」

「就是塞萬提斯被關的監獄，我很想去那裡看看。」

這話讓在座所有人都笑了。居然是監獄？塞維亞有這麼多厲害的觀光景點，唐吉叔竟然要去監獄？韓彬大笑著說：「姊，祝妳監獄之旅愉快喔。」在我銳利的目光下，大俊跟閔先生都不敢造次，韓彬則趕緊摀著嘴把頭別開。尚恩小小聲說：「姊，快逃啊。」

即便如此，唐吉叔仍然認真地說，很久以前他讀過一篇文章，說塞維亞的一間銀行過去是關過塞萬提斯的監獄。但他已記不得是在旅遊書上，還是在旅遊部落格上看到的。也就是說，我得負責找出那間銀行的位置。

回到房間，我拿起手機來瘋狂搜尋。

在超過一個小時，眼睛幾乎都要脫窗的苦戰之下，我終於找到一篇文章，內容和唐吉叔想去的那座監獄有關。照片中的建築物前面甚至還有塞萬提斯的半身像。

老天啊，塞維亞竟然有塞萬提斯的半身像！

看來明天會是漫長的一天。我閉上疲憊的雙眼，希望能快快入睡。

46.
塞維亞的小說家

前往塞維亞的途中，唐吉叔只是望著西班牙平原，沒說一句話。我也一直往窗外看，欣賞乾枯黃色原野，偶有幾處森林、葡萄田與綿延的雄偉山脈。邊享受著眼前美景，我們不知不覺抵達了安達魯西亞。

西班牙的高鐵 RENFE，準時在十二點三十分抵達塞維亞聖胡斯塔車站。

「小率，妳還記得嗎？」

在我打開手機的地圖，確定塞維亞教堂的方向時，唐吉叔開口問。

「叔叔，我現在要找路……」

「塞維亞就是首爾。以前我……」

我放下手機，轉頭看著唐吉叔。

「當然記得啊，馬拉加是木浦，巴塞隆納是釜山。」

「那其實都是我亂扯的，妳知道吧？」

「我知道，國二的時候就知道了。」

「但妳還是願意相信我，讓其他人也就跟著信了。」

「因爲有些故事很有趣，就算被騙也沒關係。」

「嗯，謝謝妳。所以說，我們現在是來到首爾了，對吧？」

「是首爾啊。剛才我們在首爾車站下車，現在要去塞萬提斯被關的監獄了。上面說是在塞維亞教堂後面的巷子裡……我看得要搭計程車去了。」

我們放棄走路，決定往計程車乘車處前進。

計程車迅速把我們載到距離塞維亞教堂前的一個街區。司機的做法很明智。看到教堂附近的大量觀光客，我忍不住想，要是沒提早下車……光想都覺得可怕。總之，穿越洶湧的人潮、經過錯綜複雜的巷弄，我們終於抵達了目的地。我打起精神點開地圖程式，輸入一間銀行的地址。

昨晚，我在寫作平台上讀到一位小說家的旅遊紀行，當中提及關過塞萬提斯的監獄資訊。這位小說家住在馬德里的公寓式飯店，爲了寫跟唐吉訶德有關的小說，正在西班牙境內四處遊歷。像是想找靈感一樣，他爲了了解唐吉訶德與塞萬提斯的一切而東奔西走。來到塞維亞之後，他發現了塞萬提斯待過的監獄，並寫下了那篇文章。據他所述，塞維亞教堂後面，距離觀光鬧區一段距離的地方有間銀行，那裡就是關押過塞萬提斯的監獄。

我一邊查看建築物牆面標示，一邊避開攬客的當地人。唐吉叔跟在我後面走得非常慢，我不時得停下來等他，避免我們離太遠。奇怪，是他自己說要來的，爲什麼變得拖拖拉拉？但一想到唐吉叔眞正想來的地方其實是這裡，我似乎也能理解他爲何這麼緊張。

我兩度走錯路，最後還迷路。我很恐慌，畢竟地圖不會錯，問題是在看錯地圖的人，我也怪不了別人。唐吉叔沒管我，逕自往巷子另一頭走去。我覺得累了，又不知該如何是好，於是決定待在原地，直接蹲坐下來。

「小率，那邊好像有什麼，那裡。」

唐吉叔不知何時走回來，告訴我前面好像有什麼。我撐著膝蓋站起身，往他發現的那條大路去，立刻看見一個小小的半身像。

「好像找到了！快走吧。」

一接近目標，我就有了力量。我們大步大步往銅像走去。

走近一看，那果然是塞萬提斯的半身像。鷹勾鼻、稀疏的頭髮、左手拿書，右手拿刀，在在證明它就是塞萬提斯。

我跟唐吉叔不發一語，看著那個銅像好久。路過的行人一臉漠然地從旁走過，路邊還有不知是狗屎或是嘔吐物的東西，十分髒亂。雖然在觀光景點附近，但別說是觀光客了，連個攤販都沒有，根本是一條極普通的街道，與一尊極普通的半身銅像。

看著眼前的塞萬提斯，我心情很複雜。這時旁邊傳來喀嚓聲，回頭一看，是唐吉叔拿手機在拍我。

「啊，應該是我來拍才對……拍叔叔……」

「沒關係。」

唐吉叔又拍了幾張我有些尷尬的樣子，隨後便上前抱了抱那尊銅像，像是跟老友重逢一樣，他的舉動非常自然，我也趕緊打開相機。

我拿著相機，靠近抱著塞萬提斯的唐吉叔，問他說：

「是不是有些寒酸？」

「不，這是我至今看過的所有銅像中，覺得最親切的。現在見到了塞萬提斯大哥……

那監獄在哪裡呢？」

唐吉叔張望了一下，我則是指著右手邊那間 C 開頭的銀行。

「那邊！就是那棟建築！」

拿相機跟著唐吉叔走近一看，發現銀行的規模相當大，顯然是很有歷史的建築，當作監獄使用的時候，收容上百名囚犯應該不成問題。

「……原來就是這裡。」

「就是這裡，是你說想來看看的那個地方。」

唐吉叔默默伸手，手掌輕貼在銀行的外牆上。接著他閉上眼睛，頭靠在牆上一動也不動，像是在祈禱、冥想。就這樣他貼著銀行外牆站了好一會兒。不知不覺，我也停止攝影，站在他身後閉上眼睛。

完成屬於自己的儀式之後，唐吉叔轉身面對我。

「妳知道吧？塞萬提斯原本是一名收稅員，但因爲他存放稅金的銀行破產了，他才入獄。」

「我知道。昨天在找這裡的情報時，也讀了相關的資料。」

「眞的很不幸，運氣也很差。」

「就是說啊。」

「在這座監獄裡，塞萬提斯回想自己的一生，他究竟想到了什麼呢？那是一個很長的奇幻故事，帶領我們來到這裡，對吧？」

「沒錯。」

「……我一直很想來這裡看看。這個孕育出《唐吉訶德》的地方。塞萬提斯在這裡度過人生中最痛苦的時期，我卻覺得這個地方能帶給我勇氣。」

「怎樣的勇氣？」

「就是妳說的，唐吉訶德的熱情，或者說是瘋狂，是能夠挺身對抗的勇氣，爲了正義與自由對抗龐大惡勢力的良善力量。」

我感覺自己胸口發熱，卻努力假裝平靜。

「光有勇氣不行，還得要行動。」

接著唐吉叔立刻對我伸出手，我也握住那隻手。

「小率，我會重新開始寫。」

「寫什麼？」

「既然我以偉大的小說家自居，那我就要繼續寫。希望我寫出來的故事，能有塞萬提斯在監獄裡寫出的故事的百萬分之一。」

「你要繼續創作電影劇本嗎？」

「來到這裡我才注意到，塞萬提斯是個小說家。」

「對……」

「所以我也想寫小說。等哪天我的書出版了，請妳一定要讀一讀。千萬不要忘記在塞維亞的這一天。」

「我知道了。」

我們用力握了握彼此的手。

「好，還在等什麼？快拍啊！拍下我來到四百年前塞萬提斯提筆創作的地方、接收這股氣息的樣子。要讓頻道的阿米哥們也知道我未來的抱負。妳就好好拍一下，拍出連閔製作都目瞪口呆的好影片，哈哈。」

叔叔來到銀行門口跪了下來，姿態非常虔敬，接著他低頭跪拜。那是叫我開始錄影的訊號。我再度打開相機，開始記錄他的模樣。

持續、持續地拍。

住在馬德里飯店式公寓的小說家，在遊記裡面寫了這樣的內容：

塞萬提斯在來到塞維亞之前，先經歷了勒班陀戰役以及艱苦的俘虜生活，等於是長期在海外過著顛沛流離的日子。他是傷殘軍人，也曾是戰俘，更是一名過氣的小說家。他希望自己的經歷能得到認證，以政府官員身分前往新大陸，最後卻只是受雇去安達魯西亞當地方徵稅員。擔任徵稅員期間，他寄存稅金的銀行破產倒閉，導致他被判貪污罪而必須入監服刑。即便當時他已年近五十，又有一隻手無法正常使用，他卻依然懷抱著夢想。他不僅沒能前往新大陸，甚至還被打入大牢，作爲一個身障又有前科的老人，他唯一能做的事情就只有繼續做夢。在這個地方，在塞維亞教堂附近某個孕育《唐吉訶德》的巷弄，是爲了追尋塞萬提斯與唐吉訶德而來到西班牙的我，最感到顫慄肅然的空間。我以韓國的方式向他的銅像行了大禮之後便轉身離開，雖然不知該去哪裡，但我似乎知道該做什麼。我該做的，就是向那些在監獄中也勇於做夢的靈魂舉杯致敬。

參拜完之後，我跟唐吉叔來到一個露天咖啡座休息，點了塞維亞地區一種叫克魯斯康保（cruzcampo）的啤酒來喝。敬那位給了我們情報的小說家、敬那位小說家所推崇的小說家，以及宣告要用唐吉訶德精神震撼世界的未來小說家。

不知不覺，到了我們得搭火車返回馬德里的時間。我喝著最後一杯酒，一邊想著拉曼查小隊的每一位成員、想著在埃雷納斯堡遇見的唐吉訶德後裔、想著馬德之家那位怡然自得的老闆、想著在塞維亞遇見滿臉落腮鬍的計程車司機，以及此刻爲我送上啤酒，看起來像是摩爾人後代的服務生。對著腦海中的每一張臉孔，我低聲且快速地說：

「Adiós, amigos.（再見，阿米哥）。」

第五部

唐吉訶德錄影帶頻道

47.
度過新冠疫情時代

四年後，二〇二三年

我睜開眼，想了一下今日待辦事項，便趕緊起來處理。我出門，沒有戴口罩。

夏天的時候，政府已全面解除必須配戴口罩的規定。即便如此，在室內空間或大眾交通工具上，人們依然沒有拿下口罩，直到時序進入高溫炎熱且颱風頻仍的夏天，大家才終於慢慢解除武裝。

不需要口罩的我們迎來了秋天，吹著涼爽的風，我來到向陽公園。

五年前的秋天，我在這座公園涼亭裡，試著撫慰心中的憂鬱。當時我剛辭去製作公司的工作回到大田，人生一片茫然，試圖尋找新出路。在這過程中，我想起與地下室老錄影帶店有關的回憶，便開設了YouTube 頻道。透過尋找錄影帶店老闆的影片，在 YouTuber 的世界占有一席之地。後來又在唐吉叔邀請下，前往西班牙，化身成塞萬提斯與唐吉訶德參與遊行。

那場遊行標榜的是夢想與希望、友情與正義等抽象模糊的價值，提供了相當精采的影片素材。〈拉曼查小隊的最後冒險〉這支影片，讓我成為能持續產出精采內容的影片創作者，而意料之外的新冠疫情時期，也提升了大家對 YouTube 的需求。

這段時間，我從來沒有打破一星期更新兩次的約定。我持續介紹電影跟書，也邀請做電影的人跟寫書的人來上直播。透過閔先生的人脈，我邀請電影人來到工作室，也透過在編輯網站認識的出版界人士，邀請一些作家來上節目。

我的運氣一直很好，要是沒有合作的夥伴，是不可能做到這些。閔先生不光負責拍攝與剪接，還負責開車、接洽來賓，至今他仍陪在我身邊。

至於我是怎麼抓住他的？很簡單，登記結婚就好。從西班牙回來後，我們為了剪接經常吵架。跟工作夥伴這樣吵吵鬧鬧，我那個堅決不跟職場同事交往的原則，也在不知不覺間鬆動了。最重要的是，他是個踏實且細心的男人。我實在沒法讓給別人，怎麼也得想辦法把他留在大田。現在只剩下因為疫情而推遲的婚禮還沒辦而已，但忙碌的我們依然是以工作優先。從地下室開始創業的我，如今也搬到了同一棟樓的二樓。也就是說，這棟三層樓的建築，從地下室到二樓都由我們租下來了。

為什麼是我們？因為尚恩也成了我的同事。去年房東成敏說要重簽一樓的租約，租金硬是狠狠調漲了三十萬韓元，於是尚恩決定收掉咖啡廳。但我跟閔先生說服她續約，並把咖啡廳改造成全新的空間。

一樓的空間叫做「唐吉訶德書酒吧」，我跟尚恩是共同經營者。她負責料理跟酒水，我則負責提供書籍和宣傳。我們在地下室與一樓的唐吉訶德書酒吧之間穿梭，繼續拍YouTube影片。看了YouTube來大田探訪的阿米哥們，可以到聖心堂買麵包帶來這裡坐坐。開放大家帶外食，幾乎可以說是神操作。雖然賣不了太多下酒菜，但可以減少食材與勞力的支出，也算是優點。尚恩除了要提供適合搭配麵包的飲品之外，也提供了 High Ball 調酒、雞尾酒、紅酒等選擇。

一起開店已經一年，唐吉訶德書酒吧成了宣化洞的知名景點之一。不管再怎麼受歡迎，要贏過聖心堂都有難度，但我跟尚恩都沒有忘記要蹭一下聖心堂的人氣，我倆還算是挺合拍的夥伴。

回憶完過去這段時光，我離開向陽公園，來到大馬路旁的一間房屋仲介公司。跟老媽介紹給我的仲介諮詢完後，我繞到經常光顧的麻花捲店買了麻花捲和甜甜圈。雖然不是同一間店，但我記得以前唐吉叔出去外送回來，常會買麻花捲給我們。

啊，唐吉叔現在是巴拉塔里亞的塞萬提斯了。雖然一半的領土已經被自稱「酷桑丘」的韓彬與媳婦搶走，但這兩股勢力互相拉扯的同時，也不忘攜手合作。每次跟唐吉叔通電話，總得聽他抱怨韓彬跟媳婦；跟韓彬通電話的時候，也得聽他抱怨唐吉叔有多固執。

新冠疫情下，無法出國的韓國遊客紛紛轉往濟州島旅遊，韓彬跟他太太受益於此，讓巴拉塔里亞成為相當出名的咖啡廳。唐吉叔則是咖啡廳的象徵，必須跟客人拍照、取悅客人。但從去年開始，唐吉叔說他要專心創作小說，不再參與咖啡廳的經營，這讓韓彬非常不滿。

即便如此，他們卻仍能共存的最大原因就是新成員。二〇一九年底新冠疫情爆發之前，韓彬跟他太太在巴拉塔里亞舉辦了一個小型婚禮，隔年孩子就出生了。孩子的名字叫岳，是晉升成為爺爺的唐吉叔取的，他喜歡用非外來語的純韓文名字替小孩命名。

張岳的出生，幾乎成了巴拉塔里亞存在的理由。在共和國裡誕生的第一位市民非常可愛，甚至讓我這個阿姨爲了看他，連著四年都特地排開忙碌的行程跑去濟州一趟。

「姊，我覺得不是我追著錢跑就一定能賺到錢。」

這是最近一次通話時韓彬說的話。難道是當爸爸讓他變懂事了嗎？

「要有一個會賺錢的人在身邊，才能夠財源滾滾來。」

這說倒是沒錯。

「所以啊，姊，妳要不要久違地來個巴拉塔里亞專題影片呢？最近宣傳力道減弱了，我爸離家出走……小岳又超會吃，明年還要上幼兒園……」

過去你瞧不起我這個窮困的影片創作者，還試圖教我怎麼賺錢，現在終於認清我這個擁有三十萬訂閱的 YouTuber 是多麼珍貴，態度也一百八十度大轉變啦？果然是「有錢就有故事」（Money Talks），不，應該說是「有故事就有錢」（Talk Money）。我靠故事賺錢。我講述跟電影、跟書有關的故事，藉此換取報酬。最重要的是，我是藉著跟阿米哥分享自己的成長故事，逐漸讓頻道成長至今，而這一切都是多虧了《唐吉訶德》。那遙遠國度的老故事，占據了我跟唐吉叔的內心，推動我們走到今天。

但我並沒有因爲韓彬這樣抱大腿，就答應他的提議，還是照自己的步調繼續創作。我帶著麻花捲回來，遇到第一班的兼職人員來爲唐吉訶德書酒吧開門。他一看到我，就先鞠了個躬。這人原是店裡的常客，後來變成兼職人員，也跟尚恩成了好朋友，兩人還常常鬥嘴。我把一部分的麻花捲和甜甜圈分給一樓的他們，隨後上到二樓。

回到家裡，閔先生像是才剛起床，穿著睡褲正在泡咖啡。比起老公，我還是比較習慣叫他閔先生。拜託他連我的咖啡一起處理之後，我就先去梳洗，然後才跟他一起檢查當天的行程。

今天安排好要跟作品即將上映的一名中堅導演做直播。他是閔先生電影學校的學長。他是爲了幫閔先生又順便宣傳，所以才來上節目的嗎？不，其實是對方主動說想來上節目的。這位學長過去曾經呼風喚雨，根本不把閔先生放在眼裡。因此當學長主動來聯絡說想上節目時，他坦承自己心裡很痛快。

唐吉訶德錄影帶不是什麼百萬、千萬訂閱的頻道。但我們的訂閱戶，也就是阿米哥們，忠誠度都非常高。「防彈少年團有阿米[1]，我們有阿米哥。」每一次節目結束時，我都一定會講這句話。他們跟我一起到老電影跟書的世界裡散步、陪著我一起踏上尋找唐吉叔的旅程，也支持我們拉曼查小隊參加塞萬提斯慶典，完成最後的冒險。

到了下午，該解決的事情還是要解決。房仲說，如果宣化洞這邊有困難，不如到中央洞或大興洞那邊去找找。所以到了下午，我又跟房仲老闆一起到處跑。能待在這裡的日子，只剩不到一個月了。

今年夏天的時候，成敏終於把這棟受新冠疫情不景氣影響，始終賣不掉的三層建築脫手了，然後通知我們必須搬走。當初我們簽約就講好了，他賣出房子後我們就得搬，因此地下的工作室、一樓的唐吉訶德書酒吧、二樓的住家全都得淨空。雖然很遺憾，但因爲新冠疫情而多賺了四年的時間，我們算是很幸運了。現在一想起這件事，我已經能平靜面對，只是仍有些悲傷。另一方面，我也想趁這機會，好好找一個更合適的空間，過上更穩定的生活。

我們來到一樓。愛睡懶覺的尚恩還沒上班。閔先生來到他的專用座位打開電腦，開始處理工作、進行視訊通話。而我則往地下室去。

唐吉訶德錄影帶工作室。

這裡因爲韓彬而重新開張，在很久以前是唐吉叔的住家，後來我未經同意搬了進來，這裡就成了我的生活空間，現在是以月租三十萬韓元租下的影片攝影棚。

每回陷入低潮，我都會想起五年前在這裡度過的冬天，那是一段因鬼與寒冷、蟲子與黴菌、不安的未來與積弱不振的點閱數而痛苦不堪的時期。我現在雖然已算是個像樣的YouTuber，但爲了不忘記當時的心情，我依然把這個潮濕又陰暗的地方當成工作室兼主要攝影棚。

攝影棚門口放了一個宅配的箱子，不用拆也知道裡面是書。因爲有些出版社會寄新書來，希望我幫忙宣傳，所以我沒想太多，只是隨手拿起那個箱子，才突然感覺到一絲怪異。

寄件人的名字很不尋常。

凡提秀。

---

1 A.R.M.Y 為防彈少年團的歌迷名稱。

這不太像是出版社的名字，難道是有著特殊姓氏的作家。自費出版的作家也會這樣宣傳自己的書，所以我並不特別驚訝。

但打開鐵門進來放下包裹時，我突然靈光一現。

就像唐吉訶……代表唐吉訶德一樣……凡提秀……會不會是塞萬提斯……

我連找剪刀的時間都沒有，趕忙拆開包裹，拿出放在裡面的書。

封面上，一個用五萬韓元紙幣折成的風車擺在染血的屍體上。乍看之下有些驚悚，但跟書名相比，似乎又沒那麼讓人驚訝了。

唐吉訶德殺人事件

我屏息翻看這本書，封底寫著這樣的句子：

「你們的判決並不正義。

現在將由我來審判你們。」

貪腐政客屍體上擺著五萬韓元紙鈔折成的紙風車；判他緩刑、彷彿給他一張免死金牌的法官，也隨後遇害。以腐敗掌權者爲目標的連續殺人案接二連三發生，警方查出了犯人在現場留下的署名方式，是源自於塞萬提斯的小說《唐吉訶德》。警方試圖從小說中找到隱藏的線索……嚴懲這些濫用權力之人，我們的反派英雄「唐吉訶德」將不會停下他殺人的腳步！

我沉吟了一聲，接著翻過來看著封面。打開書的第一頁，上頭有我非常熟悉的字體，寫著：

¡Vamos!

給唐吉訶德陳率。

凡提秀上

48.
昔日的約定

來上節目的導演能言善道。直播時，觀眾對他失敗的前作提出疑問，他自嘲說那部片拍攝過程簡直像場鬧劇，而他就是鬧劇的源頭。這次的作品試片反應比較好，他也可能是因此更有信心了。總之，可能就是要像他這樣圓融、肯接受批評，才能夠摔了一次卻還有辦法拿到幾百億的投資，再拍新的電影。

跟阿米哥們一起祈求新片能夠大賣之後，導演就離開了。而我則開始預告下週的節目。

「下週的本日推薦呢，我們將會介紹一本書。這書我今天上午才收到，用三個小時就一口氣讀完，是非常有沉浸感的懸疑驚悚小說。講到這一類的作品，大家可能會想到日本或北歐的作家，但都不是，這是韓國新人的作品。其實因爲我跟對方的關係特殊，所以實在沒辦法客觀評價這部作品。還有，說不定各位阿米哥可能也無法很客觀評價。」

講完之後，我看了一下留言。大家的留言洗得很快，在一片猜測書跟作者是誰的討論中，竟然有人說他已經讀完那本書了。爲了搶回主導權，我趕緊繼續說。

「四年前，我們飛去西班牙。以唐吉叔爲首，我們拉曼查小隊的成員，在阿米哥們的支持之下，去了埃納雷斯堡、馬德里與塞維亞，遇見了無數個唐吉訶德與塞萬提斯。最後，在塞萬提斯構思《唐吉訶德》的塞維亞監獄前，唐吉叔下定決心說他要寫小說。後來我們經歷了新冠疫情，也不像以前那樣經常更新唐吉叔的消息。爲了討生活，又受疫情所苦，都忘了要跟大家分享我們的近況與唐吉叔的故事。現在唐吉叔實現了他跟我們、跟塞萬提斯的承諾。下週的節目中，我會向大家介紹長篇小說《唐吉訶德殺人事件》與作家凡提秀。是的，雖然是頭一次聽說的新人作家，但大家都知道他是誰。爲了下個禮拜的活動，我打算重新裝飾一下攝影棚，並特別邀請十位阿米哥來現場參加錄影。各位，大田不遠，歡迎來這裡爲特別直播節目增添光采，順便買點麵包回去。那就麻煩大家留言報名囉。」

結束直播，閔先生詫異地看著我。這是我即興的決定，沒事先跟他商量。他很擔心，要是邀請不到凡提秀來上節目怎麼辦？我答應他一定會讓這件事成眞。我說要把一樓的唐吉訶德書酒吧改裝成當年的錄影帶店，開放觀眾入場來參與直播，還會邀請特別來賓。

「我希望在最後，能讓唐吉叔再回到這間店一次。」

幸好閔先生同意了我的提議。但從隔天開始，我眞的是必須拚盡全力實現這個約定。爲了大改造一樓，我得拚命拜託尙恩請她答應，還得拜託閔先生把地下工作室的那些東西，全部搬到一樓來擺放。我打了好多通電話、傳了很多封簡訊給凡提秀作家，他都不讀不回，讓我急得像熱鍋上的螞蟻。至於疑似是作家兒子的韓彬則說他不管這種事，還說要是到巴拉塔里亞做直播，他就願意去幫忙找找他爸。韓彬的不合作讓本來就已經焦頭爛額的我，更加難受了。

但我還是有援軍。思綸答應會來。她說難得有機會，希望拉曼查小隊可以重新聚首，大家一起慶祝一下。但韓彬根本沒打算來，要賣掉這棟樓的成敏也不準備來大田。大俊則說因爲要顧店，可能沒辦法參加。新冠疫情給大俊帶來很大的打擊，我完全能理解他的決定。我跟思綸說，有唐吉叔跟我們兩個就夠了，而且現場還會有其他阿米哥，想必能夠營造慶典的氛圍。

不知是因爲我在節目裡提到《唐吉訶德殺人事件》，還是書本身已經開始有了口碑，在實體、網路書店的排名都逐步上升。

我再一次讀了作者介紹。

凡提秀

長時間沉浸在塞萬提斯的《唐吉訶德》裡。曾以劇作家身分寫了不少劇本，只是至今沒有一部拍成電影。《唐吉訶德殺人事件》是他的第一本小說。

這短短的作者介紹，眞能一語道盡唐吉叔的人生嗎？這幾行字裡面，完全沒有提到在唐吉訶德錄影帶店裡，那個多話又愛管閒事的老闆叔叔，我眞想替他加上去。但唐吉叔依然不接電話。我也問了出版社，但他們也聯絡不上凡作家。

幾年前，我爲了找唐吉叔花了很多時間四處奔走，但現在的我，再也不可能爲了找唐吉叔而到處跑，所以我想讓他自己來這裡。我回想自己尋找唐吉訶德張英壽的那段時光，突然想到一個能把他引來這裡的點子。

「妳好，陳率小姐，妳過得好嗎？」

「我很好。老師也好嗎？沒想到去統營找妳，已經是四年前的事了。」

「就是啊。我一直都有收看妳的頻道喔。」

「眞是謝謝妳還在〈拉曼查小隊的最後冒險〉這片底下留言。我把老師的留言拿給叔叔看，他很開心呢。」

「我也很開心。他在塞維亞監獄前面鞠躬的樣子，眞的是……很精采呢。」

「謝謝。請問妳有看到昨天的直播嗎？」

「我看了。我立刻訂了那本書，剛剛才送到。我打算明天開始讀。」

「妳應該很快就能讀完。書的節奏很快，一下子就死人，犯人也一直換，劇情一直有反轉……啊，我不能劇透。總之，老師，我今天打電話給妳，是想請老師來參加下週的特別節目。」

「……」

「希望妳務必蒞臨，讓節目更精采。」

「我能讓節目更精采嗎……有點猶豫耶。」

「唐吉叔終於出道了啊。你們不是約好，說要是對方有所成就，就要跟對方道賀嗎？下週就是那個機會，希望妳一定要來。」

「他最近過得好嗎？長久以來的夢想實現了，我實在不太能想像他的心情。」

「我其實也聯絡不上他，得趁那天的機會問問他的心情。」

「什麼？那……他那天有可能不會來囉？」

「所以我想，老師要是來了，叔叔也許就會來了。」

「……啊……」

「老師，請相信我。我一定會把大家都找來。唐吉叔、老師，還有其他的朋友。相信我好嗎？」

金勝雅女士好一陣子沒說話，最後才說先讓她讀完那本書，考慮一下再回覆我。我們結束了通話。

我繼續打電話給唐吉叔的其他朋友。就是那個大學時期住同一間房間，當年也發自內心擔憂他安危的朋友。

在電話中，權事務長告訴我，凡提秀作家的書寄到他的辦公室，他正讀得起勁。我問他們最近是否有聯絡，他只是苦笑著說，收到書後傳訊息跟唐吉叔道謝，唐吉叔卻完全沒回。

爲了不看YouTube影片的權事務長，我跟他仔細說明下週預計在大田舉辦的《唐吉訶德殺人事件》新書分享會活動，他立刻說會排開所有事情來參加。我拜託他務必傳訊息給凡提秀作家，說自己那天會來參加這個新書活動。

我沒有聯絡補習班院長和電影製作人。因爲他們不算是唐吉叔的朋友。

隔天，金勝雅女士傳訊息來，說讀了有力量的小說，她也獲得了力量，想趁著這個機會參與節目。這又再度讓我覺得，她眞的很了不起。我能像她一樣，隨著年紀增長，成爲如此成熟穩重的大人嗎？大概沒辦法吧。因爲我是唐吉訶德，總是先衝再說。

爲了做個了結，我打出最後一張王牌，也就是直接發訊息給唐吉叔：

——叔叔，十天後我就要搬出唐吉訶德錄影帶店的原址了，要搬到宣化洞的其他地方。所以如果你不來一星期後的新書分享會，我們就無法在唐吉訶德錄影帶再續前緣了。

49.
重逢

距離節目播出還剩三天，唐吉叔終於主動來跟我聯絡了。之前我傳了那麼多訊息他都已讀不回，現在卻若無其事地打來。

「你都跑去哪裡了啊？」

「馬拉加。」

「木浦？爲什麼？」

「沒爲什麼。就是跟韓彬吵架了，平常站在我這邊的媳婦，這次也都在看他的臉色。所以我一氣之下就跑出來，到濟州港搭了珍島的船，又從珍島來到木浦，發現木浦眞的很不錯。所以我就找了個月租房住下來，在這裡創作，也從這裡寄書給妳。」

「你現在也在木浦嗎？」

「不，我現在……在塞維亞。」

「你不是說不喜歡首爾嗎？」

「是不喜歡啊，這邊很會塞車，空氣又差。首爾就是被車子占領的城市，一點也沒有人性。可是啊，書都出版了，我想在死之前看一下我的書放在大型書店裡的樣子。」

「你現在是才出版第一本書的新人作家耶，說什麼死不死啦？那你看到了嗎？大型書店擺滿了你的書嗎？」

「我現在在書店。書還沒放上書架，都堆在櫃檯沒整理。但我實在是不敢去暢銷書那邊看。那邊喔，唉唷，都是些三十刷、四十刷的書，我連第二刷都不敢想咧。」

「你要宣傳啊！怎麼可以出了書就搞消失？對了，既然你在首爾，那就去出版社幫忙宣傳一下吧，他們也在找你。」

「我太害羞了，做不來。不然幹麼要用筆名？拿自己當個大作家，我真的會很尷尬。」

「那你不會不來吧？叔叔，你有收到大學同學的簡訊吧？他會來喔。」

「那傢伙根本不讀書，來什麼來啊？」

「那你幹麼把書寄給不讀書的朋友？而且，你有看到我的訊息吧？譯者老師也會來喔，就是你出版社的朋友，金勝雅女士。」

「……我沒寄書給她，已經很抱歉了，怎麼還能跟她見面……妳真的很會把事情鬧大。」

「要是覺得抱歉，就當天送她一本簽名書吧。還有，思綸也會來。我們節目的阿米哥，有超過一百個人說要來，我打算從中抽出二十個，原本只說要抽十個呢。你不覺得大家很熱情嗎？大家都是你的粉絲喔。他們都買了你的書，還在網路書店留下評論呢。你懂嗎？大家都很想見你，所以你要是不來，就是背叛了大家，是背叛！」

唐吉叔沉默了。我有點擔心自己是不是逼他逼得太緊，但事已至此，我還是決定繼續給他壓力。

「叔叔，你現在不會是感動到哭了吧？要哭就來這裡哭，我會陪你一起哭。我們現在爲了你，正在把一樓重新裝潢成當年的錄影帶店。就是宣化洞的唐吉訶德錄影帶。叔叔，所以……叔叔？」

手機那頭傳來咳嗽聲，接著是清喉嚨的聲音。我靜靜等著，終於聽到唐吉叔開口說話。

「從西班牙回來以後過了四年，我可以說是把巴拉塔里亞交給兒子，自己開始寫小說。我變成凡提秀，希望自己能有塞萬提斯百分之一的才華，把唐吉訶德的精神散播到這世上。最後，我終於完成了一個故事，希望能藉此讓不當操控這個國家，使國家失去公理正義的爲政者嚇得魂飛魄散。但書出版之後我才發現，這也就只是一本書。那些大書店啊，就像巨大的書籍墳場，很冷清。每一本書都靜靜躺在自己的墳裡。好笑的是，多花點錢還能拿到比較大的墳墓，但要是沒錢，就只能在這裡躺一下，然後被挪到別處去，動也不動地留在那裡。我啊，覺得這眞的很可怕。我傾注了一切，寫出渴望顚覆這個世界的書，卻成了紙紮的殭屍站在這地方。小率，妳沒出過書，所以妳不知道。妳覺得我去上妳的節目、去出版社參加一大堆宣傳活動，書就賣得出去嗎？我現在已經接受了，接受這本書的命運。我希望這本書就這樣從書店消失，進到租書店或圖書館裡，偶爾被喜歡唐吉訶德或喜歡推理小說的讀者選來讀，我希望只要這樣就好。小率，妳懂吧？書跟現實完全是兩回事。」

一口氣講完一長串話之後，唐吉叔便沉默了。我仔細想想他剛才那一番說教言論，然後說：

「但《唐吉訶德》改變了你，改變了你的世界，也改變了我的世界。」

「但我不是唐吉訶德。出書後我就知道，我只是一個叫張英壽的夢想家，只是一個會空想的無名作家。」

「我是唐吉訶德，你不是這樣叫我，我現在也稱呼自己爲唐吉訶德。叔叔，你記得你爲何會說大田是拉曼查嗎？」

「這……因爲唐吉訶德在那啊。」

「好，因爲有唐吉訶德，所以拉曼查是大田，所以你一定要來。」

「……我不知道……我想回巴拉塔里亞去看看小岳……我不知道……」

「眞是的！唐吉訶德叫你來你就來！唐吉訶德跟塞萬提斯是不能分開的啊！」

雖然我拚命想得到他的承諾，但唐吉叔直到結束通話時都沒有鬆口。

我努力壓抑內心的失望，繼續做準備。如果他不來，活動肯定會很冷清，但我還是要做自己該做的事。這也不是頭一回舉辦沒有作者出席的新書分享會了。只是我都費心邀請了思綸和唐吉叔的朋友，也找了一些阿米哥來現場，一想到要令他們失望，我就坐立難安，但也不得不接受這份不安。同時我下定了決心，即便唐吉叔沒現身，也絕對不要埋怨他。

只是我不會再見他了。

節目當天上午，我們遭遇的最大問題，就是如何把地下室的唐吉訶德錄影帶招牌搬到一樓。工讀生跟閔先生拚了命才成功把招牌拖出來，但要把招牌蓋在「唐吉訶德書酒吧」的招牌上，果然還是需要專家協助。最後我們找了專門做招牌的業者來，付了比想像中還貴的施工費，才終於把招牌掛上去。

唐吉訶德錄影帶

白色背景上印著大大的幾個紅字。我不用費力回想，也能立刻浮現二十年前自己看著這招牌，興奮地從街道另一頭走過來的樣子。我們站在外頭看了看，社區裡的住戶跟商家也都靠了過來，你一言我一語討論起當年的事。

「這間店還在啊？」

「我以爲倒了，現在要重開喔？」

「現在誰還看錄影帶？掛上去應該只是求個回憶吧？」

「好久沒看到那招牌，眞開心哪。」

社區裡的老人家都開始回想記憶中的錄影帶店。

我再度督促閔先生、尙恩，還有工讀生趕緊去把地下室的東西搬到一樓。錄影帶和積滿了灰塵的一套套漫畫，全都陳列在吧台桌上；還把二〇〇三年新錄影帶到貨的海報貼在窗戶上，感覺好像眞的回到那個時期。紅色跑車造型的倒帶機跟清潔帶擺在第一張桌子上，錄影帶歸還箱則放在入口處。

一輛橄欖綠的可愛進口車停在店門口。我一眼就猜出那是誰的車子，立刻衝了出去。一名穿著黃色連身洋裝的女生從駕駛座走下來。

「思綸！」

除了動手術墊高的鼻子之外，思綸沒有變。她依然戴著厚厚的粗框圓眼鏡，可愛的臉頰肉也還在，及肩的長髮染成紫色，眞是時尚得不得了。

我對思綸張開雙手，一把抱住依舊矮小的她。

「姊，這錄影帶店是怎麼回事？招牌又是怎樣啦？我一看到差點要哭出來了。」

思綸抱著我，說話帶著點哭腔。我裝模作樣地說，邀了客人來，當然要努力一點才行，然後便拉著思綸進入店裡。

過往，我們總一起在店裡，坐在窗邊迎著午後陽光一起看書。我看漫畫，思綸看愛情小說。

現在，我們彷彿變回唐吉訶德錄影帶店裡的兩個國中女生，只是現在是喝著生啤酒以代替當年的可可，暢聊這段時間沒能聊的往事。其他拉曼查小隊的人沒來，讓思綸覺得很遺憾，但她還是笑著說能再見到唐吉叔就覺得很幸福。我決定據實以告。

「什麼？叔叔不來？作家自己不出席新書分享會怎麼行？妳有說我要來嗎？叔叔不想我嗎？」

「我不知道。他說覺得很丟臉。他一直堅持這點，說自己不要來，我們爭論了很久，但他根本就是強詞奪理。唉。」

這時，我注意到一張熟悉的面孔在門口徘徊。我跟思綸說了聲抱歉，便先去接待她。

雖然之前只見過金勝雅女士一次，但她的端莊優雅令我印象深刻。我謝謝她遠道而來，她說從統營走高速公路來大田，不會太遠，比首爾更近些。確實，只有從首爾來大田會覺得遠，大田以南的城市，都會覺得來大田比較近。

安排她坐在思綸旁邊後，我趕緊去處理剩下的事情：檢查今日節目腳本，確認負責開場的當地樂團器材備妥了沒。同時，還要開心迎接獲選來現場參觀錄影、手提聖心堂麵包紙袋上門的阿米哥們，並讓尚恩去幫忙點飲料。忙碌的過程中，我的不安漸漸升高。

我環顧四周，閔先生在角落設置燈光。我悄悄站到他旁邊，他看了我一眼，很意外我有這舉動，但手上的動作並沒有停下。

「唐吉叔要是真的不來，我該怎麼辦？」

我必須跟老公透露自己的心聲。聽完我的話，他才停下動作，轉過來看著我。

「做好妳自己就好。至於叔叔嘛……之後再把今天的節目給他看就好啦。」

眞是個有建設性的回答。

「好，把節目拍好，之後再給他看。絕對要讓他因爲今天沒來而遺憾終生！」

見我握緊拳頭展現鬥志，他給了我一個淡淡的微笑。我轉過身去，看著這群如美麗七彩雲朵般聚集在此的人。隨即，又一個我在等待的人現身。唐吉叔的老友戴著狩獵帽配灰大衣，手拿唐吉叔的小說。他看看店裡的擺設，然後跟我交換了一個眼神。我對他大大鞠了個躬，以示感謝。

唐吉訶德錄影帶店是一個媒介，我也是。我們之所以齊聚一堂，都是多虧了張英壽，所以他也是媒介，人類都是彼此的媒介。

唐吉叔跟我、拉曼查小隊與唐吉訶德錄影帶頻道的阿米哥，我們都是朋友。所謂的友情跟談感情搞曖昧不一樣，即使不用把話說得太白，大家也能順利溝通。原本不是朋友的人，一旦選擇用「友情」這個詞來形容彼此的交流接觸，往往就能成爲眞的朋友。如同在遙遠的伊比利半島上，記錄老騎士與鄉村農夫友情的那本書一樣，我們也成了朋友，一路走到今天。

「這一切都像夢一樣。」我說。

「我會把那個夢拍下來。」閔先生說。

我輕輕抱了他一下，便轉換爲 YouTuber 陳率，又名唐吉訶德女士的模式。冒險再度開始了。

尾聲

在被供奉著的羅西南多爺爺面前，我問：

「我該去宣化洞嗎？」

羅西南多沒有說話，因爲他死了。

「宣化洞，我以前最困苦、最低潮的時候，在那裡過得生不如死。我應該要去嗎？」

依然沉默。

「要是沒有大哥，要不是有你陪我一起喝酒，當時我恐怕撐不下去。」

突然，他看見供奉在裡頭的馬格利瓶子。

「還有那群孩子。要是沒有拉曼查小隊的夥伴，我也無法燃起求生的意志。大哥也知道，我們都很孤單。夥伴們、唐吉訶德，都只能待在那又小又破舊的錄影帶店裡。就因爲這樣，我們才會湊在一起，因爲大家都很孤單。」

受困在塔位裡的骨灰罈，看起來才眞的很孤單。

「可是啊，那間店，我丟下的那間小店正在呼喚我。那我該去嗎？」

依然沉默。

「你問我都來到大田了……爲何還猶豫要不要去嗎？哈，大哥，你眞是不懂我的心。」

回答的聲音緩緩劃破沉默。

「我就是個孬種，我已經不是唐吉訶德了。還是桑丘的時候，至少對這個世界還有好奇，但現在我是凡提秀，是個虛有其名的韓國塞萬提斯。該死，成了作家之後，我反倒更怕了。不，說不定正因爲我本來就是孬種，所以才會選擇當作家。你現在知道了嗎？作家不是改變世界的人，而是躲在書本後面的孬種鬼。」

突然，骨灰罈像是要衝出玻璃一樣劇烈晃動了起來。

「不要惹事啦，大哥。你也沒辦法活過來，像羅西南多一樣載我過去啊，不是嗎？可是！可是還有那些孩子們，我的朋友們也來了。雖然是沒幾個，但聽說現場還有我的粉絲。我就知道會這樣……好，我會去，我會去啦。」

骨灰罈再度恢復平靜。

「我啊，每次見到大哥，就會忍不住講起自己說不慣的方言。啊，我眞的講得很爛。總之，等下次我來陸地上，會再過來的。阿迪歐斯（Adiós／再見）。」

納骨堂裡瀰漫著寂靜。

我轉身，快步離開了那裡。

計程車把我載到舊道廳大樓前。我從這裡開始走，明明前面就是宣化洞，我還是想盡量慢慢走，希望時間能過得慢一點。想到能見到老同學英薰，我很雀躍；要是見到金勝雅小姐，我可能會害羞得滿臉通紅，一想到這裡，我就覺得有些丟臉。聽說大俊跟成敏都忙著討生活不會來，這算是幸運吧。兒子也代替我在管理領土，我眞是個失格的指導者，共和國已經屬於韓彬、書允跟小岳了。

閔製作眞是個好人，跟小率組隊，一起生活、一起打拚工作，我非常放心。他很穩重，可以從旁協助充滿熱情野心，幾乎都不會覺得累的小率，眞了不起。

話說回來，小率爲什麼又要搞出這種讓我困擾的事呢？仔細想想，那孩子是桑丘的時候也老愛逼我，逼我賣冰沙、逼我提高滯納金，還逼問我店要是倒了怎麼辦？明明只是個孩子，卻裝得像是大人。還是那並不是裝的？小率很早就長大了，只是過了很久才找到自己的夢想，所以現在反倒活得像個孩子。她不像拉曼查的那個老騎士跟我，年過五十才有所領悟，所以她應該能更快實現夢想。

我已經看到錄影帶店了。

招牌依然跟當時一樣，清楚寫著「唐吉訶德錄影帶」。

啊，小率就像當年迎接外送回來的我一樣，正朝我走過來。她是在生我氣，不對，看起來是在歡迎我，眞難辨別她到底帶著什麼情緒。她朝我走過來了。

慕查斯葛拉西亞斯（Muchas gracias／非常感謝），我的唐吉訶德。

感謝的話

創作這本書就像是一場冒險。感謝在過程中提供協助的土地文化財團，以及西班牙文化活動國立協會（AC/E），還有提供工作室的馬德里 Residencia de Estudiantes。

感謝樹旁之椅出版社的李秀哲代表與全體所有員工，讓這本書能出版成冊。感謝在稿件校閱與編輯上提供許多助力的河智洵主編、具慶美編輯。感謝為本書繪製可愛封面的插畫家 Toti 與 Rini。感謝為書籍相關活動提供全面支援的 WATERFALLSTORY 金周美代表。感謝米格爾．德．塞萬提斯與他的《唐吉訶德》。還要感謝願意閱讀我作品的各位讀者。

在此向各位致上最深的謝意，我會繼續創作的。

二〇二四年　春天

金浩然

Eurasian Publishing Group
圓神出版事業機構
用心與你對話・視野無限寬廣
寂寞出版社
Solo Press

www.booklife.com.tw　　reader@mail.eurasian.com.tw

Solo 060

尋找唐吉訶德【《不便利的便利店》金浩然全新小說】

作　　者／金浩然 김호연
譯　　者／陳品芳
封面插畫／Rini
發 行 人／簡志忠
出 版 者／寂寞出版股份有限公司
地　　址／臺北市南京東路四段50號6樓之1
電　　話／（02）2579-6600・2579-8800・2570-3939
傳　　真／（02）2579-0338・2577-3220・2570-3636
副 社 長／陳秋月
副總編輯／李宛蓁
責任編輯／朱玉立
校　　對／李宛蓁・朱玉立
美術編輯／林雅錚
行銷企畫／陳禹伶・鄭曉薇
印務統籌／劉鳳剛・高榮祥
監　　印／高榮祥
排　　版／莊寶鈴
經 銷 商／叩應股份有限公司
郵撥帳號／18707239
法律顧問／圓神出版事業機構法律顧問　蕭雄淋律師
印　　刷／祥峯印刷廠
2025年06月　初版
2025年06月　2刷

My Don Quixote（나의 돈키호테）by Kim Ho-Yeon（김호연）
Copyright © Kim Ho-Yeon, 2024
This edition arranged with Namu Bench through KL Management and
Andrew Nurnberg Associates International Limited.
Complex Chinese edition copyright © 2025 by Solo Press,
an imprint of Eurasian Publishing Group
ALL RIGHTS RESERVED

定價 440 元　　ISBN 978-626-99436-7-8　版權所有・翻印必究
◎本書如有缺頁、破損、裝訂錯誤，請寄回本公司調換　　Printed in Taiwan

幸福不是在通往目標路途上的某樣東西，而是那條路本身就是幸福。
你所遇見的每個人，都在苦苦掙扎著與什麼對抗，所以你必須親切待人。

——《不便利的便利店》

◆ **很喜歡這本書，很想要分享**

圓神書活網線上提供團購優惠，
或洽讀者服務部 02-2579-6600。

◆ **美好生活的提案家，期待為您服務**

圓神書活網 www.Booklife.com.tw
非會員歡迎體驗優惠，會員獨享累計福利！

國家圖書館出版品預行編目資料

尋找唐吉訶德【《不便利的便利店》金浩然全新小說】/ 金浩然著；陳品芳譯. -- 初版. -- 臺北市：寂寞出版股份有限公司, 2025.06
368 面；14.8×20.8公分（Soul；60）
譯自：나의 돈키호테
ISBN 978-626-99436-7-8（平裝）

862.57　　114004767

SPAIN
PORTUGAL
MADRID
MEDITERRANEAN SEA